DENTRO DOS TEUS OLHOS...
PSICANÁLISE E ESCUTA CONTEMPORÂNEA

DENTRO DOS TEUS OLHOS...

PSICANÁLISE E ESCUTA CONTEMPORÂNEA

Silvana Martani (org)

HUMANALetra

Agradeço ao meu marido e ao meu filho pelo incentivo e carinho e a todos os colegas que tiveram a coragem de aceitar este convite e expor a sua clínica em nome dos que sofrem ou se incomodam com o que não está bom.

SUMÁRIO

Prefácio 9

DE SALTO ALTO
Silvana Martani 15

CASO ALEX – UMA CRIANÇA ABUSADA
Sérgio Máscoli 39

O REINO RYUKYU
Hercilio Pereira de Oliveira Junior 69

UM RELATO SOBRE O (UMA) PSICANALISTA
Juliana Valle Vernaschi 89

ESCREVENDO A SEIS MÃOS
Lisette Weissmann
Célia e Pedro 109

O AMOR, O ÓDIO E AS RELAÇÕES COM OS OBJETOS
PRIMÁRIOS
Rachele Ferrari 145

POR QUE A CLÍNICA DO VÍNCULO OU A CLÍNICA
VINCULAR?
Lisette Weissmann
Maria Inês Assumpção Fernandes 161

O AMOR NÃO QUER SABER
Fatima Flórido 181

ANÁLISE ON-LINE
Silvana Martani
Gabriel Rosemberg 203

ESCUTAÇÕES EM UM HOSPITAL NO CONTEXTO DA
PANDEMIA COVID
Mariana Resener de Morais 235

A RECUSA E A TRANSMISSÃO DO IMPENSÁVEL
Vanessa Chreim
Elisa Maria de Ulhôa Cintra 263

Bibliografia 292

Autores e autoras 305

PREFÁCIO

"Psyche" é uma palavra grega e se concebe, na tradução alemã, como alma. Tratamento psíquico significa, portanto, tratamento anímico. Assim poder-se-ia pensar que o significado subjacente é: tratamento dos fenômenos patológicos da vida anímica. Mas não é este o sentido dessas palavras. "Tratamento psíquico" quer dizer, antes, tratamento que parte da alma, tratamento – seja de perturbações anímicas ou físicas – por meios que atuam, em primeiro lugar e de maneira direta, sobre o que é anímico no ser humano.

Um desses meios é sobretudo a palavra, e as palavras são também a ferramenta essencial do tratamento anímico. O leigo por certo achará difícil compreender que as perturbações patológicas do corpo e da alma possam ser eliminadas através de "meras" palavras. Achará que lhe estão pedindo para acreditar em bruxarias. E não estará tão errado assim: as palavras de nossa fala cotidiana não passam de uma forma de magia mais atenuada. Mas será preciso tomarmos um caminho indireto para tornar compreensível o modo como a ciência é empregada para restituir às palavras pelo menos parte de seu antigo poder mágico.

Sigmund Freud, "Um Caso de Histeria Três Ensaios Sobre Sexualidade e Outros Trabalhos"

A palavra que inscreve o homem na sua história é palavra bendita. É palavra divisora de águas e palavra constituinte, já que fálica.

A palavra escrita em forma de poesia ou em forma de descrição de casos de pessoas em análise, nos sugere que a vida deve diuturnamente ser repensada e equalizada para que sensíveis soluções sejam postas à prova.

No livro presente estamos em sintonia com casos que mais que nos apresentar horizontes abertos para interpretações, nos colocam no lugar do outro como parâmetro para o autoconhecimento e autoanálise.

E em que medida esse lugar é confortável?

Vivemos uma época de desconforto mundial onde precisamos aprender novas maneiras de lidar com o outro, com regras e conosco. Escancarada está uma situação nova para a maioria das pessoas, inclusive dos psicanalistas, em que teremos que, com força descomunal, sair o menos arranhados possível.

Esses relatos de casos contidos neste livro nos descortinam possibilidades, senão de cura, de aprendizagens bastante elucidativas para o nosso estar neste momento neste lugar.

No primeiro relato temos respostas ou pelos menos mais elucidações sobre as perguntas que os próprios analistas se fazem quanto ao manejo. Temos acentuada a pergunta para o paciente: e você, o que está dizendo? Nos sentimos envolvidos já que está sendo construída uma estória: a do analisando e a do analista.

Onde está a verdade do paciente?

Quebra-cabeça analítico constante. A terapia como tormento para o par. Como lidar com o "está piorando" do paciente?

No segundo relato temos a preocupação do analista em não dar conta do caso. Se coloca em discussão muito da integração que deverá existir entre o paciente e o analista.

Como se lida com a interrupção do tratamento?

Manter uma clareza em relação ao manejo inclusive quanto às perguntas que sempre surgem como: quantas fases teremos em nossa trajetória?

O que será que o paciente quer dizer quando fala: sou esquisito, não me importo com os outros.

Ouviremos muito sobre abuso sexual sofrido por um próximo. E discutiremos a confusão de linguagem adulta e infantil.

O que diremos sobre o termo: arrogância psicanalítica.

Um assunto interessante se descortina no terceiro caso: transtorno mental no imigrante. Falaremos das internações e dos medicamentos. Tentativas de suicídio com bipolaridade acentuada. Tocaremos num assunto que a todos, não só aos imigrantes, diz respeito: preocupação com o futuro.

Um espelho quer se avizinhar de nós, os psicanalistas, no quarto caso. Somos ou estamos psicanalistas? Falemos como crianças, sem barreiras. Vamos falar das resistências? Em algum momento nos acostumaremos com o sofrimento?

Trataremos da TCV Teoria da Configuração Vincular, em que se analisa o vínculo e não somente o sujeito no caso cinco. Dois sujeitos: um do vínculo e o outro. Na TCV analisaremos um modelo de aparelho psíquico distribuído em três espaços: o espaço intrassubjetivo, o espaço intersubjetivo e o espaço transubjetivo. Acompanharemos o enriquecimento do relacionamento e esvaziamento de sentido do mesmo.

Teremos espaço para enxergarmos a diferença e tolerá-la. Sempre é bom pensar que diferente do vínculo ideal, teremos o possível. A reescrita do vínculo.

Olharemos com atenção no caso seis a relação da pessoa com o corpo. Sonhar com o irmão-namorado? Um túnel com saída.

Sonhar com a mãe e acordar gelada. Eu odeio a minha mãe.

Aguento a ausência do analista?

O analista deve submergir no processo de análise da mesma forma que o músico em seu instrumento, correndo riscos, inclusive do paciente se desiludir.

Desmaio será sinônimo de prazer?

Ela diz: não tenho nada da cintura para baixo.

A expressão "sereia não usa sandálias" te diz algo?

Nascemos prematuros e muitas vezes permanecemos. Inscrição na dependência é o que veremos no capítulo sete. Da nossa dificuldade de vínculos na contemporaneidade. Discutiremos a qualidade dos relacionamentos primários.

Cachorro de muitos donos morre de fome. Será mesmo?

Ansiedade e ódio somente nas formas primitivas do amor: amor adulto para Balint. Entraremos em assunto interessante: diferença entre amor primário e amor adulto.

Por que a clínica do vínculo?

Para que todos possam falar? Quem escuta?

Função do analista: zelar pela integridade física do paciente.

O segredo e sua importância na clínica vincular. Com o término da análise familiar, sobrará algum que continuará com sua análise pessoal?

Pergunta que se faz no capítulo oito, e que, a meu ver, é de difícil, senão impossível, resposta: existirá alegria fora do amor?

Quem desmorona em casos assim, o analista ou o analisando. Vai para onde essa análise? Lidar com o luto precário no amor. Eu não te amo, ele diz. Será? As palavras mentem.

E parece ser amor.

A busca por um neopsiquismo: um estado ideal.

Que tempo tenho nesse refúgio psíquico?

Entramos no capítulo nove com um questionamento sobre a mudança de vida por causa do Covid-19. Desorganização da vida, ou será um arranjo? Novas formas de analisar. Qual é o preço da pandemia? Qual é o preço do confinamento? Temos de analisar o material terapêutico que se tem. Pensemos nas reinvenções da psicanálise sempre.

Chegamos ao hospital no capítulo dez. Lugar é inventado dentro do hospital para a psicanálise. E quando não é?

A instituição nunca faz parte. Numa pandemia há que se tratar dos doentes: o analista e o analisando.

Aprender a lidar com o real da morte. Falemos da síndrome do hospitalismo: falta afeto.

Olhar no olho do outro e admitir a dificuldade no processo de elaboração da perda.

E por fim, no capítulo onze, veremos como ficam os efeitos psíquicos da recusa.

Estranhamento com o próprio sexo, comparando as versões do pai e da mãe, de como é tornar-se mulher.

Com a recusa instalada, adoecemos.

O campo de ilusão precisa persistir para podermos sonhar, fantasiar e viver, a despeito da recusa.

A castração refere-se à possibilidade de se dar conta de que não perdemos nada do nosso corpo, mas que sentimos falta de algo que nos complete.

Na recusa não se admite a realidade da vulnerabilidade, onde a defesa se interpõe à ameaça de desamparo.

Teremos um longo e inevitável percurso de aprendizado nos próximos tempos.

Ouviremos, falaremos, recusaremos, admitiremos. O importante é o que fica: nossa ideia de construção e aprendizagem.

A vida nos dê o que podemos dela ter e daremos de volta o que dela aprendemos e o que podemos dar. Nada mais. Nada menos.

Boa leitura.

José Carlos Honório

DE SALTO ALTO

Silvana Martani

"A Neurose é o negativo da perversão."
Sigmund Freud

Uns anos atrás, Paula me enviou uma mensagem no celular. Conseguira meu contato com uma amiga que tinha feito análise comigo há muito tempo. A mensagem continha poucas palavras: "Meu nome é Paula, gostaria de marcar uma consulta. Quem me indicou foi a Vivian, sua paciente. Podemos agendar?"

Nosso encontro ocorreu três semanas depois desse contato, por conta de sua agenda bem atribulada.

Paula chegou à consulta esbaforida. Estava atrasada e seus dois celulares não paravam de tocar. Esperei que ela pudesse "chegar" àquele encontro, desligasse seus aparelhos e me olhasse. Demorou...

Apresentamo-nos e ela iniciou nossa conversa dizendo que estava pensando em fazer terapia havia muito tempo, mas que com sua vida atribulada era quase impossível. Já tentara duas vezes, mas seus compromissos a impediam de continuar e isso já tinha quatro anos. Nesse instante, perguntei o que havia mudado para que ela procurasse a análise novamente.

Paula parou, pensou um pouco e respondeu que não podia mais esperar. Estava cansada de tanto trabalho, tinha 39 anos, era casada com um homem muito exigente e que quase não participava da vida dos três filhos pequenos. Também reportou que havia meses sentia uma fraqueza física e que, em alguns momentos, era tomada de um medo absurdo que a paralisava, ficava com a boca seca, sentia falta de ar e seu coração disparava. Estava tudo uma loucura e ela não sabia se queria continuar assim.

Contou-me que esses sintomas tinham um tempo, já havia consultado vários médicos, feito muitos exames e o diagnóstico era sempre o mesmo, emocional. Perguntei como se sentia em relação a esses sintomas, se antes já havia sentido algo parecido, e ela me disse que achava que estava ficando louca e que desde a adolescência era "pilhada, nervosinha" , mas que a maneira que estava vivendo tudo isso era nova.

Perguntei sobre os motivos que a tinham levado a procurar análise nos outros dois episódios e Paula me informou que na primeira vez foi aos 27 anos. Na época, não conseguia se alimentar direito, tinha acabado de ter o segundo filho e estava na "loucura" para emagrecer. O bebê era pequeno, tinha oito meses, ainda mamava e ela estava muito preocupada com o próprio peso, pois o marido, segundo ela, "nunca gostou de gorda" .

Essa tentativa de terapia durou dois meses, mas o marido achava que ela não precisava de tratamento e o excesso de compromissos de trabalho somado aos cuidados com a casa e filhos fizeram o resto.

Aos 32 anos procurou novamente a análise, pois não esperava engravidar, estava desesperada, não sabia se iria dar conta, estava muito ansiosa e angustiada. Seu peso estava abaixo do normal, fazia pouco mais de um ano que havia colocado uma prótese de silicone nos seios porque estavam muito flácidos por conta das gestações anteriores e isso a deixava insegura. Mas, segundo ela, a gravidez, os compromissos e o mau humor do marido com a análise a desmotivaram.

Naquele momento, tive a sensação de que eu poderia ser a próxima terapeuta a ser abandonada. Se nada mudasse, ela iria repetir o feito, pois motivos não faltavam. Este era um sintoma e eu precisava saber de quê.

Paula se casou aos dezoito anos, com o primeiro namorado de fato. Ele já tinha 27 anos, estava formado em medicina, fazendo a residência em gastroenterologia e dando plantão nos finais de semana. Conheceram-se por meio de uma amiga dela que tinha um irmão que fazia faculdade com ele. No começo do namoro, sua família não achou muita graça no relacionamento por causa da diferença de idade, pois ela estava com dezesseis anos, mas, como ele era bem "família", acabaram aceitando.

Namoraram um ano e meio e, quando Paula fez dezoito anos, eles se casaram. "Era o casamento dos sonhos de menina. Meus pais me proporcionaram uma festa linda com tudo que eu quis. A família dele do interior veio em peso e foi necessário alugar um ônibus para levá-los para a festa."

O marido de Paula era do Sul do país, de uma família de classe média, com mais outros dois irmãos, e se mudou para São Paulo quando entrou na faculdade. Seus pais tinham um pequeno hotel na cidade que se sustentava por conta de uma fábrica de papel muito conceituada que alugava vários quartos do estabelecimento para seus funcionários que vinham de fora. Durante a faculdade, morou com alguns colegas, mas, ao iniciar a residência e com o dinheiro dos plantões, alugou um apartamento e, quando se casou, trouxe Paula para morar com ele. Seus irmãos eram mais novos, já tinham concluído a faculdade e moravam na cidade dos pais.

O pai de Paula tinha um frigorífico que, no momento da

consulta, ela administrava por causa de um AVC (Acidente Vascular Cerebral) sofrido por ele no ano anterior. Seu irmão mais novo morava na Austrália e, segundo ela, sempre foi "menino", não gostava de trabalhar. O pai parecia estar se recuperando bem nos últimos meses e estava voltando aos poucos para a empresa; quanto a sua mãe, ela havia trabalhado quando ainda era muito jovem e, depois que teve os filhos, parou de trabalhar para se dedicar à família.

Antes de administrar o frigorífico, Paula trabalhou muitos anos em uma multinacional, o que, segundo ela, lhe deu bagagem para conduzir os negócios da família. Ela somente saiu da empresa para ajudar seu pai. Referiu que deixar aquele trabalho foi muito difícil, pois gostava do que fazia, dos colegas e desde a faculdade em Administração não tinha trabalhado em outro lugar, mas não tinha opção. Com seu pai adoecido e os negócios em andamento, não tinha tempo de procurar alguém no mercado.

Aqui, faço uma pausa no relato para uma constatação: escrevendo estas poucas linhas, me dei conta de que escolhi novamente o caso clínico de uma mulher. A maioria dos meus pacientes são homens e, pensando agora, acho que as razões da escolha podem ser eu me sentir mais à vontade, saber que a paciente iria aceitar ou mesmo porque, nas últimas sessões, temos retomado toda sua história, uma vez que se encaminha para a alta este ano. Além disso, a transferência que foi construída neste trabalho possibilitou que nosso vínculo se fortalecesse e possibilitasse o avanço de suas questões. Não sei se é só isso, mas, por hora, é o que me parece.

Nas entrevistas iniciais, Paula pôde me dar uma ideia de

seu momento atual, mas a demanda ainda era muito vaga e construí-la era o trabalho dos próximos encontros. Sugeri que nos encontrássemos duas vezes por semana, mas ela pulou da cadeira e negou terminantemente essa possibilidade. Depois de muita conversa, decidimos que iríamos iniciar com a frequência de uma vez por semana e que, dali a três meses, reveríamos essa condição, pois ela estava contratando um gerente para ajudá-la.

Assim, iniciamos.

Num primeiro momento, as questões da empresa e seu manejo com os funcionários e clientes eram do que ela se ocupava, mas estava sempre angustiada e nervosa, e, mesmo sabendo o que fazer, esse estado não se alterava. Quando eu perguntava sobre sua família, a resposta era sempre corriqueira e o assunto do trabalho retornava.

Mesmo que administrar algo tão grande não fosse simples, as evasivas quanto a sua família me chamavam a atenção. Aos poucos, Paula começou a me contar de seus filhos, de como era ter três meninos em casa e como ela tinha tido que brigar com o marido para fazer uma laqueadura para não engravidar mais.

Ela saía de casa às sete horas, com os três filhos no carro, deixava-os na escola e ia trabalhar. Para isso, levantava às cinco da manhã para se arrumar e aprontar as crianças, pois o marido encerrava suas consultas às dezenove horas e somente retornava para casa, todas as noites, às 21horas, quando saía da academia e dizia que precisava descansar. As crianças ficavam na escola o dia todo e, às 17h30, ela ia buscá-los. Eles tomavam banho, jantavam e, quando o pai chegava, já estavam indo para a cama.

O interessante é que, quando eu lhe perguntava como ela se sentia com uma rotina dessas e se o marido não poderia ajudá-la, levando os meninos para a escola, por exemplo, ela sempre me dizia que estava tudo bem, ela dava conta de tudo, que ele era muito trabalhador e estava sempre muito ocupado com seus pacientes e alunos. Sabemos que a questão não era dar ou não conta, mas porque tinha que ser assim?

Era uma rotina puxada, sem tempo para ela, e que somente era mantida porque oferecia um ganho. Qual?

Nas sessões seguintes, pudemos começar a entender a necessidade de ser a perfeita para agradar o marido: boa mãe, profissional competente, esposa exemplar e mulher maravilhosa; e como ela não reconhecia esses quesitos como pesados e asfixiantes. Nesse momento, os sintomas de crise de pânico-fadiga extrema, falta de ar –, que ela reportou nas entrevistas iniciais, começaram a fazer sentido.

Paula acreditava que atender às expectativas do marido era a garantia de um casamento feliz e duradouro, com um homem satisfeito em casa, mas as crises de ansiedade que ela vinha sentindo mostravam que as coisas não estavam dando certo.

Normalmente, as crises de ansiedade estão muito ligadas ao fato de ultrapassarmos os nossos limites, estamos diante de algo que não toleramos que atualiza questões emocionais importantes, situações extremas, depressão, tristeza e fatos impactantes que exigem um fôlego da nossa estrutura emocional do qual não desfrutamos naquele momento de nossa vida. No caso de Paula, toda vez que tentávamos aprofundar o seu "cansaço", ela vinha na sessão seguinte dizendo que tinha piorado, estava nervosa e agitada, com medo de tudo. Encostar em seus problemas era sentido como ameaça e eu disse isso a ela, que negava terminantemente, afirmando que uma coisa não tinha nada a ver com a outra.

É fato que, quando começamos na análise a questionar nossos problemas, podemos nos sentir, de início, pior com os sintomas mais acentuados com os quais chegamos, mas os questionamentos são uma ferramenta muito útil para que possamos olhar nossas questões de outro lugar.

Comecei a me perguntar qual seria a melhor abordagem...

A análise não tem o compromisso de ser suave, tranquila, mas de entender o que está acontecendo, como e quando está acontecendo, onde nascem as questões dolorosas, esclarecê-las e ajudar o paciente a elaborar um novo caminho para suas dores ou resolvê-las.

Imaginei que seria melhor, em função das reações de Paula, que mostravam uma resistência importante, me inserir em sua história. Parti para entender quem era aquela moça que estava na minha frente apavorada, ansiosa e angustiada. Nas semanas seguintes, ela me contou mais de sua infância e sua adolescência.

Segundo se recordava, ela cresceu em um lar tranquilo até os cinco anos, quando o pai descobriu uma traição da mãe e saiu de casa, ficando anos sem ver os filhos. Essa foi uma situação muito difícil, pois, além da falta que sentia do pai, tinha que "tolerar sua mãe nervosa e histérica" . Paula se recordava que o tio, irmão de seu pai, sempre estava na sua casa e que chegava a dormir lá por dias, e que a mãe gostava muito dessa presença, pois dava muita atenção a ele.

Nessa ocasião, perguntei o que ela achava disso, como se sentia, quanto tempo o tio ficava em sua casa, mas ela ficava bem surpresa com as perguntas e me dizia que não pensava nada e que o tio ficou anos "cuidando deles", mas, como era casado e tinha filhos, às vezes ficava um bom tempo sem aparecer.

E seu pai?

Depois de uns anos, quando eu tinha dez ou onze anos, meu pai apareceu. Pegava eu e meu irmão para passear nos finais de semana.

Como foi reencontrá-lo?

Eu fiquei feliz e com medo de que ele fosse embora novamente, me sentia sozinha e isolada. Ia bem na escola, mas tinha poucos amigos. Não gostava quando meu tio estava em casa, apesar de ele ser parecido com meu pai fisicamente e nos ajudar com as compras do mês, era estranho.

Estranho?

Não sei, quando a gente frequentava as festas de família, a minha mãe dizia sempre que era pra gente não contar nada da nossa casa pra ninguém. Eu não entendia nada, mas não contava e não questionava. Ela e meu tio não se falavam nas festas e ele não olhava pra nossa cara. Minha mãe é difícil, cheia de segredos até hoje. Você pergunta as coisas e ela não responde.

Como assim?

É... Se ela vai sair e você pergunta aonde ela vai, ela resmunga e não responde. Quando a gente era pequeno, ela saía e a gente não sabia a que horas ela ia voltar, era um sufoco. Meu irmão não ligava, mas eu ficava apavorada naquele apartamento enorme, com medo de tudo. Me dava de tudo, dor de barriga, ânsia de vômito, dor de cabeça e, quando ela chegava, não podia perguntar nada, mas eu ficava melhor, o medo melhorava. Às vezes, no final de semana, ela saía de manhã e só voltava à noitinha, e eu fazia tudo: arrumava as camas, levava o lixo lá embaixo no prédio, cuidava do meu irmão, punha o almoço, ficava caçando coisa pra fazer para não sentir medo. Sempre achava que ela não ia voltar.

Você falava para a sua mãe o que sentia com a ausência dela?

Não (silêncio).

Por quê?

Não falava nada nunca, não podia falar nada. Ela ficava louca quando a gente reclamava. Dizia que eu era ingrata, que tinha de tudo, que era besteira o que eu sentia, não precisava ficar daquele jeito, e eu me calava. Não aguentava os gritos dela, ficava pior.

Esse medo de hoje é parecido com o que você sentia?

É parecido, mas eu não estou com minha mãe há anos. Vejo pouco. Depois que eu me casei ficou difícil conviver, pois eu tinha pouco tempo.Meu irmão fez dezoito anos, foi para a Austrália fazer um curso, arranjou trabalho e fez sua vida lá. Minha mãe vendeu o apartamento, que era muito grande para ela, e foi morar na praia. Meu pai mora bem perto de mim. Desde que me casei, ele veio morar perto da gente. Às vezes ele me ajuda com os meninos, pois gosta muito dos netos. Ele é o que mais me ajuda. Agora está difícil, tem uma enfermeira com ele e eu sei que ele vai se recuperar (começa a chorar). Ainda bem que ele teve o AVC na minha casa e eu pude chamar o SAMU rapidinho. Coloquei os meninos no carro e fui para o hospital. Foi uma loucura de correria. Mas o que você me perguntou mesmo? Eu não lembro mais. Ando que nem louca, esquecendo tudo.

E seu marido?

Ele estava de plantão e o hospital do convênio do meu pai era outro, mas ele saiu do plantão e foi ver meu pai e falar com os colegas. Ele ficou furioso com o fato de eu ter levado os meninos para o hospital comigo, mas eu não tinha com quem deixá-los e não podia deixar meu pai sozinho. Foi um estresse de briga em casa por isso. O Fábio é muito nervoso por conta do trabalho...

E como você se sente com isso?

Ah, está tudo bem. Eu entendo...

O que você entende?

Eu sei o que você está pensando. Você acha que eu deveria dizer a ele que ele devia me ajudar mais, que briga comigo por nada e que ele não me enxerga. Que só eu cuido de tudo e também trabalho, que ele não me dá atenção, que desde que a gente casou eu espero por ele e ele me dá pouco? Não é?

É você que está dizendo.

(Nos minutos seguintes desta sessão permanecemos em silêncio.)

Conhecer uma história leva tempo, estamos como analistas, sempre trabalhando como facilitadores da contagem das questões de nossos pacientes. O fato de narrar também é terapêutico, pensamos enquanto contamos, mesmo quando nos referimos a coisas que nos doem ou que são muito difíceis. Estamos em busca de recordações, repetições que dizem de uma organização interna, de mecanismos de defesas e de como aquele indivíduo lida com suas questões. O que ele pensa, como ele entende, sente e resolve suas coisas, o que pensa de si e de sua forma de fazer o que faz, tudo é material de análise. Para Lacan, "o inconsciente é estruturado como linguagem e isso é demonstrado no discurso do analisando".

A análise se vale da associação livre como técnica facilitadora do rebaixamento da resistência de que todos nós desfrutamos ao entrar em contato com o que não está bom, mas conseguir realizar esse feito não é tarefa fácil. Falar, sem organizar as palavras, sem se preocupar com o sentido ou os assuntos, simplesmente dizer o que vem à cabeça e na ordem que vem, parece um exercício de criança que, para o adulto, é insuportável. Nossos pacientes precisam de um tempo analítico, além do fortalecimento do vínculo com o analista para que possam se soltar.

Incentivar nossos pacientes a essa prática é sempre uma forma de entendê-los melhor. Em alguns momentos, pude incentivar minha paciente a dizer o que lhe vinha à cabeça, mas a pergunta gerava uma reação árida, vazia: "Nada, não penso nada".

Haviam muitos buracos na história de vida de Paula e esclarecê-los era importante para poder começar a contar com ela, e talvez para ela, uma história esclarecedora do que estava acontecendo naquele momento. No texto de Freud, "Construções em análise", o autor se reporta à condição de que os analistas precisam se valer para, junto com o paciente, contar ou recontar sua história com os elementos faltantes ou incluindo o que foi analisado até aquele momento, o que possibilita ao paciente ver de um outro lugar o cenário de sua história pessoal.

Paula chegou à sessão e se jogou na poltrona onde costumava se sentar, deixou a bolsa cair do lado, no chão, e sentenciou: "Estou exausta, não aguento mais". Aguardei que ela me contasse, mas ela começou a chorar e se manteve assim por longos minutos. A certa altura, perguntei se ela não queria me contar o que estava acontecendo. Ela demorou um pouco, tomou a água que estava trazendo e começou:

Há seis anos, o Fábio começou a ficar mais distante, sem interesse pela casa, por mim e pelos filhos. Eu estava trabalhando muito, mas aquilo começou a me incomodar. Eu sempre perguntava se estava tudo bem e ele dizia que estava cansado, que os alunos exigiam muito e tal. Um dia, eu não me senti bem no escritório e resolvi ir para casa descansar antes de pegar os meninos. Cheguei em casa e ouvi a voz do Fábio e de mais alguém, mas o escritório estava fechado. Tentei abrir a porta para dizer que eu tinha chegado e ela estava trancada. Bati e ele disse que já iria sair para falar comigo.

Fui para o quarto me deitar e, quando ele apareceu, estava bravo comigo, perguntando por que eu estava em casa, e o que me chamou a atenção foi que ele estava todo amarfanhado. Perguntei quem estava com ele e ele disse que era um professor da faculdade que eu não conhecia. Eu senti um negócio estranho, mas estava com tanta dor de cabeça que deixei pra lá. Ontem, eu voltei para casa de manhã para pegar uns documentos e esse cara estava lá novamente.

(Um longo silêncio se fez)

Fiquei paralisada quando vi o cara na minha cozinha pegando um copo de água no meu armário como se fosse a casa dele.

O que você acha?

Não sei. Senti aquele negócio novamente. Também me senti enjoada, com vontade de vomitar.

Que negócio?

É como se o chão se abrisse e eu caísse em câmera lenta, sinto vertigem. Peguei os documentos e fui embora.

Você conversou com seu marido depois?

Ele falou que eles tinham ido buscar as provas dos alunos e que o colega estava com sede, que agora ele precisa avisar quando ia estar em casa? Me chamou de louca.

Parece que você não está nem um pouco confortável com a resposta que seu marido lhe deu. Acho que você precisa de maiores esclarecimentos, conversar mais. Você começou a sessão me dizendo que está exausta e que não aguenta mais.

A nossa vida é ótima, mas tem uma parte que não é muito normal.

Que parte?

Eu não vou conseguir te contar agora.

Paula saiu da sessão muito abalada, desanimada, dizendo que não ia adiantar nada conversar com o marido.

Nas sessões seguintes, Paula retornou à rotina de falar muito do trabalho, de como o pai se recuperava bem e dos filhos. Os meninos tinham uma diferença de idade pequena –oito, seis e quatro anos – e eram muito apegados a ela. Estavam sempre juntos e se davam muito bem. Nos finais de semana, Paula sempre viajava com os filhos para a praia e raramente o marido estava junto. Quando eu perguntava se os meninos não sentiam falta do pai ou mesmo se ela sentia falta do marido, ela me respondia com "estamos acostumados".

Toda essa ausência do marido, somada às sensações estranhas que ela teve nos episódios mencionados, me fizeram começar a juntar algumas peças desse quebra-cabeça chamado Paula.

Em um de nossos encontros, depois que ela falou novamente do trabalho, resolvi lhe dizer o que eu achava que estava acontecendo com sua terapia. Estávamos havia quase quinze meses juntas e sua vida profissional tinha sido vista intensamente; a relação com o pai, tanto pessoal como profissional, tinha melhorado muito, pois agora eles conseguiam conversar mais, mas a sua vida familiar era um enigma. Um campo minado por onde ela tinha muito medo de me deixar caminhar.

Ela concordou e falou que não adiantava muito falar disso porque não ia mudar. Eu discordei e lhe disse que talvez ela tivesse muito medo de mudar essa situação, medo de perceber que, talvez, as coisas não estivessem nada boas há muito tempo e que a relação dela com o marido tinha problemas importantes para resolver.

Eu não sei falar disso. Tenho vergonha de falar pra você. Sei que você não vai achar estranho porque você já deve ter ouvido de tudo aqui neste consultório, mas, pra mim, ainda é difícil.

Naquele momento, conversamos sobre a necessidade que Paula tinha de ser perfeita, querida e certinha até para mim. O medo que ela tinha de ser julgada e, principalmente, rejeitada por mim, uma vez que nosso vínculo era importante para ela. Ela reproduzia na relação comigo o que fazia com todos ao seu redor, aceitava tudo para se manter nas relações, e eu disse isso a ela e, apesar do medo, ela começou a me contar.

O Fábio foi meu primeiro namorado de fato. Eu tinha dezesseis anos e já tinha ficado com uns meninos, mas só beijo. Até a gente namorar, era muita conversa e, de vez em quando, beijo. Ele dizia que não gostava muito de beijar batom, mas, quando eu estava sem batom, também não tinha nada. Eu achava que ele me respeitava muito por conta dos meus pais e de eu ser menor de idade. Coisa de menina. Foi assim até o casamento, mas queria ver ele animado era eu colocar um salto alto. Ele ficava todo excitado só de ver meu pé. Eu ficava feliz, achava que ele me achava bonita!

Quando a gente se casou, eu era virgem ainda e a noite de núp-

cias foi diferente. Ele pediu pra eu ficar nua e de sapato de salto na frente dele. Eu fiquei com vergonha, mas fiz o que ele pediu. Não teve romantismo como eu imaginava, foi seco. Ele nem me beijou, ficou bem excitado olhando o meu pé, me estimulou manualmente e me penetrou, só. É assim até hoje, quando acontece. A gente demorou para ter filhos por conta disso. A gente transa pouco mesmo.

Eu tenho um closet cheio de sapatos; minha mãe tinha muitos sapatos também, mas eu não podia chegar perto, nem experimentar. O Fábio, em todas as ocasiões, me presenteia com sapatos de salto. São os sapatos dele eu não posso sair com esses sapatos de casa. Além disso, me dá de presente esses brinquedos eróticos para eu "brincar" sozinha. No começo, eu achava estranho ele incentivar minha masturbação, mas ele falava que eu precisava disso pra ficar calma. Eu uso e é bom na hora, mas depois não acho muita graça.

Eu quero o carinho, o beijo, a sedução, o toque... Eu falei com ele que achava aquilo estranho e ele sempre disse que era é normal, que há casais que são assim e que é assim que ele gostava e gosta.

Perguntei-lhe o que ela achava desse relacionamento, de ter relações sexuais desse jeito, de seguir tudo que o marido achava bom para os dois, ao que ela respondeu que não gostava, mas que, nessa altura da vida, mexer nisso era complicado. Para ela, uma mulher de quarenta anos estava velha para mudar de vida, começar algo diferente e, além do mais, tinham os filhos pequenos.

Você está chocada? Me acha uma doida? Eu sei que isso é um problemão, mas é isso aí. Eu devo ser doida também pra topar uma parada dessa. Às vezes, depois desses momentos, eu tenho vontade de chorar. Sinto muita culpa e não entendo nada. Eu não acho graça em nada disso. Com a terapia, tudo isso tem piorado. Começo a não conseguir fazer o que ele quer. Ele me pergunta se estou fazendo análise e eu digo que parei novamente, pra ele não me atormentar. Estou me sentindo péssima!

Naquele momento, o que me restou foi validar o sofrimento de Paula. Era muito difícil tudo que ela estava vivendo e era mesmo complicado falar disso, principalmente para uma analista que ela sabia que iria questioná-la. Não havia escapatória, ela não aguentava mais e toda essa história, somada a sua subserviência a estava consumindo.

Freud menciona no texto "Três ensaios sobre a teoria da sexualidade" que um certo grau de fetiche está presente em muitas relações sexuais normais, mas a situação se torna patológica quando este é o principal ator na relação sexual com o outro ou quando o objeto do fetiche se transforma no único objeto sexual. Sabemos que o objeto do fetiche é recoberto de magia, uma negação da possibilidade de ser castrado, da falta, do ficar sem, desmente o desmentido.

A perversão corrompe a ordem natural das coisas, invalida relações afetuosas saudáveis, desdenha da noção de lei em prol de um prazer continuado sem restrição. O fetichista se basta com seu objeto prazeroso num esforço magistral para evitar a sexualidade adulta de troca. Enquanto os outros se esforçam para conseguir migalhas de prazer e afeto em suas conquistas amorosas, o fetichista segue gozando com seu objeto liberto da busca e da recusa.

Sapatos, pés, cabelos, roupas íntimas e tudo mais não sexual tomam o lugar da relação íntima com um outro, da fusão com o corpo do outro, da noção do que lhe falta ou já teve horror de perder. O fetichista conhece sua loucura, sabe que afirma o que nega quando toca em seu fetiche para se satisfazer, mas sente que não há nada que se possa fazer com isso, que é a sina que irá consumi-lo.

O que me passava pela cabeça era: por que alguém se submete a algo que não é bom para si durante tanto tempo? Por que uma mulher bonita e bem-sucedida se mantém numa relação sem ter o mínimo atendido? Qual parte dela precisava de uma relação dessas?

Eu sei que a resposta é que há um ganho em tudo isso. Ela ter mencionado a culpa realinhou meus pensamentos; eu precisava, naquele momento, de um norte e ela me deu. Talvez revisitar a saída tempestiva do pai de casa, os seus sentimentos por ele durante o acontecimento, e possibilitar que ela se apropriasse do fato de os pais terem se separado e do porquê, nos ajudasse a compor os elementos faltantes desse quebra-cabeça que, a meu ver, passava por seu Complexo de Édipo.

Eu sentia uma fala desconectada, era como se as coisas não acontecessem com ela, e eu precisava insistir nessa junção do fato, da situação e do sentimento para ter alguma chance com essa moça.

Paula me contou que sempre se achou estranha, esquisita, que gostava de garotos do ensino médio quando estava ainda na 6ª série, que sentia uma culpa enorme que não conseguia explicar e que se envolver com um cara mais velho e sair de casa parecia juntar o útil ao agradável.

Nas sessões seguintes, Paula veio mais tranquila, guardava os celulares na bolsa no silencioso para não ser incomodada, e começamos a trabalhar a relação com o marido e suas insatisfações. Levamos meses para que ela se sentisse à vontade em falar o que desejava e precisava numa relação afetiva e como o marido, desde sempre, não havia preenchido suas necessidades básicas.

Aos poucos, Paula começou a entender que os sintomas que ela apresentava e que a fizeram procurar análise contavam de uma depressão que ela negou por anos e que o pânico e todos os outros sintomas eram o ápice da denúncia do "faz de conta" que ela impunha às suas necessidades e desejos. Em todas as sessões, havia muito choro e tristeza que revelavam um descrédito profundo.

Para dar conta dessa forma de sentir da paciente, voltei a lhe perguntar da relação que ela tinha com os pais, quais as lembranças, se existiam, que lhe ocorriam quando sentia toda aquela dor. Em muitos momentos, ela dizia que estava com medo de não aguentar tudo aquilo que estava sendo trabalhado e eu lhe sugeri que aumentássemos nossos encontros para duas vezes por semana, e dessa vez ela concordou.

Paula me contou que pouco se lembrava da relação com o pai até ele ir embora, era muito pequena e somente se recordava das balas de morango e dos passeios que fazia com ele quando saía da escola. Ele é, segundo ela, um homem de poucas palavras, mas muito carinhoso e que ainda lhe traz balas hoje em dia. Depois que os pais se separaram, ele ficou anos sem vê-la, porém, quando voltou, apesar da pouca conversa, sempre esteve por perto.

Ela, quando se formou na faculdade, fez um estágio no frigorífico do pai por dezoito meses, mas saiu para poder ter outros parâmetros de trabalho e outras experiências.

Sempre que penso na saída do meu pai de casa me dá vontade de chorar. Com cinco anos, a gente não entende nada, só sofre. Minha mãe não tinha estrutura para ser pai e mãe e a gente ficou sozinho.

A relação com a mãe sempre foi estranha. Contou que a mãe perguntava da escola, dos amigos dela e mais nada. Quando ela menstruou, a mãe lhe comprou um absorvente e lhe deu sem que ela soubesse colocar, mas sempre lhe comprava roupas boas para que ela e o irmão estivessem bem vestidos.

Paula me contou que, na escola, tinha poucos amigos, que sempre foi muito bem em todas as matérias, mas preferia muito mais conversar com os professores que com seus colegas. Era convidada para as festas e não gostava de ir. Quando ia, se sentia deslocada, achava as conversas idiotas e não via graça em ficar com as meninas para comentar sobre os meninos, e, assim, ficava conversando com os adultos.

Tivera, durante a faculdade, um melhor amigo que era o nerd da turma. Um rapaz, segundo ela, de quem ninguém gostava porque era feio e cheio de tiques, mas ela não ligava e ele sempre a ouvia quando estava chateada ou com problemas. Esse rapaz foi chamado por uma universidade nos Estados Unidos para continuar seus estudos após a faculdade e ela mantinha contato com ele raramente. Quando Paula se referia ao amigo, seus olhos ficavam cheios de lágrimas.

Fazer Paula entrar em contato e se implicar com seus sentimentos, necessidades e desejos era fundamental para que suas questões aparecessem. Antes disso, ela não podia reconhecer sentimentos como raiva, ansiedade, angústia, medo, decepção, humilhação, sem um ataque fóbico em seu lugar. A relação abusiva com o marido da qual era vítima, o fetiche dele, a falta que sentia do pai, mesmo estando com ele, a raiva dele por tê-la deixado tanto tempo, a raiva da mãe ter traído o pai, do tio que ficava em casa e que tinha a família dele, tudo precisava ser falado e representado.

Nos meses seguintes, essas questões entravam e saíam dos nossos encontros impondo muita dor e sofrimento. Esse momento analítico impõe aos analisandos que revisem suas posições, percepções e sentimentos em relação aos atores afetuosos de sua vida.

Há de se ter coragem para seguir por essa estrada, tanto por ser uma ida sem volta, quanto por toda mudança que irá se operar a partir daí. Com o tempo, Paula percebeu que a relação abusiva com o marido era o castigo que ela se impunha pela culpa que sentia de ter "contribuído ou sido responsável" pela separação dos pais. Esta é uma fantasia infantil que toda criança é capaz de ter quando vive ainda na primeira infância a separação dos pais, mas, quando essa fantasia é validada pelos pais, a coisa toma outra proporção.

A mãe de Paula escondia de todos os reais motivos do término do casamento, ou seja, a sua traição, culpando a filha por isso. Há coisas que não deveriam acontecer na infância, por causa das marcas desastrosas que podem gerar na construção de uma estrutura emocional. O Complexo de Édipo é a última fase do desenvolvimento psicossexual antes da puberdade. A separação dos pais nesse período ou mesmo a perda de um deles pode incidir sobre o desejo edipiano proibido, tanto do menino quanto da menina, e a criança passa a se ver como "responsável" pela separação ou pela perda. Essa é uma fase muito difícil, pois os desejos, na infância, são inconscientes e somente são manifestos em atos.

As crianças, nessa fase, são muito enciumadas de seus pais e nutrem sentimentos contraditórios de amor e ódio, constantemente, por eles, o que as faz sentir muita culpa, e, se houver um incidente culposo para ratificar suas fantasias, as coisas se complicam. Parece que foi o que aconteceu com Paula. A separação dos pais, a dor de não ver mais o pai, a ira de sua mãe e a culpa que esta lhe atribuía compuseram o cenário traumático que facilitou sua escolha de um marido humilhador que validava, junto a outros traumas, "os castigos" que aliviavam suas culpas.

Nessa mesma esteira, aceitar os gostos sexuais do marido não parecia estranho, uma vez que seus pais também desfrutavam de segredos e estranhezas.

A pergunta que surgiu foi: porque Paula nunca se ocupou de entender as coisas que aconteciam na sua casa, quando já podia pensar sobre isso? Sabemos quais são as coisas não ditas em nossas famílias, o que não se pode saber ou perguntar, e o silêncio funciona como proteção. É um teto de vidro do qual em algum momento das nossas vidas todos vamos desfrutar.

Um ano transcorreu entre choro e decepção com tudo que havia passado, conversas e brigas com o marido que redimensionaram a noção que Paula tinha de sua vida. Ela já sabia que não precisava daquele casamento, mas desfazê-lo não era o objetivo do marido que até ali tinha feito uma vida paralela sem objeções.

Nas férias de verão do ano seguinte, Paula foi para a praia com os filhos como sempre, e, três dias após terem chegado, o marido lhe comunicou que conseguira umas férias pleiteadas havia tempos e que iria para a Europa descansar. A notícia caiu como uma bomba na cabeça de Paula, e não houve nada que ela pudesse fazer para dissuadi-lo. Ele embarcou para umas férias de vinte dias sem a família.

Uma semana depois, Paula estava sentada na frente da sua advogada e já havia mudado a fechadura de sua casa, colocado as roupas do marido e os sapatos de salto em caixas e enviado ao consultório dele, e avisado os filhos que o papai iria morar em outra casa. Assim, entrou com o processo de separação e com o pedido de pensão alimentícia dos filhos, limpou seu closet, mandou uma mensagem para o marido, a qual este demorou dias para abrir, explicando que ele deveria se mudar, e sentou na sessão para chorar pela última vez por tudo que havia passado e ainda iria passar.

Eu sentia de tudo quando me separei. Tinha muito medo de não conseguir seguir em frente. Parecia que eu estava começando do zero. Aquela loucura também era minha e eu tinha horror de olhar pra ela. Às vezes, quando ia dormir, sentia o chão se abrir, um frio de medo mesmo, mas eu precisava me livrar de minha história horrorosa. Comecei a ver meu pai e minha mãe de outro jeito. As dificuldades deles como pessoa e casal foram ficando

*mais claras e eu me dei conta que eu era bem diferente de tudo
que tinha me acontecido.*

*As minhas culpas, que antes norteavam meus dias, agora esta-
vam ficando do meu tamanho. Me sentia menos louca, incapaz e
limitada. Se eu não entendesse o que tinha me acontecido não ia dar
conta de tudo isso e não ia seguir adiante.*

Não foi uma separação fácil, e sim, cheia de ameaças, raiva, dor e decepção. Pudemos, durante esse período, recontar
a história de seu casamento, entender por que Paula precisava
dele, ajudá-la a ter uma relação razoável com a sua sexualidade
e acompanhá-la na organização da própria vida.

Um ano depois...

Paula estava com uma vida organizada. Os filhos estavam
podendo entender a separação dos pais; não curtiam muito
quando o pai vinha buscá-los, pois ele os levava para casa e os
deixava jogando videogame sem conversar. Às vezes, as crianças não queriam passar o fim de semana com o pai, o que ele
achava ótimo.

Não demorou para que Paula começasse a sentir falta de
amizades e de carinho. Falávamos muito de seus medos e frustrações afetivas, mas não era fácil evoluir. Pensar em incluir
pessoas em sua vida era uma possibilidade recheada de medo,
vergonha e, ainda, muita dor.

Em certo momento, foi convidada a participar de uma ca-
minhada beneficente de uma empresa parceira e, com muita
análise, aceitou. No passeio, conheceu pessoas de que gostou
muito e, com elas, passou a colaborar e participar de eventos
dos mais diversos para angariar fundos para instituições que
sempre admirou. Essas ações começaram a estreitar seus laços
com pessoas que pensavam como ela e que também tinham
dificuldade de fazer amigos.

No final daquele ano, resolveu fazer uma longa viagem com

os filhos, conhecer novos lugares e se renovar. Paula havia tirado férias de verdade poucas vezes e agora queria, com as crianças, fazer novas descobertas. Naquele momento, era mais fácil conversar com pessoas estranhas, e ela se divertiu muito durante esse mês longe de tudo.

Certa tarde, meses depois, o filho de um amigo de seu pai ligou para ela avisando que iria levar um documento até a empresa. Paula ficou surpresa, pois esse rapaz ficava meses fora velejando e filmando as paisagens para uma revista famosa e fazia anos que eles não se viam. Tinham se conhecido na infância em função da amizade dos pais, mas na adolescência viram-se pouco, e, quando ela se casou, ele foi estudar fora.

Na sessão seguinte , Paula chegou estranha e inquieta. Aguardei até que ela começasse a falar, mas estava com os olhos arregalados e muda. Quando lhe perguntei o que tinha acontecido, começou a chorar. Esperei até que pudesse me contar algo a respeito, e o choro dominou metade da sessão. Aguardei.

Com muita dificuldade, Paula começou me dizendo que estava apavorada, que isso não ia dar certo, que era uma péssima idéia e eu não estava entendendo nada. Intervi, pedindo que ela se acalmasse e me contasse o que estava acontecendo. O rapaz, filho do amigo do pai, tinha ido levar o documento e, quando ela o viu, ficou gelada, com um frio na barriga, encantada. Conversaram mais de uma hora e ele a convidou para sair e atualizar as histórias pessoais, e, mesmo assustada, ela aceitou.

Eu não sabia o que fazer. Não sentia isso desde a adolescência, aceitei e me arrependi em seguida. E se ele me perguntasse do meu casamento, por que me separei, se ele me beijasse, e eu acho que não sei beijar direito. Achei que ia ter um ataque na hora em que ele saiu do meu escritório. Eu me sentia uma idiota, imatura e velha para tudo isso. Não consegui mais me concentrar em nada. Minha boca ficou seca, quase me atrasei para pegar os meninos e não prestava mais atenção em nada.

Cheguei à terapia disposta a dizer que tudo era um erro, que eu não servia para estar com pessoas, que o meu destino era ser mãe e empresária e só, que eu era feia para ele, que ele não ia querer nada comigo, que foi só um convite de amizade. Que tudo estava errado nisso e era melhor não me meter com ele. Eu iria desmarcar o compromisso e pronto.

Naquele momento, entendemos que era uma experiência nova e que ela estava insegura, mas já tinha avançado tanto até ali que talvez fosse mesmo a hora de se arriscar. Ela estava fazendo uma previsão muito negativa de tudo e de si, mas não estava considerando que, primeiro, precisava ver o que ia acontecer para saber o que fazer e que parecia que ela estava bem interessada em estar com o moço, beijá-lo, seduzi-lo etc.

Paula me olhou bem séria e sentenciou: "Vou pensar, não garanto nada, mas vou pensar", e foi embora.

No fim de semana seguinte, Paula saiu com o rapaz, que não perguntou do fim do casamento, da sua vida particular. Eles apenas se divertiram com as histórias que sabiam e outras que apareceram de suas vidas.

Muitos encontros se sucederam depois desse. Eles começaram a namorar e, pelo que sei, estão juntos até hoje.

CASO ALEX
Uma criança abusada

Sérgio Máscoli

INITIUM

"O homem possui uma natureza humana; essa natureza humana, que é o conceito humano, pode ser encontrada em todos os homens, o que significa que cada homem é um exemplo particular de um conceito universal: o homem."

Jean-Paul Sartre, filósofo

Em 2011, uma mulher entrou em contato comigo para atender seu filho de dezenove anos. Perguntei a ela se o rapaz estava disponível para fazer análise, uma vez que já era maior de idade. Ela respondeu que sim, então, pedi que lhe desse meu contato para falar diretamente com ele.

A mãe disse que eu poderia fixar um dia e horário e que ele estaria lá. Justificou que o filho estava muito deprimido e que seria melhor já marcar uma sessão inicial. Pelo tom de sua voz, compreendi que de fato seria melhor dessa forma. Marquei um dia e uma hora para atendê-lo. Na data agendada, a secretaria da clínica interfonou dizendo que ele e a mãe já estavam na recepção.

Pedi à secretaria para ele subir e fiquei à porta esperando. Alex, nome fictício, subiu as escadas, e eu pude perceber o nível alto de sua prostração, somado à timidez. O cumprimentei com um aperto de mão, ao que ele retribuiu, mas sem quase colocar pressão nesse contato. Indiquei a sala e lhe disse que poderia sentar-se onde julgasse melhor. Alex não explorou visualmente o ambiente e seguiu direto para a poltrona. Fechei a porta e me sentei em minha cadeira. Em poucos segundos, me questionei se iria me autorizar, ou seja, ser o autor do tratamento de um jovem adulto, se eu conseguiria dar conta de um tratamento de alguém que me pareceu estar tão fragilizado. Pensei comigo mesmo que era somente uma primeira sessão de análise, mas minha fantasia de que não poderia dar conta do caso persistia. Respirei fundo, hábito meu para aliviar a tensão, e olhando para Alex lhe perguntei em que eu poderia ajudá-lo.

O jovem, parecia, estava desmontado, a cabeça pendente, o tronco completamente encurvado, braços e pernas desamparados ao longo do corpo. Não havia vitalidade em Alex, apenas uma expressão que indicava "e daí?", "dane-se", "sem chance". Em alguns segundos contou que uma prima, que havia sido minha aluna, pedira à mãe dele para marcar uma sessão comigo, porque ele precisava de atendimento. Consenti com um movimento de cabeça e insisti com um gesto para que ele falasse mais.

Numa primeira sessão, o paciente quase sempre está tímido e não sabe o que falar. E o analista, também tímido, tenta manter o manejo da associação livre e da conexão dos inconscientes da dupla analítica. Alex é o tipo de paciente que deixa episódios de silêncio ocorrerem várias vezes. Após um desses momentos, no qual ele olhava para o chão, disse num tom gutural que o pai havia morrido recentemente. Esperei que uma fala viesse após essa declaração, mas sucederam-se apenas mais alguns instantes de puro silêncio.

Para mim seu silêncio era uma resistência e não por falta de energia vital. Claro que estava deprimido, mas falar da morte do pai não era uma tarefa fácil. Decidi fazer demanda e perguntei quanto tempo fazia que seu pai falecera. Alex respondeu com a voz falha que tinha poucos meses. Indaguei então sobre quais condições seu pai havia morrido. Alex disse que ele tinha um câncer que tratava já havia quase cinco anos. Em seguida, perguntei como tinha sido para ele esses anos em que assistiu à doença do pai progredir até chegar ao óbito. Nesse momento, já havia transcorrido quase a metade do tempo fixado para a sessão. Ele respondeu que havia sido triste, e novamente um silêncio ocupou a sessão. Não era minha intenção fazer um inquérito e bombardeá-lo com perguntas, queria que ele vivenciasse a sessão, se escutasse, percebesse seus movimentos corporais, que se entregasse ao devaneio.

Para a primeira sessão eu já tinha elementos para escutar o caso: luto e melancolia. Alex não estava disposto a falar mais; penso que nem queria falar nada, afinal foram sua prima e sua mãe que determinaram que ele precisava de atendimento. E ele estava lá apenas cumprindo ordens...

Alex veio sem muita motivação, mas veio. Isto me revelou que, de um jeito ou de outro, ele tinha assunto para falar, mas estava perscrutando o ambiente, me sondando, avaliando se poderia ou não fazer análise. Próximo ao término de nossa primeira sessão, perguntei a ele se estava fazendo acompanhamento psiquiátrico; disse que sim, que sua irmã mais velha e sua mãe o haviam levado a uma Unidade Básica de Saúde, que havia passado com uma psiquiatra que, além de medicá-lo, indicou que ele deveria fazer psicoterapia de apoio. Com essa orientação da psiquiatra, a irmã de Alex entrou em contato com a prima deles e esta forneceu meu contato.

Nesse momento, Alex levantou o tronco e me olhou. Percebi, então, que agora eu fazia parte da "família" que o conduzia compulsoriamente. Pensei se isso não representava uma transferência negativa.

A transferência de Alex comigo tinha avançado um passo. E ao olhá-lo pude observar que minha transferência com ele também avançara um passo. Fui ousado e me desafiei: eu me tornaria autor desse tratamento. Já mais seguro de que uma análise poderia ocorrer, fiz um "esboço" de um contrato. Aquele dia e hora seriam mantidos, só nossos encontros seriam semanais e os valores, determinados depois das sessões inicias quando Alex e eu compreendêssemos que poderíamos ser analista e paciente. Afinal, era a primeira sessão, a sessão inicial.

Alex demonstrou que havia entendido o contrato; foi quando me fez a primeira pergunta: se eu iria falar com a mãe dele. Disse que não, que a nossa conversa seria privada e sigilosa, que só chamaria a sua mãe se ele, Alex, solicitasse. E que, se ela quisesse falar comigo, a receberia sem problemas, desde que Alex estivesse presente para garantir a transparência do tratamento e não dar a ideia de conchavos entre mim e sua mãe como na "família". Alex concordou com a cabeça em demonstração de compreensão do contrato, mas também consentindo na reserva sigilosa que ele teria comigo.

Quando Alex se retirou, fiquei refletindo sobre nossa primeira sessão e como o caso poderia se desenvolver. Percebi que, apesar dos episódios de silêncio e de algumas questões que fiz, sua fala era contida, quase lacônica. Notei também um certo relaxamento em Alex ao comentar sobre o contrato, no que se referia em não falar com sua mãe, irmã ou prima. Mas não tinha certeza se ele voltaria para a segunda sessão.

Passados alguns dias, a mãe de Alex ligou para confirmar o horário. Perguntei se o seu filho queria retornar às sessões e ela disse que sim. Quis saber sobre os valores do tratamento, afirmando que precisaria se organizar financeiramente, pois Alex nunca havia trabalhado e seria ela e a filha que investiriam no tratamento dele. Disse-lhe que até o momento não havia custos e que Alex e eu iríamos trabalhar como dupla terapêutica. Penso que a mãe de Alex não entendeu bem a situação. De certa forma, o contrato criou uma espécie de barreira para a não invasão da mãe sobre o tratamento de Alex; assim, a análise de Alex se daria num ambiente psíquico profilático, independente de qualquer ingerência. Eu compreendia a questão da mãe, mas estava relevando ainda mais a questão de Alex.

Na data e horário marcados, Alex estava na clínica para nosso segundo atendimento. Como da primeira vez, Alex estava "descomposto", parecia mais uma "massa de carne" do que um corpo. Ao entrar na sala, ele foi direto para o lugar que havia sentado da primeira vez; também me acomodei e olhei para ele. Mas, diferentemente da primeira sessão, ele já dirigiu seu olhar para mim, não por muito tempo, mas o fez. Pareceu-me que ele estava mais disponível do que na primeira sessão. Como o silêncio dele me parecia uma resistência, perguntei como ele havia encarado e refletido sobre nossa primeira sessão.

Disse-lhe que não é fácil iniciar um tratamento analítico. Alex dirigiu rapidamente o olhar em minha direção, só que dessa vez, em vez de olhar para o chão, ele escolheu olhar pela janela como um objeto transicional. Com isso sua postura corporal ficou diferente. Entre olhar para a janela e olhar para mim, começou a balbuciar algumas palavras. Eu tinha certa dificuldade de entendê-lo, uma vez que ele apresenta uma disfunção fonoaudiológica. Não compreendi bem suas primeiras palavras, mas não pedi que as repetisse, deduzi que isto poderia inibi-lo, e fui me esforçando para conseguir distinguir os sons e compreender as palavras.

Alex disse que tinha se sentido mais aliviado depois da sessão, mas que ainda sofria muito desconforto. Ele parecia confuso, não compreendi bem o mal-estar que estava sentindo. Num dos relances entre olhar para a janela e para mim, perguntou se sua mãe havia contado que ele tentara suicídio antes de ir à psiquiatria. Agora havia compreendido por que ele tinha ido ao "posto de saúde", entendi por que fora atendido num hospital público após ter ingerido as mesmas medicações que o pai tomava durante o tratamento contra o câncer. Disse a Alex que sua mãe não havia falado sobre a tentativa de suicídio. De fato, me ocorreu a questão de um assunto tão relevante não ter sido informado pela mãe dele. Ou ela sublimou ou negou inconscientemente esse fato; percebi a aflição dela, mas não imaginava a tentativa de suicídio.

Um caso, na minha opinião, vai se constituindo como peças de um quebra-cabeça, que só aos poucos vai demonstrando o cenário.

Sem expressar qualquer reação, ele voltou a olhar para a janela. Eu tinha uma questão latente em minhas mãos e sutilmente precisava ver se ela poderia se tornar manifesta. E, então, perguntei a Alex o que ele pretendia com a ingestão dos remédios; preferi omitir as palavras "tentativa de suicídio".

Passados alguns segundos, Alex respondeu que queria descansar, desaparecer e não pensar em nada. Os verbos descansar, desaparecer e não pensar em nada me levaram a entender como eram difusos seus sentimentos de melancolia e de luto. Será que ele queria encontrar o pai? Era um grito de desespero?

Medo de enfrentar o início da vida adulta sem a figura paterna? Eu tentava compreender o que significava de fato essa ingestão de medicações.

Alex, em uma associação livre, disse que não aguentava ver o pai definhando pela doença, que vivia em estresse muito agudo, que tinha que auxiliar nos cuidados do pai e que em vários momentos precisou socorrê-lo, por isso ficava atento o tempo todo. Contou que durante todo o Ensino Médio passou muito medo, saía de casa sem saber o que encontraria ao chegar. Algumas vezes, de fato, viu a ambulância do SAMU na porta de sua casa; em outras, o pai já havia sido levado para o hospital e a casa estava vazia. Quando seu pai ficou internado, era muito difícil para ele vê-lo em fase terminal, sabia que a qualquer momento uma má notícia chegaria. Apesar de sentir--se "preparado", temia muito esse momento.

Quando o momento chegou, sua casa foi tomada por parentes, avós, tios, amigos, e ele não teve a privacidade para assimilar o fato. Descreve que nesse momento virou um "autômato", o que mandavam fazer, fazia. Percebeu que sua mãe e sua irmã também foram colocadas nessa função; pois seus tios tomaram a frente de tudo. Uma consideração, o que fizeram até recentemente, após anos da morte do pai de Alex.

Alex apresentou sua angústia para mim, levando-me a compreender que estava sofrendo muito; que não pôde ou não conseguiu ser proativo nos momentos finais de seu pai, que ele, a mãe e a irmã foram conduzidos pelos familiares de seu pai. Alex afirmou que os tios, sob o comando do avô paterno, o deixaram de lado como se seu pai só fosse filho e irmão dos outros. Alex deduz que ele, a mãe e a irmã, além de serem excluídos pela família do pai, foram dominados por eles. Com a morte do pai perderam a autonomia e a independência.

A As queixas da primeira e da segunda sessões me fizeram

entender que Alex tinha conteúdo para análise e capacidade de elaboração de suas demandas. Eu, agora, torcia para que ele pudesse se dispor a ser analisado. É claro que a fala descrita não apareceu numa narrativa fluida, plena, surgiram de "meias falas", de "palavras soltas" que eu ia manejando até poder compreender sua fala naquela sessão.

Perguntei a Alex se ele viria na próxima semana, ao que ele respondeu que teria de ver com a mãe. Entre ele e a mãe parecia não haver ainda um acordo claro de que ela iria bancar as sessões de análise e se Alex iria aderir ao tratamento; pude perceber que o meu manejo de não cobrar as primeiras sessões podia deixá-los em dúvida. E isso ser uma justificativa da interrupção da análise.

Decidi que na próxima sessão seria necessário abordar o assunto "pagamento" para não provocar maior instabilidade em Alex, na própria mãe, na irmã e até na prima. Sem dificuldade, na semana seguinte, na data e horário marcados, Alex chegou à clínica para sua terceira sessão. Fiquei à porta esperando aquele rapaz alto, acima do peso, aparecer na ponta da escada. Ele surgiu algo tímido e ainda um amontoado de massa corporal sobre as pernas, mas com uma diferença importante: vinha com a cabeça erguida, olhando em minha direção. Abri um sorriso ao vê-lo assim e ele me cumprimentou: "Olá, doutor!". Pensei: "Uau!".

Entrou mais confiante na sala e assentou-se com mais desenvoltura, mas não demorou muito e seus olhos se voltaram para a janela. Não comentei nada com ele, mas percebi que um pequeno movimento de transferência estava acontecendo; fiquei satisfeito em vê-lo um pouco mais integrado no início do tratamento. Como havia decidido que nessa sessão iria tratar do pagamento, já lhe adiantei que queria falar sobre os valores. Ao que ele respondeu: "Tá bom, doutor".

Expliquei as condições, sempre deixo que o paciente decida como vai investir em seu tratamento. Esclareço o número de vezes na semana que penso serem necessárias para o tratamento, o tempo da sessão, o divã, sem definir tempo para a conclusão do tratamento (?), sem atuar com tempos lógicos. Alex já devia ter falado com a mãe e solicitou um valor mensal, envolvendo aproximadamente quatro sessões, nesse caso um valor menor, se as sessões fossem investidas semanalmente. Esse contrato não me incomodou, haja vista que eu queria analisar Alex. Pronto, pensei, agora vamos para a análise. Manejei a sessão levando-o à associação livre, pedindo que Alex falasse o que lhe viesse à mente.

Ele respondeu que fizera uma listinha de coisas que queria falar, mas que naquela hora tinha esquecido o que havia nela. Eu lhe disse que, então, falasse o que viesse à sua mente. Alex, olhando para a janela, comentou que se sente desconfortável com a postura que os tios, e agora tias, têm com sua mãe. Pois eles entram em sua casa, sem pedir licença, e já vão mexendo nas coisas, abrindo armários, dando "sugestões" com um tom autoritário, e ele não consegue reagir. Somente após essas visitas é que ele, a mãe e a irmã falaram do incômodo que elas lhes provocam.

Alex não verbalizou, mas apreendi que, por ele ter tentado se matar, era tratado com desprezo ou menosprezo. Lembrando que a fala de Alex era entrecortada com "silêncios", "frase intrincadas", com dificuldade fonoaudiológica, e olhadas pela janela como uma linha de fuga. Mas Alex estava se apresentando. Aos poucos estaria chegando a si e se ouvindo. Daí para a frente as sessões iriam transcorrendo e Alex viria demonstrar maior organização, menos massa corporal e mais corpo.

Continuou entre episódios de silêncio, olhares pela janela, mas olhava mais para mim. Nessas sessões fui entendendo que ainda não era o momento de convidá-lo para o divã. É importante considerar que bem poucas vezes ele olhou para o divã, este era um "objeto negado", mas para mim ainda não representava nada. Ao longo dos meses iniciais do tratamento, Alex vinha mais integrado, nunca havia mencionado a questão psiquiátrica e o uso de antidepressivos.

Focava muito na avó paterna, pela qual ele tinha muito carinho e que o tratava com muito carinho. O pai de Alex era o filho caçula desses avós. Mas o incomodava muito a ingerência dos tios e tias e a maneira menosprezada com que era tratado, inclusive pelos primos. Não se sentia bem com eles. Alex queixava-se de que nunca havia trabalhado e que estava na hora de conseguir um emprego para ficar mais independente. Então um conhecido deles, que tinha um comércio, o convidou para desempenhar uma função em seu estabelecimento, um trabalho simples para alguém que já tinha Ensino Médio. Alex não sabia se iria ou não para a faculdade, disse que sofria pressão para cursar o Ensino Superior, uma vez que quase todos de sua família haviam feito faculdade.

Aceitou o trabalho, e com isso solicitou que mudássemos o horário das sessões para a noite; uma vez que eu tinha um horário disponível, realizamos a troca. A partir daí, passou a pagar metade de seu tratamento, afinal de contas, concluí, agora ele estava investindo em si próprio. Algum tempo após a mudança de horário e alguns pagamentos que ele fizera, tive a impressão de que Alex iria pedir a interrupção do tratamento. O trabalho o liberou e, em um dia qualquer, solicitou o fim do tratamento.

Compreendi que era um pedido de confiança dele, Alex precisava experimentar o início de seus vinte anos por conta própria. Consenti no término do tratamento até então.

Dessa forma, após pouco mais de um ano de análise, Alex deixou de ser analisado.

MEDIUS

"Os sintomas histéricos correspondem a um retorno a um modo de satisfação sexual que era real na vida infantil e que desde então tem sido reprimido."
Sigmund Freud, psicanalista

Após três anos do fim da análise de Alex, ele pediu para que sua mãe entrasse em contato comigo marcando uma sessão. Penso que Alex está repetindo novamente o padrão de usar sua mãe como interlocutora, então, dessa vez, já propus dia e horário. Depois de informar a Alex sobre a disponibilidade de minha agenda, sua mãe retornou algumas horas depois, confirmando a sessão na data e horário sugeridos por mim.

Quando Alex chegou à recepção, decidi ir buscá-lo. Na minha imaginação ele havia se esquecido do trajeto. Encontrei-o sentado. Ao se levantar, percebi que ele havia se desenvolvido, seu corpo, seu rosto, sua forma de vestir, tinha se convertido em um adulto. Alex estava agora próximo aos 25 anos. Cumprimentou-me com o tradicional "Olá, doutor". Convidei-o a subir e, ao contrário do que eu imaginara, ele conhecia o trajeto. Entrou na sala, assentou-se enquanto eu me acomodava, olhou pela janela. E por um instante tive a impressão de que não ocorrera nenhum intervalo entre a primeira fase do tratamento e a que começaria naquele momento.

Alex agora falava mais, se expressava melhor, creio que o vínculo continuava estabelecido. Contudo, percebi que seu olhar aparentava tristeza, ansiedade, ele movia mais os braços e as mãos, gesticulando como se estivesse enrolando novelos. Percebi que esse movimento motor representava justamente que ele estava enrolado. Só lhe perguntei "E aí, Alex?". Ele respirou fundo, teve um episódio de silêncio, olhou para mim e disse que tinha atravessado uma fase triste, deixando claro que não era referente à morte do pai.

Sua tristeza era outra. Gesticulei com a mão para que ele continuasse a falar. Com maior desenvoltura sua narrativa foi mais fluida. Disse-me que depois da interrupção anterior muita coisa melhorou, menos a ingerência de seus tios, tias e avó, uma vez que seu avô paterno havia morrido. Que a família e muitos amigos da família se reuniam todos os domingos para passarem o dia juntos, eles faziam brincadeiras, conversavam livremente, cada família levava um prato, comiam juntos, organizavam as coisas depois do almoço.

Como um jovem adulto, Alex não encontrava espaço onde se inserir, só ele e a irmã tinham idades próximas. Ou ele ficava com as crianças, ou com os adolescentes, ou com as mulheres, raramente ficava com os homens. Em um determinado encontro, Alex se aproximou de um adolescente de aproximadamente treze anos e começou a acariciá-lo, disse que foi uma ação automática, que não planejou as carícias, não controlou o impulso e teve a sensação de que ele e o adolescente eram as únicas pessoas no lugar.

Ao iniciar os carinhos nos cabelos e no rosto do adolescente, este não reagiu, mas apresentou um olhar de espanto e surpresa. Alex, porém, não percebeu a expressão do adolescente e continuou a acariciá-lo. Somente ouvindo os gritos do pai do adolescente é que Alex caiu em si e parou. O pai do adolescente vociferava: é pedófilo, viado, larga meu filho, e assim por diante. Alex ficou atordoado, não entendeu seu ato e teve que dar conta da bagunça provocada por aquela situação.

Ninguém conseguiu compreender o fato. Sua mãe e sua irmã o olhavam assustadas, e um vozerio tomou conta do ambiente. Uma tia o retirou do local, que estava tenso, e o levou para sua casa juntamente com sua mãe e sua irmã, e, espantada, ela lhe perguntava o que ele fizera, por que havia feito algo tão feio. Alex não sabia o que responder. Estava confuso.

Ele, a mãe e a irmã entraram em casa, e ele foi chorar no quarto; sentiu raiva e atirou alguns objetos ao chão. Alex não sabe dizer, mas sabe que sua família e a família dos amigos conversaram sobre sua atitude. Foi proibido de se reunir com eles por algum tempo. Alex estava suspenso do grupo e em "suspenso", e deprimiu. Ele de fato não compreendia o que estava acontecendo.

Após essa narrativa intensa, ele me disse que não era pedófilo, que não fez as carícias com desejo sexual. Explicou que naquele dia o adolescente estava com um cabelo muito bonito, parecia sedoso, e seu rosto estava com a pele viçosa, e que automaticamente quis sentir a textura do cabelo e da pele dele. Durante a narrativa do episódio, imaginei que Alex teria alucinado e que havia algum conteúdo latente entre um adolescente e um jovem adulto. Mas decidi não fazer nenhuma intervenção para deixar a escuta flutuante e não inibir o paciente.

Depois desse episódio, Alex ficou muito envergonhado, triste, desesperançoso, como se tudo tivesse acabado. Por algum tempo ficou longe dos tais encontros e permanecia sozinho em casa. Sua mãe e sua irmã só lhe diziam que ainda não era hora de ele voltar ao grupo até que a poeira baixasse.

Compreendi que um novo ciclo de análise se manifestava com outra queixa e outra demanda. Fiquei muito curioso com o que viria. Fizemos um contrato, ele e eu já nos conhecíamos e acordamos de maneira tranquila. Tive a impressão de que Alex era outro, o tempo de intervalo entre os tratamentos fez surgir novas demandas.

Alex iniciou outra análise, mas ainda não dirigia o olhar para o divã, diminuiu as olhadas pela janela e olhava mais para mim. Retomar a análise, como se só tivéssemos tirado umas férias, trazia uma certa timidez que foi superada aos poucos. Alex já era um adulto, mas ainda com demandas regredidas, ou seja, dava a impressão de que seus afetos não tinham se desenvolvido, eram resíduos de algum trauma infantil. Agora compreendo que alguns assuntos dele nunca haviam sido expostos na "primeira" análise.

Nessa nova fase, Alex demonstrou ter estranhado muito sua atitude com o adolescente porque não era pedófilo, disso ele tinha certeza. Pedi para ele me contar sobre sua sexualidade. Esse foi o tema mais difícil de ser tratado pelo paciente. Disse que nunca havia tido uma relação sexual até então, que nunca havia beijado na boca. Nem de homem nem de mulher, esclareceu.

Eu só o ouvi, não fiz intervenções, deixei-o na livre associação. Entendi que algo estava ganhando expressão e não queria atrapalhar o que estava por vir. Ele nunca se sentava com o corpo voltado em minha direção, acomodava-se de lado olhando para a janela e dando as costas para o divã.

Numa dessas falas recortadas, Alex dirigiu o olhar para mim e disse que não sabia se tinha tesão por homem ou por mulher ou pelos dois. Esse era o motivo pelo qual nunca se deixou seduzir ou seduziu alguém. Disse também que, sozinho em casa aos domingos, quando não ia para os encontros de família com amigos, costumava se maquiar, enrolar os cabelos, e ficava em "outro lugar".

Ele contou que era o Alex, mas que durante esses períodos era uma mulher, se sentia como uma mulher. E que, próximo ao horário em que a mãe e a irmã voltavam para casa, ele ia tirar a maquiagem e desfazer o cabelo. Por causa desse novo comportamento, começou a comprar roupas femininas, maquiagem e bijuterias finas, que trazia para casa em sacolas que tentava esconder. Lembrou-se que sua avó tinha um baú que não usava; ela concordou em dá-lo a Alex, que o levou para casa e nele começou a guardar suas roupas femininas, maquiagem e acessórios. Sua mãe e sua irmã desconheciam o que havia no baú, mas nunca perguntaram sobre seu conteúdo.

Alex me disse que a sua vida era dividida em duas partes, a do rapaz do comércio onde trabalhava desde a primeira fase da análise e a do Alex do baú. Nessa narrativa perguntei qual era o nome do Alex do baú, e sem demora ele respondeu "Samantha", nome fictício. Perguntei se Alex e Samantha eram representações da mesma pessoa. Ele confirmou.

Pedi para que Samantha se descrevesse, então Alex disse que Samantha não conseguia falar dela, mas que Alex podia falar de Samantha, ao que consenti com a cabeça. Alex, então, começou a descrevê-la: Samantha era uma moça *mignon*, cabelos compridos e lisos, que gostava de roupas justas, acessórios brilhantes, sapato com salto alto agulha; que era muito vaidosa e que adorava brincar com os cabelos tingindo-os às vezes com cores diferentes. Disse que Samantha gostava do Alex, que eram muito amigos e que se auxiliavam muito. Perguntei a Alex se ele gostava de Samantha, ao que respondeu que sim, muito.

Um turbilhão de sensações e impressões me transpassavam. Eu estava diante de quem? Qual deveria ser meu manejo? Episódios do Caso Schreber, do Homem dos Lobos, das Fantasias Histéricas relacionada à Bissexualidade flutuavam dentro de mim. Mas mantive a postura atenta a ele, sem manifestar nenhuma intenção; nessa hora é que eu sinto falta do paciente no divã... As sessões foram transcorrendo e Alex me dando mais conteúdos sobre o que sentia, como sentia.

Voltou a frequentar o grupo da família e amigos, mas já não era igual, sentia-se vigiado, foi estigmatizado, percebia sua mãe e sua irmã constrangidas, os adolescentes e crianças nem passavam ao lado dele. Mas também notou a "aproximação" de alguns homens que o "olhavam" de forma diferente e que, algumas vezes, era abraçado fortemente por alguns. Perguntei se ele observava algum erotismo nesse comportamento, e Alex disse que sim, mas não gostava disso. Tomou a liberdade de fazer arranjos florais para o espaço de reunião e contou que ouvia, uma vez ou outra, que aquela atividade era para mulheres. Não ligava mais.

Nesse grupo apareceu uma jovem com a aparência de Samantha. Alex se identificou com ela, passou a presenteá-la com algumas peças de Samantha, ficava admirando essa adolescente vestida de sua Samantha. Foi quando decidiu estudar *design* de cabelo, maquiagem, joia e de vestimenta. Além de sua Samantha, agora ele tinha uma "pessoa" para se espelhar. A reação de sua família foi de hostilidade, pois deveria estudar administração e não moda. Novamente Alex era o centro da atenção de seus familiares pela oposição. Mas ele não se importou e seguiu estudando. De alguma forma, Alex era menos manipulado por seus familiares.

Apesar de continuar a trabalhar no comércio, aos fins de semana fazia assessoria de moda para clientes que o contratavam. Percebi que Alex estava ganhando autonomia, os outros já não importavam muito para ele, somente sua avó paterna. E para ela, em um domingo, Alex apareceu maquiado e com o cabelo arrumado, e lhe perguntou o que achava. A avó respondeu: "Você está linda", e lhe fez um carinho terno. Ele a abraçou e ela correspondeu ao abraço. Alex disse para a avó que seus tios e tias não iriam gostar de vê-lo assim, ao que ela comentou: "Não ligue, eles são bobos, eu criei cada um deles, não ligue". De certa forma, sua avó paterna lhe permitiu ser quem queria ser. Foi quando ele começou a abrir o baú e se arrumar na frente da mãe e da irmã.

Fiquei imaginando o que elas deviam pensar de mim e de minha inabilidade em tratar de Alex; apesar de ele nunca ter me trazido nenhuma reclamação da mãe e da irmã sobre mim ou sobre meu trabalho.

Quando sua irmã começou a namorar um rapaz de outra nacionalidade, Alex se arrumou como mulher para receber o futuro cunhado. Este chegou, não demonstrou nenhum estranhamento e comeram juntos. Alex se sentiu acolhido, e esse jovem é hoje seu melhor amigo no sentido estrito da palavra, é um referencial importante para Alex.

A cada sessão com Alex eu imaginava como proceder nela, afinal havia Alex, Samantha, o baú, a repressão dos familiares e o consentimento da avó paterna e do cunhado. Mas eu percebia que tinha algo ainda mais recalcado. Levantei a hipótese do retorno do recalcado a partir de uma possível transgeneridade não binária, de uma assexualidade, de um crossdresser, de uma perversão, de uma identidade cindida. Eu não tinha certeza de nada.

Contudo, ouvia uma voz inaudível de Alex, uma voz regredida, fixada no Édipo, fixada na posição esquizoparanoide ou estilhaçada. Percebi que, nessa fase do tratamento, o ego de Alex estava se fortalecendo e que o recalque não demoraria muito a eclodir. Estava preparado para quando isso acontecesse?

FINIS (?)

"O abuso é uma experiência solitária. Para quem eu vou contar? Nunca iam acreditar em mim..."

Alex, paciente

Nestes mais de três anos do retorno de Alex para a análise, algumas elaborações foram feitas por ele.

O recordar e repetir, passo a passo, foi dando lugar às elaborações. Eu via com muito desejo de analista essas elaborações e verificava que o ego de Alex se fortalecia, sua postura, sua linguagem corporal, a forma como se apresentava estavam se integrando. Pensava se a análise estava potencializando tais mudanças. Alex já não era aquele "amontoado de carne", tinha uma postura melhor, sua fala demonstrava bastante progresso, assim como os movimentos de braços e mãos no início da segunda fase do tratamento.

Alex se dizia mais inteiro, já não se preocupava muito com a reação dos familiares, não se sentia mais intimidado e nem se importava com o que veio a ser chamado pelos familiares e amigos como "esquisitice". Ele estava sendo autêntico, mas ainda hoje prefere a intimidade da casa para se maquiar e cuidar do cabelo, da pele. Aquele baú antes fechado a sete chaves, e que era um lugar proibido, está aberto e acessível aos íntimos da casa.

Com o passar do tempo, a maior parte dos objetos dentro do baú foram doados ou vendidos em bazares e brechós. Em um episódio, quando foi oferecer algumas roupas e acessórios, a vendedora/compradora lhe perguntou se eram de sua namorada, ao que Alex respondeu que eram seus, de seu uso. Ao notar o olhar da mulher, ele se deu conta de que falara espontaneamente, e isso o deixou gratificado. Gostou de sua atitude.

Em sua casa, agora, há um espaço no armário para guardar alguns objetos. Alex percebeu que já não eram tantos quantos os que estavam no baú; que já não ia a lojas femininas comprar roupas ou acessórios. Antes ele gastava até um salário inteiro com esses objetos. Não sente tanta impulsão de comprar roupas, sapatos, acessórios brilhantes e material para as bijuterias que ele mesmo fazia.

Mas ainda consome acessórios, cosméticos e maquiagem de forma reduzida. Mediante esse comentário dele, perguntei-lhe o porquê, ao que Alex respondeu: "Não sei, doutor. Acho que não preciso mais tanto disso".

Eu tinha curiosidade de saber se ele continuava ou não a tomar medicações da psiquiatria; de certa forma, eu queria averiguar se a análise ou a medicação estavam surtindo efeito. Então, comentei com ele sobre o tratamento psiquiátrico, e ele me informou que já tinha recebido alta da psiquiatria havia alguns anos e se sentia bem.

Naturalmente as falas de Alex foram mudando de foco.

Num período, depois do segundo ano de sua volta à análise, Alex disse que tinha um sonho recorrente que o incomodava muito. Perguntei se ele queria contá-lo para mim; consentiu com a cabeça e disse que por três ou quatro vezes ele se vira em um cemitério andando por suas alamedas, e para qualquer direção que olhasse via o túmulo do pai. Perguntei o que ele sentia durante o sonho, mas Alex não soube responder. Continuei perguntando se ele tinha alguma ideia do motivo de ter esse sonho, mas ele não soube responder. Pensei que o sonho poderia ser um tipo de resíduo de alguma questão do dia a dia. Indaguei se essa ocorrência era próxima à data de aniversário da morte do pai, e ele disse que não. Então, deixei de insistir numa interpretação. Chegaria a hora para isso.

Algumas sessões depois, ele disse que naquele dia da sessão, pela manhã, ao ir para o trabalho, de dentro de um ônibus viu uma moça no ponto que o encarou, e ele, percebendo, retribuiu esse olhar intencionalmente. Estava feliz porque, agora, ele sabia o que era o "azarar" alguém. Foi rápido, mas significativo, e é claro que eu não podia perder essa descoberta e deixar de lhe perguntar como tinha sido para ele. Alex respondeu que foi bom, que essa experiência o ajudou a compreender um pouquinho sobre "tesão". Pensei que quando era abraçado forte por homens nos encontros de domingo disse que não gostava disso, algo agora era diferente, conclui.

Ousei e lhe perguntei como era sentir tesão, e ele respondeu que foi natural e bom. Então fui um pouco além e lhe perguntei se ele havia se masturbado, e ele disse que não. Afunilei a questão: Alex, você se masturba? Ele respondeu que sim. Que às vezes assiste a vídeos pornô, com preferência aos homossexuais. Perguntei com qual frequência se masturbava, e ele disse que de vez em quando. Perguntei se ele gozava, e sua resposta foi sim.

Entendi, então, que ele não era "assexuado", ou seja, Alex tinha satisfação pulsional. Agora eu sentia permissão de falar sobre sexualidade abertamente. Alex rompeu o pudor, a vergonha, a resistência.

Portanto, um novo nível de análise se estabelecia, finalmente. Comentei com Alex que poucas vezes havíamos falado sobre sexualidade; ele concordou. Disse que quando assiste a vídeos pornô ele se imagina tanto no lugar do ativo como no do passivo, que às vezes goza fixando-se no passivo e, em outros momentos, no ativo.

Perguntei a Alex o que ele entendia sobre o que havia acabado de me contar. Ao que ele respondeu naturalmente: "Ah, eu gosto de homem". Quando lhe perguntei como era isso para ele, olhou para mim e com movimentos de ombros sinalizou que "tanto faz". Tive a impressão que esse movimento não significava que não tinha importância, mas que não importava para os outros. Fiz essa consideração para ele, ao que respondeu: "É isso, doutor. Não me importo com os outros".

Mais uma elaboração, Alex havia se reconhecido homossexual. Mas os movimentos dos ombros ainda não haviam ficado bem esclarecidos para mim, sabia que queriam dizer algo mais. Mas compreendi que Alex estava tendo uma experiência de aproximação. Só não conseguia perceber qual.

Na fase de falarmos de sexualidade, Alex dizia que não via a hora de chegar o dia da sessão, pois, segundo ele, eu "falava" coisas que o faziam pensar a semana toda. Nesses momentos minha transferência com ele era agradável, fluía, ele me olhava mais, começou a ficar com o corpo na mesma direção que o meu, me olhava com mais confiança, olhos nos olhos.

Observei que Alex estava ficando egocentrado e podia me olhar como se olha para um espelho. Percebi que, nesse momento da análise, a transferência positiva de Alex para comigo iria levá-lo a pedir interrupção da análise, e, como já o conheço, o meu manejo seguiria o ritmo dele. Alex precisa de um "hiato" de tempo para ir elaborando suas questões.

De fato, em duas ou três sessões após, Alex pediu que as sessões fossem quinzenais, justamente para que ele pudesse ganhar tempo. Fiquei surpreso, pois imaginei que ele iria pedir interrupção do tratamento e voltar só mais tarde. Aceitei esse novo contrato e passamos a nos encontrar quinzenalmente.

Nessa fase, os assuntos eram amenos e sem muita profundidade. Sem apresentar nenhuma expectativa, por conta dos assuntos triviais, as sessões se baseavam em narrativas comuns.

Em dado momento, Alex contou que sua avó paterna estava muito doente e que as perspectivas não eram boas. A avó precisava tomar um medicamento no fim da madrugada, e ele se prontificara a dormir na casa dela para lhe dar o remédio e depois ir trabalhar.

Essa fase foi significativa, pois Alex ficou imbuído de preocupação que sua avó morresse. Depois de alguns meses, a velha senhora veio a óbito. Em geral Alex não costumava mandar mensagens, mas enviou uma logo após a morte de sua avó. Respondi dizendo que lamentava. Mas não disponibilizei horário na "semana de ausência" para atendê-lo, optei em deixar para Alex a decisão de pedir encaixe, não quis ser invasivo, ele deveria escolher o que fazer. Nessa sessão Alex narrou como a morte da avó o abalara, que ele estava sentindo saudades dela. Disse que ela fora sepultada no mesmo jazigo do seu pai.

Imediatamente ocorreu-me as cenas do sonho de Alex andando pelo cemitério e vendo o jazigo do pai em qualquer direção que olhasse. E perguntei a ele como foi ter a experiência de enterrar a avó no mesmo lugar onde seu pai está sepultado. Ele permaneceu em silêncio, ficou olhando pela janela, e eu também permaneci em silêncio esperando o que viria. Alex, olhando rapidamente para mim, disse que não sabia.

Praticamente a sessão terminou aí. Por duas ou três sessões o assunto era como os tios e as tias estavam lidando com os documentos de divisão patrimonial. Imaginei que um luto novo criaria uma melancolia nova, sobrepondo-se ao do pai.

Então, decidi arriscar uma intervenção, de alguma forma a morte do pai, o sonho do jazigo, do "não sei" (sem saber mesmo) do sepultamento da mãe do pai; perguntei a Alex quais lembranças (aqui imaginei as "Lembranças Encobridoras") do pai emergiram a partir da morte da avó, ou da perda dela. Alex respirou fundo e disse que tinha lembranças confusas sobre o pai. Para apoiar sua fala, perguntei quais eram. Voltado para a janela, de costas para o divã e me vendo pela lateral, Alex contou que o pai era alcoólatra e que havia feito seus avós sofrerem muito, assim como a ele, sua mãe e sua irmã.

Não era novidade para mim que o pai bebia desde antes de se casar com a mãe de Alex. Por ser etilista crônico, essa fala não me surpreendeu, por isso seu pai não trabalhava, só sua mãe que saia cedo e quando sua irmã ia para a escola também cedo, Alex ficava sozinho com o pai um longo período do dia, então, descansava junto com ele na cama ou no sofá.

Quando Alex estava com aproximadamente sete anos, enquanto ele dormia seu pai começou a acariciá-lo no pênis; ele despertou e não entendeu o que acontecia, porém viu a fisionomia do pai que se contorcia com respiração ofegante.

Alex ficou muito assustado e com medo. Seu pai não lhe falou nada. A situação foi se repetindo frequentemente e, com o tempo, Alex foi perdendo o medo do pai. E, ao contrário, já esperava ficar a sós com o pai para que ocorresse um novo episódio de carícias íntimas. Com mais algum tempo, Alex começou a tocar no pênis do pai. Então, toda vez que estavam sozinhos, essas "carícias" aconteciam. Alex disse que nunca houve penetração ou tentativa de penetração, só masturbação.

Com o passar do tempo, Alex foi "entendendo", na fantasia infantil, que o que ocorria entre pai e filho era uma expressão de amor, de carinho. Aqui se pode pensar em Ferenczi, para quem, na Confusão de Línguas, a relação que ocorre entre um adulto e uma criança é marcada por uma confusão na linguagem, onde um não compreende o outro; dessa forma é possível emergir um trauma que, durante uma análise, pode reproduzir e até agravar o que foi vivido como catastrófico na infância. O pai, geralmente, não tinha comportamento afetivo saudável com ninguém, nem com a esposa, com os filhos, com os pais, irmãos ou cunhadas. Era etilista, briguento, provocava desavenças a maior parte do tempo. Mas, para Alex, os momentos de intimidade eram uma expressão de favoritismo do pai por ele, e isto bastava para Alex: ter do pai uma expressão de amor, quando na grande maioria do tempo a maior parte das pessoas recebiam agressões. Para Alex, era bom trocar carícias com o pai.

Alex diz que se julgava um reizinho por isso. Como era início de sua vida escolar e por ser maior que as crianças de sua turma e ser passivo, foi vítima de bullying. Então vivia em dois extremos, na escola era maltratado e em casa, bem tratado, uma vez que só com ele o pai era gentil, atencioso, o que chamou a atenção da família, que imaginava que esse pai tinha "adoração" pelo filho homem caçula. A mãe de Alex e sua irmã nunca flagraram ou perceberam qualquer atitude que despertasse desconfiança quanto à atitude "amorosa" do pai de Alex.

Portanto, Alex sabia o que era sexualidade. Freud diz que o trauma sexual ocorre em "duas fases": primeira, na experiência quando a criança não tem elementos cognitivos e hormonais para compreender ou significar o ato sexual e, segunda, quando o agora adolescente que já experimentou um ato sexual ou uma "cena primal" e que devido a produção dos hormônios sexuais e o desenvolvimento cognitivo, passar a entender o que é sexualidade, então, compreende o que aconteceu quando era inocente.

Quando Alex chegou aos doze ou treze anos, seu pai passou a ignorá-lo, depois a descartá-lo; assim, ele deixou de ser o "reizinho" e passou a receber a mesma rispidez e grosseria com que todos os outros familiares eram tratados. Alex mergulhou num profundo estado de *confusão*, não compreendia nada de si, do pai, da escola, do mundo.

Deduzi que um estado de desamparo e desprezo se instalou nele nesse momento.

Os referenciais eram fantasia de criança, que, apesar de estranhar o contato com o pai, era "suprido afetivamente"; mas, com a alteração dos comportamentos afetivos de seu pai por ele, tudo perdeu o sentido. Alex não era mais ninguém, os rudimentos de uma personalidade foram estilhaçados, uma angústia tomou conta dele no início de sua adolescência. Tornou-se arredio, lunático, esquisito, um adolescente problemático por ficar a maior parte do tempo calado como se fosse explodir de uma hora para outra. Adquiriu insegurança em estar próximo a homens, que perdura até hoje.

Mas sua avó o acolhia. Mesmo a mãe e a irmã estavam oprimidas pelo etilismo do pai. Até que, quando Alex estava com 15 aos (lembra dessa data por ser nessa faixa etária que as meninas debutam), seu pai apresentou o diagnóstico de um câncer que acabou levando-o à morte três anos depois.

Este foi mais um grande obstáculo que Alex teve que enfrentar. Apesar do desprezo que o pai passou a lhe direcionar dois anos antes, agora tinha que lidar com a progressão da doença do pai, inúmeras internações e cirurgias, tendo que cuidar daquele corpo definhando. O mesmo corpo que, da infância para a puberdade, fez com que Alex se imaginasse "reizinho", sendo agora um adolescente desprezado.

A cada quinze dias, eu ficava aguardando que Alex não faltasse à sessão. Tinha a fantasia de que falar sua verdade para ele mesmo poderia desorganizá-lo. Pensei em propor sessões semanais novamente. Mas isso iria acelerar a precipitação do recalque, ser "homeopático" me pareceu o melhor manejo.

Quando Alex conseguiu contar toda sua história, as conexões começaram a ocorrer. Conseguiu falar das contradições de suas emoções, da confusão recorrente, da dificuldade de se definir, de não querer fazer faculdade formal, de ter sofrido muito com a morte do pai, que para ele representava a morte real do "afeto" infantil e início de seu paradoxo psico-erótico-afetivo.

Nas narrativas de Alex, ele ia demonstrando clareza e lucidez de sua situação, até que um dia disse: "Eu fui abusado quando criança e pelo meu pai". Olhei para ele com serenidade e perguntei como ele tinha ouvido o que acabara de falar. Devolveu o olhar e disse: "É a verdade", "É a verdade".

Duas semanas depois, ele me disse que havia contado para a mãe sobre os abusos do pai. Ela tinha chorado muito, sentiu muita raiva do marido, e afirmou iria contar para todos o que ele havia feito. A mãe de Alex ficou fora de si.

Alex, também muito emocionado, pediu à mãe que não contasse nada a ninguém, principalmente para a irmã e o cunhado, pois, apesar de tudo, queria preservar a memória do pai.

E considerou comigo uma questão: se o pai poderia ter sido abusado e por isso abusou dele. Devolvi em forma de pergunta: "Você está pensando que pode ser um abusador?". Rapidamente respondeu que não. Explicou que seu pai foi o único dos filhos dos avós que se desagregou, passou a beber, não se ajustava aos seus. Disse que o pai era parecido com ele, confuso, em conflito, e que só se acalmava perto da mãe. Eu lhe disse: "Não sei, é difícil saber. Só ele poderia falar dele... não saberemos".

Em um dos nossos últimos encontros, Alex me confidenciou que tem sim fantasias sexuais quando se masturba e ejacula, e que o parceiro de suas fantasias é seu pai... que quando se masturba se lembra dos dois no passado... E tem orgasmo... E fica confuso...

Há pouco tempo mencionei a Alex meu desejo de escrever sobre o caso dele e lhe perguntei se autorizaria, com o que ele concordou. Comuniquei que ele teria que assinar um Termo de Consentimento Livre e Esclarecido, e ele assentiu. Duas semanas depois, com o termo nas mãos, contou que a mãe não gostaria que ele assinasse, mas que havia explicado a ela que era uma forma de ele se libertar desse pesadelo (ou do sonho?). Ao assinar o termo, perguntei a Alex que nome sugeria para a narrativa de suas sessões, ao que ele respondeu:

"O menino
abusado"... "Uma
criança abusada"!

CONCLUDERE

"Descobrir estas resistências (recalque inconsciente) equivale sempre a vencê-las?"
Sigmund Freud, psicanalista

Fala-se de um caso aberto porque nenhum caso termina de fato, são feitos de fases ou etapas, e cada uma delas tem uma consistência diferente, mas que pertencem ao mesmo sujeito de análise. Diria que a análise é uma aventura, mas uma aventura protegida pelo ambiente terapêutico e, geralmente, não traz riscos importantes ao paciente, a não ser recordar e repetir seus traumas até que estes sejam elaborados e integrados ao sistema consciente, mediados pelo ego, ego fortalecido.

As lembranças? Continuam lá, só como meras lembranças cognitivas, que via de regra não são mais carregadas de afetos negativos. Sendo assim, "concluir" o Caso Alex seria uma arrogância psicanalítica. Alex continua a enfrentar diariamente sua "confusão", uma vez que seu objeto de desejo é incestuoso e morto. Incesto este que, antes, era recalcado, latente, provocava sintomas; agora, embora livre e manifesto, carrega suas marcas, desconfortos, questionamentos existenciais.

Fico imaginando como Alex vive mentalmente com essa "confusão" recorrente. Desde o início da quarentena, há alguns meses, nossas sessões foram suspensas. Alex não podia fazer atendimento on-line por falta de privacidade, mas, assim que se sentiu mais confiante quanto à pandemia, pediu uma sessão presencial e, diferentemente das outras vezes, não adiou a análise para pós-psndemia. Disse que a quarentena o fez repensar suas escolhas. Uma delas ocorreu quando sua mãe o surpreendeu assistindo a um filme erótico gay e, de maneira ríspida, lhe perguntou o que era aquilo, ao que ele respondeu que estava se satisfazendo. Então perguntou à mãe o que ela faria se ele se assumisse homossexual; a mãe não respondeu.

Para as minhas considerações do caso até aqui, quero apresentar minha escuta durante o tratamento. O "olhar de lado para mim" seria uma fobia, expressão de não encarar uma figura masculina mais velha, parecendo demonstrar desconfiança em homens mais velhos; o "evitar o divã" como local de repetição da cama ou sofá onde os abusos começaram; a "confusão" como várias rotas para se seguir na vida, e o "baú" como representação do que recalcava.

Em supervisão com o psicanalista Eduardo Fraga de Almeida Prado, o mesmo contribui com uma escuta que enriquece muito o Caso Alex. O supervisor diz que a "confusão" de Alex também pode ser compreendida como uma fidelidade sintomática, daí histérica, para não trair o pai. Que a "confusão" de Alex se torna uma justificativa para que ele não tenha que se definir, uma vez que seu pai se tornou um "parceiro de vida". Acrescenta que a redução da potência sexual/erótica, a libido de Alex, representa o distanciamento de um objeto morto.

Eduardo Fraga reflete que Alex tem lado A e lado B; que seu lado "A" é como uma linha de produção para sua subsistência, e que seu lado "B" pode ser compreendido como seu talento como consultor de moda e estilo, dando fluidez à sua habilidade e possibilidade de fazer o belo que lhe dá prazer. Para Eduardo Fraga, pode se argumentar a favor de ser esse o motivo de Alex ser plural, ser diferente, ter lado A e lado B. Sobre o baú, o supervisor diz ser esse o seu "lugar de desejo", mesmo que agora esteja "aberto".

Por fim, Eduardo Fraga ainda levanta a hipótese de que a "confusão" na qual Alex se encontra é a *inação, in+ação,* ou seja, dentro da ação, onde ele atua.

São Paulo, pandemia, 2020

O REINO RYUKYU

Hercilio Pereira de Oliveira Junior

A guerra do Pacífico

Em junho de 1945, o mundo celebrava o término da Segunda Guerra Mundial. Após o desfecho das operações militares, diversas regiões do planeta encontravam-se devastadas em termos materiais e humanos. Nossa imaginação projeta rapidamente imagens de escombros e vítimas nos países mais atingidos da Europa ocidental como França, Itália e Alemanha. Projetamos também imagens do holocausto, da infinita mãe Rússia e da queda dos movimentos nazista e fascista. Havia importante noção de libertação do mal, algo fortemente associado à propaganda de guerra e da narrativa impressa pelos vencedores.

Algo mais distante de nossa imaginação foi o desenrolar da guerra do Pacífico. Nesse conflito, duas grandes potências da época, Estados Unidos e Japão, chocaram-se pela hegemonia de uma região gigantesca e absolutamente estratégica para o controle de atividades militares e econômicas nos anos que viriam a seguir. A guerra no Pacífico prolongou-se, Estados Unidos e Japão lutavam de modo feroz pelo controle de ilhas estratégicas em batalhas que custavam muitas vidas aos dois lados. Apesar de sua trajetória militar indicar redução de poder associada a seguidas vitórias do Exército americano, o Império japonês mantinha resistência intensa em cada uma de suas bases militares localizadas em diversas ilhas do Oceano Pacífico. Assim, a aproximação dos navios e aviões norte-americanos era extremamente dificultosa e os militares japoneses lutavam de modo tão intenso que, mesmo em posição de desvantagem, impunham ainda custos altíssimos ao Exército americano. A compreensão do modo de luta japonês certamente seria tema de seguidos livros e teses. Talvez a mentalidade ocidental tenha dificuldades para capturar toda a complexidade desse fenômeno que guarda íntima relação com aspectos históricos, religiosos e culturais, algo que fica evidente com o exemplo recorrente dos *kamikazes*. Dentre as batalhas da guerra do Pacífico, duas foram extremamente marcantes e terríveis, Guadalcanal e Okinawa.

Em meados de 1945, as águas azuis da ilha de Okinawa estavam tingidas de sangue e por todos os lados cadáveres despedaçados junto aos seus últimos e exíguos pertences pessoais eram acompanhados por um odor insuportável. Enxames de moscas e ratos cobriam boa parte da ilha de areias brancas dentro de uma miscelânea insuportável de terra revolvida e matéria orgânica em decomposição. Sobre esse cenário, o sol forte da região próxima aos trópicos nunca deixou de brilhar, tornando tudo mais cruento e chocante. O quadro terrível suscita reflexão sobre o desencadeamento dessa espécie de código de autodestruição chamado guerra que, de tempos em tempos, as sociedades de todo o planeta acabam por desencadear. Registros da guerra apontam o fenômeno da perda de sensibilidade dos soldados que, comumente, vilipendiavam os cadáveres capturados ao inimigo. Uma prática conhecida era manter crânios do inimigo que ganhavam nomes e seguiam sendo carregados por alguns regimentos. Por vezes eram decorados com ornamentos e até recebiam cigarros para uma boa fotografia. Algo é certo, na Segunda Guerra Mundial, a pior das guerras, vencedores e vencidos cometeram atrocidades como nunca antes na história. No caso de Okinawa, no curso de poucos meses, as duas potências hegemônicas transformaram um lugar milenar e de natureza belíssima em um pesadelo em forma de arquipélago.

O reino

O arquipélago Ryukyu é constituído por 169 ilhas, das quais a mais importante é Okinawa. Trata-se de uma cadeia insular que se estende predominantemente em região subtropical desde o mar ao sul do Japão até Taiwan. A região evoluiu ao longo de sua história com relativa unidade constituindo-se no reino independente Ryukyu até o século XVII, quando ele foi submetido ao domínio japonês. Há descrições históricas de representantes do reino Ryukyu em missões diplomáticas nos reinos vizinhos. A sua localização particular entre o Japão, a China e o Sudeste Asiático conferiu a essa região influências de diversos povos e civilizações que produziram traços culturais marcantes como o próprio idioma, religiosidade e mitologia.

Os habitantes de Okinawa possuem características físicas próprias e acento de idioma que ainda hoje fazem com que eles sejam identificados como diversos da população japonesa que vive nas quatro grandes ilhas principais que compõem o arquipélago. Ao longo dos anos de dominação e influência japonesa em Okinawa, esses traços foram de modo progressivo e intencionalmente modificados como política de assimilação cultural pelo Império japonês. Apesar dessa tentativa, como é comum nesses casos, os habitantes valorosos da ilha mantiveram seus costumes e idiomas nos rincões mais afastados, mantendo suas tradições.

Dentre os aspectos mais interessantes, destaca-se um rico sincretismo religioso que abarca influências budistas, xintoístas e confucionistas. Esse panorama propiciou a existência de uma rica rede mitológica e de culto aos ancestrais. Os chamados ancestrais primordiais incluem Utin (Céu, pai), Jiichi (Terra, mãe) e Ryugu (Mar, berço onde nascemos) que assumem papel de criadores e são adorados pela comunidade. Alguns deuses são cultuados como o Hinukan, deus do lar e do fogo, representado por três pedras na cozinha. As famílias, segundo as tradições, cultuam também o fuuru nu Kami, ou deus do banheiro, que confere proteção contra espíritos negativos associados à presença de dejetos humanos. Os antepassados de cada família são venerados através da presença dos Butsudan, que é um altar sagrado, onde os antepassados da família são lembrados por placas que contêm seus nomes e recebem comumente oferendas, como frutas, arroz, álcool e incenso. Segundo a tradição, o Butsudan deve ser cuidado pelo filho mais velho de cada família que passa também ao primogênito e assim ao longo das gerações. O Butsudan constitui um verdadeiro marco em torno do qual reúnem-se os familiares em datas festivas como o Ano-Novo.

A unidade familiar é fortíssima entre os habitantes de Okinawa e seus descendentes. A figura do filho mais velho, ou do irmão mais velho junto ao Butsudan, propicia uma singular orientação para a família. Em torno do cuidado desse irmão mais velho e o que representa seu zelo pelos antepassados é construído um arcabouço que confere sustentabilidade e confiança aos entes. É belíssima a concepção de que o cuidado à memória dos antepassados também se articula com o cuidado aos familiares no presente, já que o Butsudan mantém a família coesa internamente e dentro do universo de convivência e compartilhando aspectos culturais e valores familiares com outros grupos familiares próximos.

Apesar de sua unidade e características culturais próprias, ao longo da história os habitantes da região foram obrigados a imigrar para diversas partes do mundo em busca de melhores oportunidades. A situação de profunda penúria e destruição ocorridas após a guerra foram fatores determinantes para o desencadeamento de diversas ondas imigratórias a partir dessa região. O Brasil recebeu contingente importante de imigrantes.

A imigração

Acompanhar os fluxos de imigração e as tensões relacionadas conferem dificuldades para a compreensãoda xenofobia do nosso tempo. Parece clara a noção de que, se certo povo abandona seu território e raízes, certamente o faz por completa impossibilidade de permanecer em seu meio com condições básicas de sobrevivência. A existência de xenofobia em um país como o Brasil é ainda mais estranha. Expressar esse sentimento e atitude representa ignorar nossa história compartilhada. A grande maioria dos nossos antepassados recentes que chegaram aos portos brasileiros fazia a travessia por condições de penúria e sofrimento. Eles não eram ricos ou aristocratas e não deixaram o conforto da civilização. Nossos antepassados que ousaram imigrar ao Brasil eram predominantemente pessoas com baixa escolaridade e, na melhor das hipóteses, dominavam algum ofício. No entanto, eles chegaram, trabalharam e construíram o país, pois receberam oportunidades.

A situação de profunda penúria à qual algumas nações

se encontravam submetidas após a guerra foi um fator importante para um novo impulso para ondas imigratórias. O Brasil recebeu contingente importante de imigrantes com um novo fluxo de pessoas vindas do Oriente, inclusive japoneses. Esses imigrantes japoneses já haviam descoberto o Brasil como um destino imigratório alguns anos antes. Quando era menino fui a Santos com meus pais visitar alguns amigos. Na tarde desse dia, talvez em 1988, alguém me falou que haveria uma queima de fogos de artifício em comemoração aos oitenta anos de imigração japonesa ao Brasil. A queima de fogos foi magnífica, lembro que a cor vermelha era predominante e descobri que o navio dos primeiros imigrantes se chamava *Kasato Maru*. Naqueles tempos ainda não tinha conhecimento de que o Brasil era um destino importante e Santos, através do seu porto, tinha sido uma porta de entrada e acolhida a esses imigrantes, mantendo ainda hoje um número grande de descendentes. O navio *Kasato Maru* possuía um contingente importante de passageiros provenientes da ilha de Okinawa, algo que sinaliza a existência de problemas na região mesmo antes da terrível guerra.

Os imigrantes japoneses desde sua chegada, relativamente tardia ao Brasil ao longo do século XX, estabeleceram-se em diversas regiões do estado de São Paulo. Um número significativo permaneceu no litoral, outros na capital e ainda uma parte importante foi ao interior do estado para trabalhar na agricultura. A determinação e as construções empreendidas por esses imigrantes foram admiráveis. Em poucas décadas, eles aprenderam um novo idioma, algo extremamente difícil,se consideradas as diferenças culturais, e trabalharam arduamente no campo, no setor industrial e de serviços e muito rapidamente conquistaram uma condição melhor para seus descendentes com acesso amplo à educação e assimilando rapidamente a cultura brasileira. No entanto, cabe ressaltar a presença e o culto de tradições que foram transportadas ao novo mundo pelos primeiros imigrantes e os que vieram a seguir. Como eles não puderam permanecer em sua terra natal, tiveram a atitude correta de trazer uma parte do Japão ao Brasil. Desde então, o Brasil também é Japão.

Os primeiros anos

O estabelecimento desse contingente de imigrantes no Brasil foi certamente caracterizado por múltiplas dificuldades. Elas podem ser caracterizadas pela tentativa de adaptação e subsistência considerando elementos de uma economia agrária e primariamente industrial no cenário de uma complexa ambientação cultural. Naturalmente, os novos imigrantes apoiavam-se em comunidades de imigrantes de mesma nacionalidade já existentes em diversas localidades, mas não apenas isso, como também grupos de regiões ou famílias de certas localidades. Enquanto os imigrantes ingressavam no trabalho rural, eram estabelecidos os primeiros casamentos e passavam a nascer já em território brasileiro as primeiras gerações. Embora mantivessem suas tradições trazidas do Japão, os imigrantes geralmente permitiam que seus filhos frequentassem as escolas do novo país, bem como participassem de ritos relacionados ao catolicismo.

Nessa conjuntura, os filhos de imigrantes constituíamuma geração ligada às tradições que eram trazidas e cultivadas pelos seus pais imigrantes e, ao mesmo tempo, relacionada às práticas correntes no Brasil. Se considerarmos que o Brasil do século XX já constituía um enorme agrupamento de culturas e religiões de partes diversas do mundo com inegáveis raízes europeias e africanas, a chegada de imigrantes de regiões orientais trouxe ainda mais diversidade e um caleidoscópio que tem aspectos singulares. Ao invés de serem apresentados a uma cultura e religião estável ao longo de séculos, os filhos de imigrantes conheceram muitas possibilidades. Certamente nem todas eram acessíveis, até pelas barreiras sociais e de agrupamentos humanos que eram estabelecidas, mas saber da existência do diferente já produz um efeito modificador na experiência humana.

O respeito e o culto dos antepassados dentro de casa e as datas festivas da cultura japonesa eram acompanhados pelo trânsito por este mundo tão diverso. Enquanto a manutenção das tradições milenares era um dever, assimilar a nova realidade e as diferenças em relação ao comportamento, idioma e religião era uma necessidade e algo que também deveriam fazer para auxiliar seus pais na empreitada de criar uma família no novo país. Dessa maneira, os imigrantes que embarcaram nos navios do outro lado do mundo e chegaram ao novo país empreenderam esforço épico. No entanto, eles conheciam a sua terra natal, tinham raízes estabelecidas e, mediante o apoio recebido por suas comunidades, conseguiam manter os pés firmes no novo solo. Além do mais, sabiam que existia um lugar para regressar se necessário. O plano A era a adaptação à nova terra, mas havia o plano B e isso faz toda a diferença.

Comparativamente, os filhos de imigrantes viviam uma situação de importante estresse. Geralmente, aprendiam a falar dentro de casa, no contexto familiar e totalmente imersos no idioma japonês. Quando chegavam à escola do novo país, tinham dificuldades de comunicação e eram também fisicamente diversos, fatores que certamente produziam sofrimento. Nesse aspecto, piores que o mar tempestuoso, a incerteza e a

penúria seriam os anos de dificuldades anunciadas, conhecidas, mas incontornáveis que se apresentavam.

Os transtornos mentais

A ocorrência de transtornos mentais em famílias que imi-
gram é algo bastante consolidado na literatura. Essa associação
constitui uma oportunidade para a compreensão de como fatores ambientais podem interagir com fatores de vulnerabilidade biológica ocasionando o adoecimento. Os quadros clínicos
mais frequentemente descritos são de transtornos do humor,
mas frequentemente são observadas manifestações relacionadas a transtornos psicóticos ou abuso de álcool e outras drogas.
Associada ao fator de estresse de adaptação ao novo contexto de vida, está a maior dificuldade de acesso a meios de
tratamento e abordagem precoces, que podem prevenir a
piora progressiva de sintomas. Outras situações relacionadas
são a aderência ao tratamento e compreensão diferenciada do
transtorno mental de acordo com aspectos culturais ineren-
tes às origens e cultura. Por exemplo, se os sintomas forem
compreendidos de acordo com um contexto místico e religioso
e não psicopatológico e médico, a atitude será de busca por
recursos baseados em sua sabedoria transmitida a cada geração e talvez, apenas em última alternativa ,recorram ao auxílio
médico especializado.
Sobre a aderência, chama ainda atenção o fato de que a subsistência da família ou comunidade imigrante pode depender do
esforço de trabalho contínuo e, normalmente, o indivíduo aco-
metido pelo transtorno mental pode apresentar incapacidades,
além do fato de representar maior dispêndio de recursos pelo
grupo. Essas condições colocam o indivíduo imigrante acome-

tido de transtornos mentais em alto risco relacionado à carência de assistência e aspectos mais elementares de sobrevivência.

Assim, quando temos a perspectiva de realizar atendimento a um imigrante ou descendente dentro de uma comunidade com traços culturais muito sedimentados, devemos levar em consideração que a compreensão dos processos básicos relacionados a essa cultura em sua associação com a compreensão dos transtornos mentais pode ser um fator determinante dentro da lógica de tratamento. Esse colorido é fascinante, mas ao mesmo tempo coloca o desafio da sequência de trabalho e o risco relacionado a uma interrupção precoce do processo terapêutico.

A prática

MOK iniciou acompanhamento comigo após um período difícil em que vinha de tentativa de suicídio por enforcamento e internação em clínica psiquiátrica. O pai recebeu indicação dos meus serviços junto à família de um outro paciente que haviam conhecido na clínica. MOK tinha então 36 anos, estatura mediana e algum sobrepeso possivelmente decorrente dos anos de tratamento e uso de medicações psiquiátricas. As suas roupas denotavam pouca preocupação com modismos ou ênfase na aparência. Não tinha as unhas pintadas e não usava nenhum tipo de maquiagem. Seu cabelo iniciava alguns fios brancos que ficavam muito evidentes em contraposição com a cor negra dos demais.

Sua descendência japonesa era um traço físico característico. Suas maneiras polidas e formais e tom de voz baixo também eram traços notáveis. No primeiro dia de atendimento, o pai entrou na sala e começou a contar a história. MOK havia iniciado aos dezesseis anos um quadro caraterizado por sintomas depressivos, isolamento social progressivo, intolerância a permanecer no seu ambiente escolar e brevemente episódios de automutilações em braços e pernas. Segundo o pai, não havia qualquer traço preditor em sua infância, sendo considerada como de transcorrência normal. MOK tinha mais dois irmãos e duas irmãs, com os quais mantinha um bom relacionamento. Tinha poucos amigos, brincava apenas com as primas, quando se encontravam nas datas comemorativas da comunidade de Okinawa no Brasil.

Nesse primeiro contato, MOK não encontrou um canal para se expressar, o pai ocupava o espaço, como se fosse o detentor de tudo que era relevante para o tratamento e pudesse me passar de forma mais objetiva e pragmática. Ele me falou sobre o diagnóstico do transtorno afetivo bipolar e as nove internações anteriores nas mais diversas clínicas psiquiátricas, geralmente quando havia piora e MOK retomava o sentimento de vazio, pensamentos em suicídio, ingestas abusivas de medicações ou lesões. Como é comum nessas situações, por vezes as autolesões não eram associadas a um desejo imediato de interromper a vida, mas configuravam uma opção para alívio da angústia. Em outras ocasiões, ela apresentava os episódios de euforia, agitação psicomotora e exposição a diversos riscos; havia então um claro desconforto e constrangimento da família, que via suas maneiras comedidas claramente afetadas pelas crises. O pai de MOK forneceu um relato detalhado de todas as tentativas de medicações que haviam realizado, sabia claramente o que funcionava ou não, bem como as medicações que claramente pioravam o quadro.

É interessante o fenômeno produzido na clínica psiquiátrica nesse tipo de situação. O paciente (neste caso, a família) pode trazer um importante estreitamento das opções terapêuticas com a leitura da resposta pregressa. Em algumas ocasiões, a pessoa que procura o psiquiatra pode chegar com sua prescrição pronta, sabendo o que precisa tomar. Evidentemente, não há acordo se as escolhas estiverem fora do escopo de tratamento indicado ou representarem risco, mas algumas vezes as propostas são totalmente plausíveis e possíveis. No caso de MOK foi praticamente assim, mesmo nessa primeira sessão em que ela pouco falou, um ponto importante foi ouvi-la dizer que se sentia melhor fazendo o tratamento que seu pai indicava. Apesar de todo significado presente nesse contexto, entendi que deveria me aplicar para estabelecer vínculo e ocupar um lugar confiável para MOK. Nesse momento, esse lugar tinha relação com o estabelecimento de um entendimento que viabilizasse uma aliança de tratamento.

Havia percepção clara de que eu era muito diferente e pouco conhecedor das dinâmicas daquela família. Seria necessário tempo e presença estável para que eu constituísse uma figura com autorização para realizar intervenções. Algo fundamental seria compreender a dinâmica e a sofisticação das relações presentes naquele contexto familiar. Eu me deparava com algo totalmente novo e desafiador. As classificações diagnósticas tomadas de modo raso pouco me ajudariam a encontrar as melhores alternativas. Seriam fadadas ao fracasso as tentativas de seguir algoritmos de tratamento de modo cego. Era necessário mais, eu ainda não estava preparado, mas eu me interessava e aprendi que essa talvez seja a coisa mais importante para avançar em um processo terapêutico.

*

No segundo atendimento consegui enfim realizar atendimento mais próximo com MOK, sem a presença dos seus familiares, para que ela pudesse se sentir mais disposta a falar. Ela iniciou a falar de modo semelhante à primeira avaliação, no entanto, conseguiu se soltar aos poucos e contar de seu histórico familiar e pessoal. Seus avós maternos e paternos eram originários da ilha de Okinawa no Japão. Os avós maternos haviam chegado ao Brasil ainda crianças, na década de 1930, e os avós paternos vieram após a Segunda Guerra Mundial, quando a situação na ilha era de extrema penúria e destruição. Inicialmente esses avós paternos se estabeleceram em Santos, mas mudaram-se depois para São Paulo, juntando-se à comunidade de imigrantes de Okinawa que habita na zona leste da cidade. Foi então que seus avós promoveram o casamento dos seus pais. Naquela época o entendimento entre famílias de mesma origem para a promoção de casamentos ainda era algo extremamente desejável. Seu pai era o primogênito de quatro irmãos e, de acordo com a cultura, tinha responsabilidades pelo cuidado de seus avós paternos. Assim, após o casamento, seus pais passaram a morar na casa de seus avós. MOK conheceu apenas sua avó paterna, pois seu avô já era falecido quando ela nasceu. Tinha poucas lembranças da velha senhora que falava uma língua de difícil compreensão e que geralmente apenas seu pai compreendia. No entanto, o semblante austero dessa avó era algo marcante, que comunicava apesar de suas poucas palavras, sendo uma referência constante. MOK era a segunda filha, possuía um irmão mais velho. Apesar de não ser do sexo masculino nem primogênita, sua condição de mais velha das irmãs também trazia obrigações e responsabilidades. Desde muito cedo havia sido iniciada nas práticas domésticas e tinha responsabilidade pelo cuidado dos seus irmãos mais novos. De modo interessante, esse cuidado com os irmãos mais novos era tão intenso que praticamente poderia configurar uma iniciação ou treinamento para a futura maternidade. Algo que chamava atenção no seu relato era a estrita observação de uma norma cultural dentro do meio familiar que guardava diferenças expressivas em relação aos costumes ocidentais. Era muito marcante a presença de um código não escrito de conduta que definia deveres e obrigações, mas também a experiência metódica de momentos de descontração e diversão no meio familiar. Existiam referências muito claras em seu discurso, era nítido o sagrado papel ocupado pelo pai dentro da missão de resguardar o passado e o futuro da família mediante o cuidado com os pais e o culto da memória dos antepassados. Ele cumpria esse papel com extremo rigor. Ela me explicou aspectos da importância do Butsudan que havia sido transportado desde Okinawa e das placas com os nomes dos antepassados. Essa descrição me pareceu fascinante, como o poder da palavra, no caso um nome próprio, poderia transcorrer gerações e seguir adiante ocupando respeitável espaço de veneração na família e memória. Palavra e memória combinadas, algo muito poderoso.

*

Nas sessões seguintes, MOK me falou sobre sua mãe. Creio que em poucas situações clínicas me deparei com uma presença materna com características mais particulares. Inicialmente, chama atenção o tempo significativo que a mãe levou para ser descrita. Talvez a melhor definição seria de uma presença silenciosa. Ela permanecia em casa, geralmente não acompanhava MOK aos tratamentos, consultas ou internações. A impressão transmitida era de uma relação com poucas palavras e desprendimento de manifestações de afeto. No lugar disso, me parecia que havia um contrato silencioso entre as duas sobre a necessidade de observação do papel feminino dentro da família e a necessidade estrita de que este fosse observado. Na infância MOK tinha claras atribuições, tais como ir à escola, cuidar dos irmãos e ajudar nos afazeres da casa. Ela também era estimulada a encontrar suas primas e ir à missa na igreja mais próxima de casa. Esse componente creio que seja de grande relevância, pois denota algo que a todo momento do nosso processo terapêutico esteve presente. MOK deveria manter as tradições dentro de casa e deveria assimilar a cultura ocidental fora de casa. Havia uma ambiguidade que sempre esteve presente, mas este praticamente era um mandado que deveria cumprir e necessitaria cumpri-lo de modo igualmente eficiente para os dois papéis. Considero que este se configurou um contexto gerador de importante estresse e dificuldades. Quando MOK não atendia às expectativas, havia um olhar de repreensão por parte da mãe, palavras não eram necessárias.

*

MOK iniciou os sintomas do transtorno bipolar na adolescência. As primeiras manifestações foram de sintomas depressivos, quando obteve nota abaixo da média em uma prova de língua portuguesa. Sua descrição do processo chamava muita atenção. Não sentia à época tristeza, mas um sentimento de vazio, de falta de sentimento e, ao mesmo tempo, começou a perceber que não conseguia mais ler ou aprender qualquer coisa. Quando se dava conta disso, ela tentava retomar uma leitura e voltava a não conseguir. A experiência psíquica desse processo era de importante dor e incapacidade de reação. Ela usou uma expressão marcante que foi a sensação de estar "enterrada viva". Suas notas só pioraram, não conseguia mais fazer os deveres em casa, não tinha energia e não conseguia acompanhar os irmãos mais novos. Passou a ser repreendida pela mãe e pelo pai, além de uma tia que vinha de tempos em tempos visitá-los. Os pensamentos em suicídio chegaram de maneira inevitável, no início pensava em morte como ideia geral, depois se fixou às placas contendo os nomes dos antepassados no Butsudan. Tinha pesadelos que seu nome em japonês estava fixado no altar dos antepassados. Morrer passou a não ser uma escolha, mas uma necessidade, e em um final de tarde se trancou no banheiro e tomou toda a caixa de medicamentos que lá permanecia guardada. Foi internada pela primeira vez.

*

Após algumas oscilações e períodos mais difíceis, ela passou por alguns anos de estabilidade, adaptando-se ao uso das medicações. Ela abandonou os estudos, não conseguia mais acompanhar. Os irmãos desenvolviam-se, mas ainda necessitavam dos seus cuidados, e esse elemento foi colocado como prioridade. Por volta dos 22 anos ela teve a primeira crise maniforme. Os sintomas iniciaram em um domingo à noite, quando tomou as medicações no horário programado, mas claramente não conseguia dormir. Passou a andar pela casa, onde todos dormiam, e percebeu que seu fluxo de pensamentos estava acelerado. Sentia uma pressão incontrolável para falar e vontade de sair de casa no meio da noite, mesmo sem saber exatamente para onde. Não dormiu absolutamente nada e pela manhã viu sua família despertando aos poucos.

Como era sua atribuição, foi pela manhã ao minimercado próximo de casa comprar alguns alimentos. Utilizou todo dinheiro que levava, comprando mais itens que o normal. Algo lhe dizia que devia comprar mais, ela não sábio o porquê, mas não havia dúvidas em relação a isso. Quando chegou em casa seu pai estranhou e perguntou o que havia acontecido, mas ela não soube explicar. A insistência do pai gerava irritabilidade e raiva. Naquele mesmo dia saiu de casa e bateu à porta de um grande número de vizinhos oferecendo suas próprias peças de roupas usadas, pois queria começar um negócio. Sua aparência estava extremamente alterada, e os vizinhos, alguns deles da comunidade, foram chamar seu pai na fábrica em que trabalhava, relatando que havia algo errado com MOK.

Ela foi conduzida para nova avaliação, tendo ficado novamente internada. A ocorrência de um episódio maniforme configura um dos acontecimentos mais cruéis dentro da clínica psiquiátrica. Toda a exposição relacionada e o constrangimento sofrido tornam extremamente penosa a experiência de retomada e volta à normalidade. Todos os olhares perplexos das pessoas que presenciaram a alteração comportamental complexa relacionada ao quadro voltam-se à pessoa acometida. Esta é a expressão mais intensa do estigma, algo que suplanta o preconceito e em que o sentimento de piedade pesa de maneira pior e praticamente insuportável. MOK sentiu uma das maiores dores de sua vida: desse momento em diante seu transtorno era de conhecimento público, as coisas nunca mais voltariam a ser como antes.

*

O transtorno afetivo bipolar com suas manifestações extremas constitui um fenômeno marcante e de difícil assimilação nas diversas culturas. Em relação a MOK, o modo como sua família compreendeu o processo e adotou as primeiras medidas foi congruente com suas crenças e teve associação relevante com a compreensão do desconhecido. Inevitavelmente, essa compreensão foi ao encontro das convicções religiosas que frequentemente vêm responder ao estranhamento de algo novo que rompe a lógica previamente estabelecida. As manifestações do transtorno caracterizadas pelas oscilações do humor podem frequentemente alimentar leituras ligadas à religião ou espiritualidade como a descrição de fenômenos de possessão ou mediunidade. MOK passou a ser considerada alvo de espíritos maus e submeteu-se inicialmente a diversos ritos de purificação para afastar as más influências. No início do seu processo de adoecimento, os pais contaram com apoio de familiares e da comunidade. No entanto, após a falência das tentativas de assistência espiritual realizadas, eles passaram a ser estigmatizados e o caso de MOK foi considerado sem solução pelas referências espirituais da comunidade. A família começou a carregar um pesado fardo de isolamento, como se tivessem cometido algum erro capital no momento ou em gerações pregressas que seria insanável. O transtorno de MOK era uma condenação e sua simples existência ganhava contorno de um peso insuportável.

*

Após os primeiros episódios vieram outras crises. Com o passar dos anos, os irmãos cresceram e saíram de casa. A mãe faleceu há cinco anos por um câncer de mama. Ela se foi em silêncio, levando as palavras que nunca falou e que MOK acreditou que ela algum dia diria. Em casa restaram ela e o pai. Resignados na companhia que continuam a fazer um ao outro. Nessa dinâmica, assumi um papel: sendo o profissional que acompanha MOK há mais tempo, como era o objetivo constituímos uma aliança sólida de tratamento. Atualmente, tenho empreendido esforço em melhorar seu vínculo com os irmãos, fico preocupado com a existência de uma rede social e familiar extremamente frágil tendo o pai como único representante. É nítido que MOK tem angústia em relação ao futuro. Embora este seja um traço de preocupação, ela pensa no futuro e isto já configura um ganho em relação a outros momentos em que não vislumbrava tal possibilidade.

*

Durante nossos anos de trabalho e sessões regulares, temos revisitado esses pontos. Conseguimos alguma estabilidade, mas ainda houve crises e momentos de dificuldades. Ela segue retornando ao consultório, sempre com o pai.

UM RELATO SOBRE O (UMA) PSICANALISTA

Juliana Valle Vernaschi

Quando recebi o convite para escrever este artigo a proposta era um relato de caso clínico. Mas irei inverter a ótica. Nosso relato aqui será sobre o próprio analista.

Fico imaginando que vocês devem se perguntar: *Como é isso de ser psicanalista? Ficamos lá, sentados a sua frente, ou deitados no divã, ou, em tempos de pandemia e isolamento social, diante de uma tela ou ao telefone, depositando em seus ouvidos nossas dores, medos, angústias, alegrias, prazeres, tristezas, frustrações, gostos e desgostos mais íntimos... e vocês aí? Quem são vocês? Como estão nos escutando? O que estão pensando, sentindo, enquanto vasculham junto com a gente as nossas profundezas?*

Todas essas perguntas não são só de quem está diante de um psicanalista, mas também do próprio psicanalista. Não se esqueçam, um psicanalista é também um analisado. É preciso sentir na própria carne as dores e as delícias de se transformar para que sustente o processo de transformação de outro alguém.

Há muito a dizer sobre essas curiosidades que na verdade não são meras curiosidades e sim questionamentos de toda uma vida daquele que decidiu colocar-se a serviço da psicanálise. Mas para este momento vamos nos concentrar e nos contentar (eu e vocês) em ficarmos num recorte apenas dessa conversa, ou seja, sobre o psicanalista no início da sua prática clínica.

Com o que se depara um psicanalista ao começar o exercício dessa função? Quais as vicissitudes enfrentadas? Tentativas de respostas a essas perguntas também dirão um pouco sobre essas pessoas que escolhem se tornar psicanalistas, esses seres que nos escutam e constroem junto com a gente possibilidades de tornar nossa existência possível e melhor, num longo processo de apropriação daquilo que é nosso mas ainda nos é desconhecido.

Na mesma época em que escrevo este artigo venho lendo *Dias de abandono*, de Elena Ferrante, e na narrativa me deparo com algumas passagens que me chamam a atenção pela analogia com o que desejo expressar aqui.

E assim foi quando a protagonista Olga, uma mulher italiana de 38 anos, com dois filhos, Gianni e Ilaria, que acaba de ser abandonada por seu marido e ainda não sabe como lidar com sua nova realidade, se vê diante de seu próprio desconhecido. Num momento de extrema angústia e desconcerto Olga se depara com o espelho em seu banheiro e se vê não só de frente, mas também de perfil pelas portas laterais do armário espelhado, primeiro o perfil direito depois o esquerdo, *"os dois me eram completamente estranhos, eu nunca usava as laterais, reconhecia-me somente na imagem que refletia o espelho grande".*

A bem da verdade não se trata de uma "resposta", como fiz parecer, mas um breve passeio por uma experiência particular, a minha. Tudo o que aqui exponho parte das minhas próprias vivências. Vou manter minha singularidade na mesma medida de importância que a privilegio no processo analítico com meus pacientes. Não há aqui a pretensão de regras gerais, normas concebidas, mas uma exposição que possa servir de relato. Somente isso. Darei espaço absoluto para a honestidade, tão ameaçadora ao sair do mundo privado e subjetivo para o domínio e conhecimento público, mas ao mesmo tempo tão confortadora quanto pode ser uma exposição justificada pela tentativa de solidarizar experiências.

Um psicanalista nunca *é* psicanalista, ele *está*, sempre, em constante formação, em constante aprendizado, um caminho essencial para ficar cada vez mais disponível ao exercício da função de escuta.

Esse sujeito que você agora questiona escolheu portanto um estado e não uma definição, faz parte do seu dia a dia construir e desconstruir, confirmar e flexibilizar suas percepções. Não se trata só do contínuo estudo das teorias e técnicas psicanalíticas mas da busca por tudo que aguce sua curiosidade e criatividade em relação ao humano. Nessa formação inclui estar em contato com meios que o coloquem a par de diferentes costumes e comportamentos. A literatura, os filmes, as artes, a moda, o noticiário cotidiano, a vivência com diferentes pessoas, a observação em diferentes espaços e condições.

Aceitar essa condição fluida e não estática parece-me essencial para que alguém possa fazer frente a uma experiência psicanalítica junto ao paciente, uma experiência transformadora, tanto para o paciente quanto para o analista. Aprende-se com cada paciente, com eles enxergamos nossos limites pessoais ou a ausência deles. A dupla não sai a mesma de quando entrou em análise.

Começar a atender como psicanalista não foi um processo fácil.

Colocar-me frente à viabilidade de iniciar minha clínica resultou de um longo percurso de tentativas, acertos e erros na vida. Não nos importa a duração exata desse percurso já que o tempo do inconsciente é atemporal, basta dizer sobre uma vida de contínua observação a tudo que me rondava, seja no âmbito familiar, de amizades, profissional, de espaços públicos, permeada por sensações e percepções que afloravam e frente às quais me questionava.

Antes da minha análise pessoal todas essas informações combinadas com a ausência de uma estrutura interna que me permitisse canalizar todos meus sentimentos de forma adequada tornava tudo absolutamente desnorteante, doloroso e cansativo para mim. Perguntas sem respostas, sentimentos de inadequação, de não conseguir me fazer entender e de não entender. Sentia-me constantemente imersa numa fumaça cinza sem conseguir enxergar um palmo a minha frente, uma completa confusão.

Hoje só posso colocar em palavras isso que descrevi acima graças à minha análise. Foi esse processo que me conferiu a coragem de legitimar meu modo de ser e estar no mundo.

Independentemente do que eu fazia, de onde estava, da minha fase de vida, me dei conta, afinal, que um fio condutor sempre esteve e estará presente: uma vontade intrínseca de me entender, não só no meu dia a dia mas também de dar lugar a questões existenciais. E descobri que poderia me capacitar para levar adiante, para outras pessoas, essa possibilidade. Descobri uma maneira de transformar esse sofrimento em recurso vital, em força motriz.

Quando meu primeiro paciente chegou ainda estava em curso a minha formação em psicanálise. Aí vem uma primeira diferença com os ambientes acadêmicos. Você não precisa terminar a formação para estar autorizado (por você mesmo e por alguns de seus pares psicanalistas a quem você deposita confiança e admiração) a praticar o ofício de psicanalista.

E aqui começo a contar para vocês como foi a experiência com meu primeiro paciente e também sobre aquele período que considero como inicial da minha prática como psicanalista.

Pois bem, tente se lembrar de tudo o que você fez pela primeira vez na vida. O primeiro beijo, o primeiro emprego, a primeira transa, o primeiro passeio sozinho com os amigos, o primeiro dia de aula, a primeira fala em público, a primeira viagem com seu parceiro, e uma infinidade de outros exemplos a depender das diferentes experiências pessoais. Arrisco dizer que em todas essas experiências haverá um ponto em comum: aquele suspense inicial, aquele "frio na barriga" diante de todas as possibilidades do que poderá vir a acontecer e, quando acontece, conclusões em torno de uma expectativa atendida, ou de uma frustração ou de uma superação do que era esperado, ou mesmo tudo isso junto se o fato for analisado em suas partes.

Onde iria atender? Queria um espaço que fosse perto de estações de metrô e numa região centralizada e acessível na cidade de São Paulo; onde já houvesse ou então que eu pudesse conferir uma decoração simples e neutra, com boa iluminação, arejado e silencioso; onde eu me sentisse bem acomodada e confortável e pudesse oferecer esse mesmo acolhimento inicial ao meu analisando. Tudo isso a um preço condizente a quem está iniciando sua clínica. Após pesquisar e visitar algumas salas encontrei o que procurava.

Pensava em detalhes que jamais imaginei que estariam no meu rol de preparativos: Como o receberia? (apertaria a mão? ofereceria água, chá?); Como me sentaria na poltrona?; Qual roupa vestiria? Iria adotar desde então um padrão de vestuário? Afinal, a forma como o analista se apresenta também não faz parte da técnica de ser opaco aos analisandos, não lhe mostrando nada, exceto o que lhe é mostrado? Aspectos com que não esperava me preocupar, mas que, sim, fizeram parte da minha preparação de recebimento.

Li e reli os textos de Freud que abordam sobre a técnica psicanalítica, os quais, coincidentemente, eram objeto de estudo daquele ano na minha formação. Fiz anotações para me servirem de lembranças até que chegasse a minha primeira sessão com meu primeiro paciente (as quais passei a ler todos os dias). Basicamente separei essas anotações em duas partes, uma com recomendações destinadas a mim mesma (sobre o que deveria me nortear) e outra com lembretes de como eu deveria apresentar a psicanálise e o sentido daquele espaço ao analisando. Eram mais ou menos o seguinte:

Com relação ao analisando me preocupei em separar um momento para lhe explicar o que é psicanálise e a que eram destinados aquele espaço e aquele momento. Iria explicar que ali era um espaço destinado a ele, um tempo em que falaríamos sobre ele, sobre tudo o que lhe ocorresse à cabeça, sem seleção, sem crítica, sem julgamento. Juntos iríamos explorar tudo aquilo que ficou guardado em suas gavetas internas, causas das suas dores e alegrias de viver.

A mim elenquei as seguintes recomendações: Investigue. Não faça pressuposições. Mantenha a atenção uniformemente suspensa, ou seja, não dirija a atenção para algo específico, não selecione a atenção, abandone-se à "memória inconsciente" simplesmente escutando sem se preocupar se está ou não se lembrando de algo. A isso chamamos "atenção flutuante", algo como estar inserido num espaço em que chegam a você diversos sons, imagens, sensações e pensamentos; você os percebe, mas não se apega a nenhum deles, faz de todos eles uma informação apenas.

Cada vez que eu lia minhas anotações (sucintas mas com

um conteúdo que ultrapassava meu entendimento empírico) me surgiam mais dúvidas. Decidi então apenas revisitar o que já havia anotado e não ficar procurando por mais teorias e referências de técnicas até que eu fizesse o primeiro atendimento.

Tudo era sempre conversado com minha analista que caminhou comigo também nesse período. Li para ela minhas anotações. Ela escutou pacientemente e, quando terminei, comentou: *"Sobre a forma que você pretende apresentar a psicanálise ao analisando, o que você pensa sobre a seguinte abordagem?: A psicanálise é um relacionamento entre duas pessoas, no caso eu e você, em que iremos falar sobre apenas uma pessoa desse relacionamento: você. Ainda não nos conhecemos, iremos aos poucos construir esse relacionamento com foco nas suas questões. Nosso trabalho é sigiloso em relação a mim. Eu não conto nada do que acontece aqui a ninguém"*.

Claro! Essa fala traduzia de forma simples o que eu havia anotado e fazia muito sentido para mim, pois é como me sinto em relação a minha analista – num relacionamento em que tratamos de tudo que diz respeito em relação a mim. Aquilo que faz sentido internamente para a gente fica mais simples de expressar ao outro.

Usando de minhas próprias palavras senti-me muito mais à vontade de passar aquele contexto para o analisando, afinal era natural, genuíno e verdadeiro para mim apresentar o processo analítico a ele daquela forma. Continuo a fazer dessa maneira.

Minha analista também me orientou a ter perguntas básicas em mente que não necessariamente eu iria fazer, mas que poderiam me nortear no processo de início de investigação (O quê? Quando? Como? Onde? Por quê?): *O que te levou a procurar análise? Desde quando você sente isso? Como tudo isso começou? Como era antes? Por que mudou? Como é você no trabalho? Como é você na sua casa? Você já fez análise? O que é análise para você? Qual sua disposição?*

Fiz uso de todas essas perguntas, direta ou indiretamente. Foram imprescindíveis, e as respostas a elas me vieram com cunho muito esclarecedor para uma primeira sessão e uma visão abrangente da queixa inicial do paciente.

De todas as minhas autorrecomendações, a que me foi mais útil em minha primeira sessão com meu primeiro paciente foi a de *manter a atenção flutuante*. Essa é uma forma que, ao longo do tempo, percebi como a mais apta para que eu possa entender além do que está me sendo dito, a ler nas entrelinhas, a escutar o que não está sendo dito. Assim, não fiquei preocupada com a linearidade do relato, eu apenas escutava e me senti confortável nesse lugar. Até hoje, a cada início de sessão, tomo alguns segundos para respirar e lembrar a mim mesma, novamente, esta recomendação: *Mantenha a atenção flutuante!*

Ultrapassado o marco inicial, o inédito, vem todo aquele tempo que ainda é considerado "o início" de um processo. Imagine-se agora no começo de um namoro, o período inicial em um novo emprego, o começo de um casamento, o começo de uma amizade, o começo de vida numa nova cidade etc. Aqui a análise da situação começa a ficar mais complexa, já que se trata de todo um período, ainda que inicial.

Iniciar um processo requer um "reconhecimento de campo", você ainda não conhece bem a pessoa com quem escolheu namorar, a casa para a qual acabou de se mudar, os espaços seguros e perigosos numa cidade na qual ainda é um estranho no local. A observação é sua grande aliada, além de uma dose de cautela com uma pitada de atrevimento.

Eu confiava no meu discernimento e dedicação mas me questionava se realmente seria capaz de sustentar uma clínica.

Para fazer frente a minha insegurança recorri a um artifício que, à época, me foi bastante útil e me conferiu um certo norte e conforto. Elenquei conceitos basilares da teoria psicanalítica e de manejo clínico para ter sempre em vista: investigação do inconsciente, sintoma, repressão, resistência, sexualidade infantil, transferência e contratransferência. Familiarizar-me e aprender a reconhecê-los nos meus pacientes. É preciso aprender a tocar a flauta para dela extrair sons. *O instrumento anímico não é assim tão fácil de tocar* (Hamlet citado por Freud, 1905).

Assim, quando fazia minhas anotações sobre o caso eu retomava aqueles conceitos e procurava avaliar o quanto tinha ou não entrado em contato com eles durante minha escuta. Por certo estavam todos lá, mas percebê-los é outra história. Algo como caminhar por uma rua e ver a padaria, o supermercado, a farmácia, mas, apesar de você ter passado na frente da floricultura você ainda não se deu conta de que lá existe uma floricultura.

Com o tempo tudo passou a ser mais natural e abriu-se um portal para novas teorias e novas possibilidades de manejos. Mas os que elenquei no início são os que considero essenciais e não parto para nada sem eles.

Vamos então para a lista que me foi salvadora. Um passeio sobre os temas ali elencados poderá ser um pouco esclarecedor no sentido de satisfazer a curiosidade sobre o que esses "seres psicanalistas" fazem quando estão nos escutando. Tranquilizem-se, não apresentarei em forma de lista com suas explicações teóricas, longe do nosso intuito aqui.

No início de uma prática clínica socorremo-nos muito da experiência pela qual passamos em nossa própria análise. Não que isso não aconteça posteriormente mas até então é o que dispomos de experiência empírica. Então, na medida do possível, irei exemplificar com situações da minha análise que me serviram de parâmetro para o meu início de clínica.

A atenção flutuante e a associação livre

O processo de investigação do inconsciente do analisando é um eterno aprendizado e é singular. Não há fórmula pronta. Cada caso é um caso, cada vida tem sua história. Ao analista cabe, continuamente, refinar seus estudos, sua criatividade e flexibilidade para lidar com a singularidade de cada sujeito.

A partir do significado da palavra análise podemos vislumbrar o que seja essa investigação em termos genéricos. Trata-se da intenção de conhecer o todo a partir de suas partes componentes. Pedaços de vida vão sendo apresentados, fragmentados, desarticulados, para, pouco a pouco, ser organizados e elaborados como um todo coerente.

No calor, ou no frio, da nossa própria análise, não nos damos conta de como esse caminho é trilhado, apenas falamos e trilhamos, e isso em verdade é essencial para nos mantermos disponíveis à associação livre de ideias (que é aquilo que o seu psicanalista lhe diz quando o aconselha a falar o que lhe vem à cabeça).

Por meio desse falar sem barreiras é que nosso inconsciente irá, timidamente, se fazendo mostrar (até porque o próprio ato de falar sem barreiras é algo aprendido, leva tempo, ou melhor, é reaprendido, já que em crianças era assim que fazíamos naturalmente). Combina-se aí uma presença qualificada do analista que nos questiona no momento adequado e nos oferece uma escuta sensível, colocando-se disponível para nos ouvir para além do concreto, para além do desenho das letras, das palavras e da narrativa que a ele é oferecida.

A junção dos esforços cria uma "dança" entre analista e analisando em que a dupla vai se reconhecendo, criando um idioma e caminhos investigatórios próprios que os levará às profundezas do mundo interno do paciente.

A dupla irá contar e recontar a história de vida do paciente, reconstituindo-a no presente. Como um espelho, o analista irá dizer ao paciente aquilo que ele mesmo disse, mas que ainda não se deu conta do que de fato disse, ou talvez nem se deu conta de que disse algo.

Os sintomas

Antes mesmo de receber meu primeiro paciente eu participava de um grupo de supervisão como uma forma de escutar casos clínicos e seus manejos. A supervisão é parte inerente à prática psicanalítica (além do constante estudo e da continuidade de sua própria análise). Todo analista tem seu supervisor. Nela, um outro psicanalista deposita um olhar experiente, sensível e afastado da dupla analista-analisando, o que permite vir à tona o que ainda está nebuloso no caso.

Nessas reuniões me chamava muita atenção a leitura dos sintomas dos pacientes como uma pista para a investigação do seu mundo interno. Sintomas representam e realizam desejos que deixamos bem guardados no inconsciente e sobre os quais ainda não podemos ter notícia, ainda não estamos preparados para que venham à tona. Mas o desejo está lá, e não fica quieto, cria tensão, manifesta-se de alguma forma e uma delas é o sintoma que pode vir expresso no corpo, num comportamento, num pensamento.

Para entender tudo isso melhor recorri à minha própria história, ao meu próprio processo de análise. Reconhecer e lidar com meus sintomas quando ocupando o lugar de paciente foi um processo árduo.

Eu sequer imaginava que comportamentos que achava muito naturais, entendidos até então como um modo de vida, na realidade se tratava de sintomas que me serviam para sobreviver. Essa percepção só me veio depois de muita análise com um longo e duro (duríssimo) mergulho nas minhas profundezas para resgatar a razão desses sintomas.

Essa busca é a ida ao inferno. Ir até ele foi necessário para que eu pudesse enxergar e lidar com experiências e afetos que joguei bem no fundo do meu baú mas que vinham se manifestando num viver com muito sofrimento. A boa notícia é que voltamos desse inferno. No regresso me vi apta a aprender uma nova forma de viver, diferente e melhor.

Aqueles sintomas não só deixaram de fazer sentido para mim como passaram a me incomodar. Por vezes eu praticamente me esqueço de que houve dias em que não imaginava minha vida sem os tais sintomas, tão engendrada que fiquei nos resultados da melhora.

Estava confiante de que seria capaz de enxergar com certa facilidade um sintoma quando ocupando a cadeira de analista, afinal já tinha por referência o que havia vivido em minha análise. Criei a ilusão de que não deixaria passar despercebido um comportamento, uma dor, um tique, uma compulsão, e não sei o que mais havia passado pela minha cabeça nesse sentido, mas eu tinha certeza de que não seria uma dificuldade para mim identificar um sintoma. Engano meu! Minha estreia como analista me deixou com um grande ponto de interrogação. Fiquei absolutamente frustrada por não reconhecer com facilidade sintomas no meu paciente a partir dos quais poderíamos bater à porta do seu mundo interno.

Sessão após sessão fui me dando conta de que a história que o analisando conta e a forma como ele conta são, por si sós, sintomas. Desfiz de minhas próprias amarras, minha ansiedade, minha pretensão e me permiti enxergar os sintomas em suas formas distintas. A prática nos apresenta a teoria de uma maneira bastante peculiar.

As repetições

Foi também à base de muita observação que comecei a perceber repetições de comportamentos. Afetos que frequentemente atualizamos em diferentes situações. À primeira vista parecem não ter relação entre si, mas trazem em suas linhas subjacentes uma base comum, o mesmo desejo sob roupagens diferentes.

Uma situação contada ali, outra aqui, e vou costurando uma na outra. Todas traduzem o mesmo afeto em diferentes épocas, em diferentes formatos. Um caso ocorrido no trabalho, uma interação com o porteiro, uma brincadeira na infância, todos contados "despretensiosamente", começam a ter a mesma "cara", o mesmo "formato", a mesma "cor". Percebo a similaridade da pulsão,mas ainda com dificuldade de ler e reconhecer o seu fio condutor.

Em uma reunião de supervisão minha supervisora me fez relembrar um ensinamento de Freud que carrego vivamente como norte nesse caminho investigativo: o inconsciente nos é apresentado por meio das histórias recentes de vida. Sim, vamos caminhar por toda a história do paciente desde sua infância, e mesmo antes, seus antepassados (fico atenta às fronteiras da transgeracionalidade). Mas toda a trama psíquica é construída a partir do que é experimentado no momento como algo real, como uma força atual (Freud, 1905) que pouco a pouco serão relacionados a situações e vivências esquecidas, tornando-as conscientes e úteis à realidade (Freud, 1912; 1914).

A resistência

Buscamos análise quando a maneira de lidar com nossas questões já não nos serve mais, é insuficiente, o sofrimento é maior que o ganho. Ainda assim, mesmo nos socorrendo da análise, travamos uma luta feroz em alcançar a gênese dos nossos sintomas patológicos. Aferramo-nos à doença, travamos um combate contra nossa própria recuperação. Afinal esse é o único modo que sabemos viver, já tão conhecido, tão cheio de certezas, seguro, ainda que com sofrimento. E essa é a grande vilã do processo investigatório: a resistência.

Durante o longo processo de afrouxamento das resistências o paciente começa a lidar com incômodos. Era justamente para não encarar esses desconfortos que ele se manteve resistente até então. O que farei se esse meu modo de estar no mundo desaparecer? Como aprenderei a construir outro jeito de estar no mundo? Aliás, existe outro?

Numa das passagens de *Dias de abandono* a personagem Olga vive um dia tumultuado, confuso, *o dia mais duro daquele meu caso de abandono*. Num certo momento ela se vê diante da porta de entrada da sua casa, tenta virar a chave, mas não consegue. Não se move, estava emperrada. Depois de tentar virar a chave de todas as formas conhecidas sem que saísse um milímetro do lugar decide parar com aquela forma mecânica, irritadiça, e tenta outras formas de manusear a chave.

Então me abaixei, examinei de perto a chave. Reencontrar a marca dos velhos gestos era errado. Eu precisava desarticulá--los. Sob o olhar estupefato de Ilaria aproximei a boca da chave, experimentei com os lábios, senti o cheiro de plástico e metal. Então segurei firme com os dentes e tentei girá-la. Fiz isso com um movimento repentino, como se quisesse surpreender o objeto, impor-lhe um novo estatuto, uma subordinação distinta.

Olga não conseguiu virar a chave com a boca nem de todas as outras formas inusitadas que a autora narra em seguida. Mas uma coisa é certa, Olga já havia se dado conta de que a forma que vinha articulando suas ideias e conduzindo sua vida desde o momento do abandono não estava dando certo. Ela estava imersa num mundo interno sombrio, abandonando-se a si mesma e a seus filhos. Era hora de *impor-lhe um novo estatuto*, era hora de construir novas formas de viver e abrir-se à possibilidade de algo diferente do que havia feito até então.

Essa é uma fase de transição, um processo cheio de tentativas frustradas que só a persistência conduzirá a uma forma melhor de estar no mundo. Olga foi vitoriosa ao final de sua empreitada: *Estendi a mão até a chave, peguei-a decididamente entre os dedos, movia-a só um pouco, senti-a dócil. A chave virou com facilidade dentro da fechadura.*

Travei um compromisso interno comigo mesma desde meu primeiro atendimento: o de que irei caminhar junto com meu paciente, lado a lado, nem à frente nem atrás, na sua trajetória de descoberta, do inferno ao céu em todos os matizes.

Isso também tomei por empréstimo da minha vivência pessoal em análise e o que testemunhei como manejo da minha analista. Ela se manteve firme e resoluta ao meu lado quando me vi desorientada, diante do nada, do vazio, da incerteza de um caminho assim que me permiti soltar algumas amarras das minhas resistências. Mas em momento algum interferiu na minha trajetória. A trajetória é do paciente e não do analista, o processo de conhecer e lidar com seus desejos deve ser feito pelo próprio analisando.

Esse não é um lugar fácil nem confortável para o analista e ele será testado inúmeras vezes na renovação desses votos.

A transferência e a contratransferência

Tive a sensação de ter tido contato com a contratransferência antes da experiência com a transferência na prática clínica. A contratransferência se apresenta como um obstáculo que desvia o analista do seu lugar, da condição de escutar o sujeito como um outro diferente de si, reagindo aos conteúdos psíquicos do analisando a partir de uma dor que é sua própria e não mais do outro (Nasio, 1999).

Assim foi comigo quando pela primeira vez me vi irritada diante do relato de um paciente. Fui pega desprevenida, mantive-me atenta, mas sem capacidade de continuar a escuta analítica. Resignei-me naquele momento a não fazer qualquer interferência ou interpretações na fala do analisando pois já sabia que não me encontrava isenta para tanto.

Incapaz de identificar o motivo da minha sensação levei a situação para minha análise e também para minha supervisão, nas quais pude esclarecer o quanto de mim eu havia misturado à fala do analisando. Esse é um dos motivos pelos quais um analista deve estar sempre em análise e em contínua supervisão. Algo assim não identificado e não barrado a tempo pode vir a comprometer todo um processo de análise. Desde então faço um trabalho contínuo comigo mesma de estar pronta para entrar em cada sessão, para conseguir deixar minha vida e minhas questões do outro lado da porta de entrada do consultório.

Ainda me era difícil dizer sobre a experiência da transferência à qual Freud se refere como uma exigência indispensável à prática e técnica analítica.

Transferência é a representação, o depósito de um estado psíquico e emocional do paciente na pessoa do analista. Por exemplo, um sentimento, qualquer que seja, de raiva, de amor, de abandono originado nos tempos mais remotos da vida psíquica do analisando. O paciente julga senti-lo por seu analista, mas na realidade o que vem fazendo é reviver, trazer para o presente, na pessoa do analista, toda uma série de experiências psíquicas prévias que se tornaram inconscientes. Trata-se de uma substituição e uma atualização na pessoa do analista com quem criou um vínculo. O analisando prefere viver e experimentar a paixão ou o ódio que o liga ao analista a sentir a dor da emergência do desejo inconsciente (Freud, 1905, 1912, 1922; Nasio, 1999). Emprestando-se à transferência o analista pode então escutar a manifestação inconsciente presente naquele recorte de vida que o analisando o elegeu como depositário.

Comecei a me dar conta do processo da transferência na mesma medida em que aprofundava meu vínculo, meu relacionamento com o paciente.

Aqui valido mais uma vez o quanto é verdadeiro, para mim, a existência de um relacionamento entre analista e analisando tal qual apresento o processo de análise ao paciente. Relacionar-se é ligar-se, vincular-se a outra pessoa; um processo alteritário marcado pela troca com o outro, por lidar com a natureza ou a condição do que lhe é distinto, requer estar disponível para entrar em contato com as intensidades e diversidades desse outro. O sujeito pode centrar-se nas suas próprias referências ou se deixar regular por estímulos provocados ao que lhe é estranho (Birman, 1999).

O relacionamento entre analista e analisando é aquele ancorado no inconsciente, que permite impulsionar esforços no sentido de afrouxar as resistências que o analisando imprime contra suas dores recalcadas.

A existência desse relacionamento e sua qualidade é uma construção, como qualquer outro. Requer disponibilidade de espera, tolerância, escuta sem prejulgamentos a um relato permeado por defesas, medos e angústias.

Num primeiro momento, vivendo a experiência de ter seu sofrimento reconhecido e legitimado, o sujeito pode se enxergar acolhido dentro do *setting* e dar-se conta de que suas questões poderão ser tratadas ao longo do processo de análise, sentindo então vontade de permanecer em análise.

Só mais tarde, quando os laços entre analista e analisando estão mais estreitos é que o analista se verá autorizado a acessar de fato o mundo interno do paciente. E para isso se presta a transferência, um portal para que o analista atravesse o analisando e caminhe com ele rumo ao seu material inconsciente, descortinando as forças motivadoras de seus sintomas para poderem, juntos, alcançar o afeto a que essa transferência está ligada (Freud, 1909).

O maior privilégio do relacionamento que vincula analista e analisando é a possibilidade de o analisando permitir que o analista faça parte do caminho dele e contribua para que o sujeito flexibilize sua estrutura, reconheça e enxergue uma forma saudável de lidar com seus traumas, disponibilizando-se a viver uma vida melhor apesar das suas dores, uma vida mais coerente com a sua verdade. Quando o sujeito é implicado no processo e se deixa analisar a análise o marcará para a vida toda dada sua função organizadora e transformadora.

Esse é o último diálogo de Olga com seu ex-marido, Mario, em *Dias de abandono*, quando Mario lhe lança a pergunta:

"É verdade que você não me ama mais?"
"Sim."
"Por quê? Porque eu menti? Porque te larguei? Porque te ofendi?"

"Não. Justamente quando me senti enganada, abandonada, humilhada, te amei muitíssimo, te desejei mais que em qualquer outro momento da nossa vida juntos."

"E então?"

"Não te amo mais porque, para se justificar, você disse que tinha caído no vazio, no vazio de sentido, e não era verdade."

"Era sim."

"Não. Agora eu sei o que é um vazio de sentido e o que acontece se você consegue voltar à superfície. Você não, você não sabe. Você no máximo lançou um olhar para baixo, se assustou e tampou a falha com o corpo de Carla."

Fez uma careta, incomodado, disse:

"Você tem que ficar mais com as crianças. A Carla está cansada, precisa estudar para as provas, não pode se ocupar, você é a mãe."

Olhei-o atentamente. Era realmente isso, não havia mais nada nele que pudesse me interessar. Não era nem uma lasca do passado, era só uma mancha, como a sujeira que uma mão deixou há anos na parede."

Espero assim ter conseguido mostrar a vocês ao menos um pouco sobre como se deu o início da minha prática clínica, as possíveis vicissitudes pelas quais passa um psicanalista no início de seu ofício e também um vislumbre sobre o papel que esses profissionais exercem na meticulosa, detalhada e cuidadosa investigação do inconsciente para que, ao final desse trabalho conjunto (da dupla analista-analisando), o analisando possa mobilizar forças no sentido criativo, dispondo assim de um suporte saudável para exercer sua singularidade com liberdade.

ESCREVENDO A SEIS MÃOS

Lisette Weissmann
Célia e Pedro

O presente artigo pretende registrar um atendimento psicanalítico vincular de um casal finalizado já faz um tempo. Como corolário final, tal como o título anuncia, aparece uma elaboração desses pacientes do vivido, dez anos depois de concluído o trabalho terapêutico.

A experiência da escrita na psicanálise permite refletir sobre o trabalhado e fazer ligações com a teoria a partir da qual foi pensado o trânsito terapêutico. Para os pacientes implica refletir sobre o elaborado e vivido na análise e as repercussões posteriores ao trabalho analítico. Para manter o sigilo profissional, os pacientes serão chamados de Célia e Pedro.

Embarcamos então nessa experiência conjunta de escrever a seis mãos.

Reflexões da analista

Meu trabalho na clínica vincular se baseia na linha da Psicanálise das Configurações Vinculares. Essa corrente de pensamento psicanalítico surge como necessidade de dar respostas a questões que surgiam nos atendimentos individuais e ficavam sem poder ser abrangidas nas consultas psicanalíticas tradicionais. Os atendimentos psicanalíticos ficavam interrompidos por não conseguir incluir os vínculos e a angústia que eles traziam dentro do consultório. Porém, se recebemos um pedido de atendimento para uma criança ou adolescente, teríamos que ter em consideração aqueles sujeitos que os acompanham em seu dia a dia e, dessa forma, estabelecer uma escuta tanto para os pais quanto para aqueles com os quais compartilham a vida. Assim estaríamos ampliando nossa escuta analítica aos outros significativos para essas crianças e jovens, acompanhando desse modo na elaboração das angústias dos pacientes e daqueles que convivem com eles. "As questões tinham a ver com a interrupção de atendimentos infantis e de jovens, por não conseguir incluir os pais, quando fosse preciso; e nos atendimentos aos adultos, apenas eram tidas em conta as angústias referentes à sua vida intrapsíquica" (Weissmann, 2009, p. 31). Ante a consulta de um adulto resulta importante avaliar se a angústia se centra no mundo intrapsíquico desse sujeito ou se estamos nos defrontando com um mal-estar vincular centrado no casal ou na família. Se o caso fosse dos vínculos nos quais esse adulto está inserido, teríamos que pontuar que os pacientes a serem recebidos na consulta, nesses casos, seriam o casal e/ou a família, e não somente o adulto que enuncia a angústia.

Esses empecilhos a partir da psicanálise individual marcaram a necessidade de repensar a clínica e reescrevê-la para desenhar um dispositivo que habilite a trabalhar em atendimentos vinculares a casais e famílias. O dr. Isidoro Berenstein e a dra. Janine Puget foram os iniciadores dessa linha de pensamento que parte dos fracassos de atendimentos individuais em que não eram contemplados os sujeitos em vínculo, dentro da consulta, na qual se inclui a presença daqueles que apresentam queixa em seu relacionamento.[1]

A questão é como dar conta do mal-estar vincular na clínica. Farei algumas precisões sobre a diferença de escuta que suscitam um paciente individual e um paciente vincular. Quando escutamos um paciente multipessoal escutamos o vínculo, a dor está colocada no relacionamento de dois sujeitos que sofrem. Não se trata de João nem de Maria, que trazem suas posições de sujeito com suas marcas, mas sim do vínculo entre eles que gera angústia e a qual precisa ser compreendida e contemplada. Talvez nem João nem Maria sofram em outros vínculos, já que cada vínculo tem sua particularidade e funciona como um caleidoscópio onde uma determinada configuração fica além dos sujeitos que compõem esse vínculo. Alguma coisa é propiciada no "entre" e isso gera sofrimento. Esse seria nosso eixo de trabalho, pensar no "entre", ou seja, aquele espaço no qual esses sujeitos criam uma forma de se relacionar, que pode crescer e se enriquecer ou pode se esvaziar e empobrecer. Assim citamos vínculos que continuam no tempo, sendo reescritos pelos sujeitos que os conformam, e vínculos que se quebram e são abandonados, por não terem podido ser reconfigurados nem relibidinizados pelos sujeitos que pertencem a essas estruturas vinculares.

A análise do vínculo não exclui a análise do sujeito, apenas trabalha a partir de outro vértice. Pensamos, porém, que fazer uma escuta apurada inicialmente seria fundamental, com a finalidade de fazer uma indicação tanto na direção do sintoma

---

1 Estou me referindo aqui ao conceito de vínculo que compreende dois sujeitos em presença, com um laço que os une conformando um "entre" que os relaciona, porém trata-se de dois sujeitos em relacionamento intersubjetivo. Não estou me referindo à relação intrapsíquica com objetos internos.

ou conflito no sujeito individual, quanto na direção do mal-estar vincular que gera angústia no "entre" dos sujeitos que o compõem, casal ou família. Discriminamos assim um atendimento ao sujeito singular de um atendimento ao vínculo como paciente a ser compreendido.

Se o paciente que recebemos no consultório é o vínculo, teríamos que defini-lo para delimitar com quem estamos trabalhando. Berenstein (2004, p. 29) define *vínculo* como "uma situação inconsciente que, ligando dois ou mais sujeitos, os determina em base a uma relação de presença". Porém, partimos de um olhar teórico que aponta uma construção inconsciente que subjaz a todo vínculo, incluindo o "entre" como aquilo que os une como um todo, com a presença dos sujeitos como diferença fundamental ao ter o outro presente na consulta. A presença do outro impede que este seja só construído no psiquismo de cada um, opera como um cristal opaco, passível de sair do lugar no qual o coloquem, quando sente que o relatado sobre ele não corresponde a si mesmo. O outro se mostra como diferente e esse é um trabalho importante no casal, já que se desenha um espaço para as diferenças ainda dentro do vínculo mesmo.

A teoria parte do conceito de vínculo como categoria fundamental inicial (Berenstein, 2007, p.111) porque "não existe o sujeito separado", o que existe na relação é a partir dela. Porém pensamos o sujeito nascendo em vínculo, já pensado antes do nascimento e em presencia a partir dele. O outro no vínculo não pode ser negado nem desmentido porque está ali para assegurar seu lugar de outro diferente dentro do vínculo. O vínculo é ação, é um "fazer entre" como potência do que poderia ser entre seres humanos, e os sujeitos se instituem como novos sujeitos, com base no vínculo e não previamente a ele (Weissmann, 2009, p. 35). Em cada vínculo se institui um "entre" particular a esse determinado vínculo. Poderíamos pensar que cada sujeito se apresenta como singular dentro de cada vínculo, pelo que afirmamos que os vínculos constituem os sujeitos dentro deles.

No vínculo aparecem dois sujeitos que são outros entre si, o que significa que têm que ser reconhecidos na diferença como sujeitos distintos e "ajenos"[2] entre si. Segundo Berenstein (2004, p.64), "a ajenidad (alteridade, alheio) propõe uma bidirecionalidade radical, a qual chamamos de vincular. Na diferença, cada um propõe ao outro uma ajenidad heterogênea e, a partir disso, haverá uma assimetria irredutível". Aqui estamos assinalando aquilo mais próprio do vínculo que evidencia dois sujeitos com sua alteridade diferenciando-os e fazendo-os serem dois outros entre si. Marcelo Viñar (2009, p. 27) nos diz que "a negociação da alteridade é um ponto crucial em toda convivência, e fomenta ou atenua o transtorno (sintoma ou problema) que depois vemos no consultório como patologia". O eixo do trabalho vincular que cada atendimento psicanalítico vincular propõe é fundamentalmente a tramitação das diferenças entre os sujeitos que compõem cada vínculo. Aceitar o outro como outro implica um duro trabalho que todos os sujeitos terão que fazer dentro de seus relacionamentos. Chamamos isso detrabalho com o outro do sujeito, e entre sujeitos.

João e Maria portam suas histórias individuais com suas marcas intrapsíquicas, intrassubjetivas; mas também trazem uma história de representações vinculares com marcas intersubjetivas. Outro registro que também precisa ser tido em conta são as representações transsubjetivas, traços das marcas sociais e culturais que nos atravessam ao mesmo

---

2 Usarei o termo o *ajeno* em espanhol, pois não acho na língua portuguesa nenhum sinônimo que o traduza com seu sentido próprio.

tempo que nos constituem e nos fazem parte de uma determinada cultura.

A Teoria das Configurações Vinculares desenha um modelo de aparelho psíquico, distribuído em três espaços: o espaço intrassubjetivo, o espaço intersubjetivo e o espaço transsubjetivo. Cada um desses espaços contém representações psíquicas distintas, como marcas que habitam diferentes lugares, mas que como um todo nos constituem. Berenstein e Puget (1997, p. 21), no livro *Lo vincular*, definem os três espaços psíquicos como:

> um modelo de aparelho psíquico no qual se organizam zonas diferenciáveis que foram chamadas de espaços psíquicos, metáfora de um tipo de representação mental e vincular que o ego estabelece com seu próprio corpo, com cada um e vários outros e com o mundo circundante.

Passemos agora à apresentação e discussão do caso clínico tal como foi acontecendo na clínica. No relato vou trazer os dados clínicos como foram se apresentando no tempo; considero esse exercício muito interessante e instigante, uma vez que o analista irá descobrir o paciente junto ao trabalho terapêutico que irá se desenvolvendo na progressão da análise. Temos que respeitar o *timing* dos pacientes e o ritmo que eles impõem ao trabalho vincular no consultório. Nos apressar a obter muitos dados biográficos não acrescentará ao trabalho psicanalítico em si Essa forma de trabalho visa diferenciar a anamnese psiquiátrica de um trabalho psicanalítico no qual os pacientes irão se apresentando e modificando a seu ritmo e no percurso do trabalho terapêutico vincular.

CASO CLÍNICO VINCULAR DE CASAL

Recebo uma ligação de Célia no consultório. No telefone ela diz que me viu no consultório em alguma das reuniões que teve com as psicopedagogas que também trabalham lá e, quando soube que atendo casais e famílias, pensou em me consultar. Ela gostaria de fazer análise junto com o marido, pois estão com problemas na relação, mas não consegue convencê-lo a vir. Nesse momento Célia começa a chorar no telefone, me pedindo ajuda para conseguir trazê-lo. A partir do desabafo ela consegue se recompor, fala que os dois já têm feito muitos anos de análise individual, mas o que os deixa aflitos agora são os problemas entre eles, e precisariam de ajuda.

Digo a ela que a única forma de eu poder ajudá-los é tendo encontros com os dois, pois, se o relacionamento entre eles está tão ruim quanto a angústia que ela apresenta, teria que escutá-los juntos no consultório. Ela se acalma e diz que vai tentar conversar novamente com o marido.

Um casal é formado por dois sujeitos em vínculo. Para escutar esse casal tenho que escutar os dois. Quando um deles fala, não está falando o casal, está falando tão somente esse sujeito. Na análise tradicional — nós como psicanalistas — propiciamos uma ajuda individual, vamos escutar os objetos internos do sujeito que consulta; as marcas e vozes do outro no sujeito. A análise vincular não é uma continuação da análise individual, pois estamos recebendo o casal no vínculo que eles compõem. Fazer uma análise de casal é outra coisa, iremos escutar outro espaço mental e trabalharemos sobre ele. Porém, quando Célia fala ao telefone sobre o sofrimento, ela está falando do próprio sofrimento. Quando ela diz que tentará falar "novamente" com o marido, talvez esse seja um equívoco, já que estará nomeando pela primeira vez o sofrimento do casal e tentará criar uma demanda dos dois, uma demanda que expresse a queixa que aflige ambos; estamos referindo-nos aqui a criar algo novo entre eles, instituindo a possibilidade de encarregar-se da dor e incompreensão que portam no relacionamento.

Depois da ligação no telefone, Célia é outra pessoa — ela não sabe disso —, mas ter conseguido pôr em palavras a dor e o mal-estar vincular talvez a habilite a falar com o marido e comunicar sua mágoa, para tentar propiciar que juntos tomem alguma posição ante a constatação da angústia vincular.

Cito aqui Marcelo Viñar (2009), que acrescenta: "todo mundo sabe que o amor se faz a partir do momento em que Adão e Eva caíram do paraíso, mas isso não exclui que cada um tem que reinventá-lo como caminho próprio... e é comum que dê muito trabalho".

Célia liga depois do final de semana e diz que o marido aceitou vir. Combinamos um horário.

Célia apresenta-se como uma mulher que parece ter mais ou menos sessenta anos, grande corporalmente, barulhenta ao entrar e ao falar, e chega ao consultório cumprimentando as conhecidas dela que atendem lá. Pedro é mais baixo que a mulher, com um corpo menor, mais calado e reservado, e parece ter a mesma idade que ela.

Entram no consultório, apresento-me e abro a sessão colocando o que Célia tinha falado ao telefone. Digo-lhes que no atendimento a casais é fundamental que eu exponha o que cada um me diz fora do consultório, pois estarei recebendo os dois como pacientes, porém o vínculo de casal será o que escutarei junto a eles.

Pedro começa a falar.

Pedro: Eu estou me adaptando a situações do relacionamento dela com os filhos, antes isso me irritava profundamente, eu não entendia, era o jeito de ser deles. Nós entramos em atrito só quando existe filho no meio.

Célia: Nunca brigamos por outra razão. (Célia olha para Pedro com muitíssima atenção.)

(Eu vou apresentando os dados tais como vão aparecendo na clínica. A clínica é soberana na hora de nos ensinar, e não consigo deixar de me surpreender com ela. A história dos dados de cada um deles não é fundamental, pois a escuta vincular está dirigida ao padecer que surge no vínculo e só se compreende a partir do discurso vincular. Eles irão contando as histórias de cada um e serão tidas em conta quando isso agregue ao trabalho vincular.)

Pedro: Célia provê os filhos, não sei como explicar, não é que eu tenho isso e eles não têm, é que eles não conseguem... Como se fossem crianças.

Célia: Eu tenho cinco filhos todos casados, todos saíram de casa, o mais velho já tem 35 e o mais novo 27.

Pedro: Ela quer alugar um sítio para compartilhar com todos eles, por que eu tenho que participar do aluguel? Por que temos que ser ela e eu? Se dividíssemos o aluguel por sete isso seria diferente, mas ela quer alugar. Por que os filhos não podem participar? Se não podem cem que deem cinquenta, mas ela não deixa, ela pensa: coitadinhos. É coisa da família dela.

C: Eu quero alugar o sítio para compartilhar com eles nos finais de semana.

P: Eu dou para minhas filhas, mas eu empresto, e falo: você me devolve. O provimento é o que acho errado; tem a ver com o jeito em que ela foi criada. Ela de criança tinha problemas respiratórios e o pai comprou um sítio para que ela pudesse respirar.

O que me irrita é o que faz com os filhos, é uma forma de não progredir, é como dizer, vocês são incapazes de alugar uma casa de campo. Eu faço tudo pela Célia, mas isso me deixa irritado. Se vamos à casa de Nestor (filho mais velho dela) e ele serve um bom vinho, ela não vai dizer que vinho maravilhoso, ela vai dizer que filho maravilhoso. (Pedro ri nervosamente.) A relação dela com os filhos é uma relação difícil de entrar, é uma relação muito forte, eles sempre estão ligados entre si e deixam o pai de lado, o ex-marido da Célia estava sempre de fora, eles são cúmplices e é difícil participar. Por exemplo, eles ligam para nossa casa e perguntam: Minha mãe está aí? Eu falo: Não. Eles: Então tá bom. E desligam. (Pedro ri nervoso novamente.) Eu não sou contra a ideia de alugar a casa, mas não só eu e ela; vamos fazer uma vaquinha.

Célia e Pedro têm duas maneiras diferentes de pensar o relacionamento e isso parece estar sufocando-os. Como poderiam sair dessa encruzilhada? Célia parte do pressuposto que ela tem uma relação com os filhos e, além disso, com o marido. Pedro pensa que seu relacionamento tem que ser exclusivamente com uma mulher, mas não percebe que Célia — como mulher de sua escolha— vem junto com cinco filhos. Ele fala da exclusão paterna. Ele quer uma vida de casal com um casal que não coincide com a parceira que ele escolheu. Eles apresentam duas formas diversas de compartilhar, mas não conseguem juntá-las, então vão ter que inventar outro modo próprio deles. Muitas vezes os casais acham que têm que fazer uma escolha entre a forma de ser de um e a forma de ser do outro, e isso é um equívoco. Criar um formato próprio desse casal para esse momento vital seria necessário.

> O vínculo de casal tem um começo que fica registrado para a consciência como o momento do namoro, e oferece o marco para dispor de um modelo ilusório que o instrumentará para aguardar a dor mental surgida de entrar em contato com a descontinuidade. (Puget e Berenstein, 1988, p.16)

Os autores citados estão nos descrevendo um vínculo surgido no momento de namoro que cria a ilusão de um tipo de relacionamento que precisa se reverter e se constituir em um vínculo de amor, porém marca a impossibilidade de dar continuidade à ilusão do namoro. A dor mental que surgirá é a quebra dessa ilusão. Esse é um momento que supõe um trabalho vincular entre os dois sujeitos do casal para enriquecer o relacionamento entre eles ou esvaziá-lo de sentido. No percurso vital dos casais nos defrontamos com uma passagem do tempo inicial do Um ao tempo posterior do Dois. O tempo do Um no casal é o tempo do namoro, situação de extrema idealização necessária para a constituição de todo vínculo de casal. O tempo do Dois implica a passagem pela desilusão e a caída do tempo da idealização para a construção de um tempo da cotidianidade e de fortalecimento e enriquecimento do vínculo de casal. Nesse momento, os casais que não conseguem passar do Um, momento idealizado do namoro, ao Dois do vínculo, em que se constituem como dois sujeitos diferentes com o "entre" vincular, acabam se separando como uma opção.

Um casal para se constituir como casal na fantasia começa contando do número Dois, isso não equivale a Um mais Um, mas sim a Dois, formado por esses dois sujeitos que armam o vínculo. O casal não se constitui só com o que cada um traz do tempo passado, isso tem que ser colocado em suspenso para começar a pensar em uma criação própria desse novo vínculo. O pensamento sobre o Um é forte nos casais, geralmente começam a comparar as duas formas de pensar e tentam cogitar como cada um pode ser similar ao outro, mas essa seria uma dinâmica de exclusão, já que a razão de um excluiria a do outro. Isso levaria a um engano, uma vez que a matemática individual é diferente da matemática vincular. O casal tem que inventar e criar um relacionamento, um modo de pensar próprio deles, criar um vínculo deles. Uma coisa é inventar um vínculo e outra coisa é tentar copiar relacionamentos anteriores, os quais são a experiência que cada um traz no vínculo; mas o vínculo tem que ser criado por eles, na situação atual de Dois que eles decidiram formar. Isso supõe fazer outro casal diferente do que os dois já têm vivido.

Temos que considerar agora que espaços ocupam os relacionamentos anteriores no casamento deles ou nos tipos de famílias chamadas de famílias ampliadas, famílias reconstituídas ou famílias em arco-íris, denominações sinônimas que descrevem as famílias "dos teus, os meus e os nossos". Escutamos no discurso do casal uma referência às famílias de origem, assim como aos relacionamentos anteriores: aparecem a família de origem de Célia, o ex-marido de Célia, os filhos do primeiro casamento de Célia, as filhas do primeiro matrimônio de Pedro.

Os modelos conjugais que os parceiros trazem ao vínculo conjugal vêm das famílias de origem tanto quanto das famílias inaugurais que cada um deles formaram antes da atual. Um casamento é uma experiência inaugural que modifica a representação do objeto casal de cada um de seus integrantes. No novo casamento esse objeto inaugural conjugal fará parte da base inconsciente do casamento ampliado. Nesses casos aparecem situações de exclusão e inclusão, aparece um terceiro que olha para uma cena caracterizada por Dois que compartilham um vínculo fundador do qual ele ou ela estaria excluído. "A família ampliada é uma configuração vincular integrada por vínculos de filiação e consanguinidade que não são produto da aliança. [...] Essa família está atravessada pela dor de não conformar a família inaugural" (Aguiar e Nusimovich, 1996, p. 229).

Por isso é que Célia e Pedro trazem à tona sua história, tanto a história nas famílias de origem quanto nos casais anteriores.

C: Eles ofereceram, mas eu quero que seja minha casa. Meus filhos se proveem de tudo (Pedro tamborila com os dedos no sofá), se eu dou, ele fala que não deixo ser independente, mas eles pagam tudo da vida deles. Tuas filhas são as que não são independentes. Quantos carros você deu para elas?

P: Você deu para Carla (filha mais nova dela). Deixou uma casa para Rosana (filha mais velha dela), comprou uma casa para Gabriel.

C: No começo da vida às vezes temos que ajudar um filho, meu pai me ajudou quando eu comecei, para mim isso é cuidar.

P: Eu não acho você errada.

C: Eu não dou nada, o que eu dou, ele fica irritado; ele providencia tudo para as filhas dele, elas não são autossuficientes.

(Começam a discutir um acusando o outro do que ele ou ela dão aos filhos.)

C: Você estava casado comigo e sustentava a família anterior. Eu dou e você dá.

P: A criação que eu tive é diferente. A visão que temos sobre os filhos é diferente.

C: Por que isso irrita você?

P: Porque não tem que ser feito.

Psicanalista: Será que não toleram as diferenças entre vocês? Pois trazem a criação em suas famílias de origem como diferente, assim como também a história dos casais e das famílias anteriores.

No discurso do casal parecem tentar fazer que o pensamento de um anule o pensamento do outro por ser diferente. O eixo de toda análise vincular é dar um espaço para a diferença e tolerar essas diferenças outorgando um espaço para o outro como outro, reconhecer o outro sujeito em sua alteridade. Poder dar um espaço ao outro, ainda que pense de maneira diferente, permitiria que cada sujeito outorgue ao outro o estatuto de sujeito alheio com o qual constituir um vínculo. Na medida em que possam se aceitar como dois sujeitos com alteridade, eles constituiriam o "entre" que delineia o vínculo. O lugar do *ajeno* marca uma barreira intransponível, já que o outro com sua diferença radical, nas palavras de Kaes, não se deixa representar porque não pode ser conhecido por completo. O outro na sua diferença terá que ser incluso no vínculo para marcar um lugar para dois sujeitos em diferença, mas dentro de um vínculo.

Na análise vincular os dois sujeitos estão presentes no consultório junto ao analista, porém cada um pode, com sua presença, marcar as diferenças que se estabelecem entre: como o outro o descreve e como ele se apresenta; então cada um estaria se apresentando além e aquém do outro. Cada sujeito se mostra a seu parceiro como opaco, com sua própria subjetividade, e pode estabelecer um limite às projeções que o parceiro faz; esse limite é estabelecido já a partir de sua própria presença. Dessa forma cada um estaria interferindo com o outro, contribuindo assim para constituir o "entre" do vínculo.

Na sessão, enquanto Célia traz a sua versão do mal-estar, Pedro começa a tamborilar os dedos no sofá; ele não fala, mas seus gestos mostram sua incomodidade e desconformidade com a forma de visualizar a situação do casal que Célia traz. O analista consegue através do enquadre vincular participar da cena e tentar pô-la em palavras em alguma de suas interpretações. Por outro lado, no relato vemos como Pedro sente ciúmes, como forma de defesa, já que não acha um jeito de participar de uma família tão complexa quanto a de Célia, porém se exclui e sente ciúmes. Mas Pedro não percebe que dessa forma não vai conseguir ter um espaço de sujeito no relacionamento com eles, uma vez que ele mesmo se anula ao excluir-se. Célia faz um contexto fechado dela com seus filhos, impedindo a entrada de um terceiro que a interdite e a faça ter em conta uma lei que subjaz a todos os sujeitos na cultura.

P: Eu acho que teríamos que dividir tudo na casa do sítio, como se fosse uma cooperativa. Se cada um gasta, cada um repõe. Mas Célia leva tudo do supermercado, como se levasse a compra do mês para nossa casa. Eu reclamo ação por parte dos filhos, minhas filhas fariam. Eles são adultos, que superem o Papai-Mamãe.

Psicanalista: Suas filhas também vão para a casa no sítio?

P: Teresa vai, mas Paula não, pois está brigada com Célia.

C: Você a convidou?

P: Ela vai quando vai todo mundo.

C: Meus filhos foram e levaram suas coisas.

P: Bom, tem que se providenciar.

C: Ele pede que eu faça o que ele não vai fazer com as filhas dele, ele não cobra nada delas. Meus filhos também ligam para falar com ele.

P: Não, ninguém liga para mim, eles ligam para te procurar. Não falo que eles não são carinhosos comigo. Eu faço com minhas filhas do meu jeito e eu não te convenço a fazer do mesmo jeito, cada um é independente para lidar com seus filhos.

C: Você faz com suas filhas e eu nunca cobro, me irrita, mas eu não cobro de você. Você cobra de mim.

P: Me irrita o aluguel do sítio, isso traz mal-estar. Viemos aqui à consulta por causa disso.

C: Faz meses que eu pedi para vir.

P: Eu era pior, agora já cresci, ninguém é mais criança.

Psicanalista: Parece que o que irrita os dois são as diferenças a respeito dos filhos, eles trazem à tona os relacionamentos anteriores nas famílias e nos casais dos quais vocês se separaram._Uma das filhas de Pedro vai ao sítio e a outra não, os filhos da Célia ligam para falar com a mãe e não com Pedro. Será possível dar um espaço às diferenças?

A situação clínica vincular defronta os sujeitos que formam o casal com a presença do outro no consultório. O sujeito não constrói o discurso só a partir das suas representações internas, pois o outro está lá para responder e estabelecer uma marca com sua presença, o outro pode aparecer como um obstáculo na medida em que pode contradizer, ou tentar marcar uma disparidade como sujeito alheio.

A presença do outro não significa somente que ele está ali, mas sim fala de seu caráter fundador com sua alteridade que faz parte de todo vínculo com esse outro, não é passível de ser recriado; assim como a fantasia no mundo interno, que reviste e cancela o caráter do outro. (Berenstein, 2001, p. 95)

Essa não é uma situação fácil de transitar, porém, às vezes, isto surge na transferência e o analista aparece como aquele que tenta decifrar e colocar em palavras aquilo que os sujeitos sentem-se impossibilitados de escutar ou de se animar a pensar.

A interpretação oferece um modelo para pensar o inconsciente intersubjetivo, para fazê-lo representável, pensável e expressável; porém junta um conjunto de impressões que resultam da observação, da dedução e do conhecimento reunidos pelo analista em um ato comunicativo que explica da forma mais simples algumas singularidades desse conjunto na sessão familiar. (Berenstein, 2007, p. 54)

Porém, a análise de casal precisa ir construindo um trabalho vincular, trabalho que desenhe a possibilidade de dois sujeitos se escutarem em sua *ajenidad*, situação essa que permitirá o enriquecimento do vínculo, conjuntamente com a subjetividade de cada um dos sujeitos que o compõe. O outro, com sua presença, está lá na análise vincular para receber e responder ao discurso de seu parceiro, resposta que aparece no vínculo na forma de um "fazer vincular", tanto fazer com palavras quanto com gestos com o corpo, na linguagem corporal ou paraverbal. Cada sujeito aparece como limite para o outro já com sua presença, isso possibilitará que construam um discurso vincular no qual as fantasias de cada um serão respondidas, confrontadas e colocadas a trabalhar criando um enramado vincular conjunto.

Voltando ao caso clínico, a partir dos nossos primeiros encontros ficou claro como o foco do mal-estar estava no vínculo entre eles, vínculo que não conseguiam criar como novo e próprio e só o recriavam como parte da história, sem fazer abandono do passado para enxergar o presente e construir um vínculo do relacionamento presente entre eles. Combinamos embarcar numa análise vincular do casal.

No trabalho clínico foram aparecendo os distintos discursos que a análise possibilita que sejam escutados outorgando um lugar para esses dois sujeitos com seus discursos, mas: em vínculo.

Em uma sessão posterior, depois de umas férias, Célia conta quão bom foi o tempo que passaram no hotel em que estiveram hospedados. Pedro começa a falar de quanto incomodou a ele a presença da filha dela na hora em que as duas ficavam muito tempo abraçadas, falando entre elas sem dar espaço nem a Pedro, nem ao genro. Célia fica tão surpresa ante as palavras dele que tenta anulá-lo.

Psicanalista: Célia, é difícil para você escutar impressões tão distantes das que você colocou ao falar das férias? Será que Pedro não tem permissão para discordar de você? Que é tão difícil para você escutar?

Célia não consegue estabelecer um diálogo para falar na sessão sobre o que ela estava experimentando, precisou esperar a próxima sessão para contar como ficara magoada ao escutar as apreciações de Pedro tão distantes das dela e sentir que nem tinha percebido o incômodo dele. Ela precisou de tempo para aceitar o que o parceiro colocava, diferentemente dela, e pensar a respeito. A sessão anterior ficou interrompida, ante a impossibilidade de Célia de falar e seu pedido para sair da sessão para refletir. Só na sessão posterior conseguiu pôr em palavras o impacto sentido pela disparidade entre seu olhar e a forma de sentir de seu parceiro.

Esse foi um momento fundamental no transcorrer do atendimento, poderíamos chamar essa sessão de dobradiça entre a forma de se vincular anterior e a nova forma que estava se constituindo. Podemos dizer que essas duas sessões relatadas constituíram um acontecimento, no dizer da Filosofia, no qual os sujeitos só souberam de seu efeito subjetivo no *après coup* das sessões. Esse acontecimento marcava uma necessidade de interromper a forma de pensar e sentir de um para conseguir enxergar o outro como sujeito em suas diferenças. Um momento de saída do pensamento de cada um a partir do Um para se armar como um vínculo com a possibilidade de um Dois. Entra aqui no vínculo a percepção do *ajeno* do outro, como um espaço entre os dois sujeitos do vínculo. Esse movimento permitiu a entrada em consideração no vínculo de que são dois sujeitos, o que não exige que sejam dois iguais e sim que sejam Dois, ainda sendo *ajenos*.

Dessa forma, a análise foi permitindo que entrassem no discurso vincular as disparidades, e um pudesse escutar o outro na sua alteridade.

Vamos progredir agora no tempo e escutar outra sessão posterior.

P: *É perigoso vir à terapia com a esposa.*

C: *Eu queria tanto que ele viesse comigo, eu adoro Pedro, assim como viver com ele, e as mágoas estão ligadas à questão familiar. Quero tirar o grande nó de nossa vida, faz catorze anos que estamos juntos e isso não conseguimos resolver sozinhos. Eu me calei para não ter atrito, em me calei milhares de vezes, me arrependo de ter me calado, temos que parar de nos calar passando por cima de nós mesmos. Aqui na consulta vamos poder falar ainda que doa, mas depois vai ser bom.*

P: O perigoso é falar. Eu tenho medo de machucar muito o outro, eu falo mais que você, falo demais... Quando eu falo faço estragos, eu sou mais agressivo, Célia sabe falar. Eu tenho que aprender a falar. Eu não quero machucá-la, é o jeito de falar que é ruim. Eu sempre acho que não falei legal.

C: Você não machuca. O mais difícil para mim é o modo de olhar para certas coisas, me pega o modo como você olha para as coisas, a leitura que você faz do mundo.

P: Temos pensamentos diferentes. Por que isso machuca? As pessoas não leem igual as situações. É como eu votar no Maluf e você no Serra. É o modo de ver o relacionamento com o filho, vemos o mundo dos filhos diferentemente, o modo de se relacionar com pai, com irmão.

Psicanalista: Talvez agora estão começando a falar dessas coisas, para tentar vê-las como diferentes, e não por isso significa que magoam, só por ser distintas. Quais seriam as coisas que nunca foram ditas?

C: Ele sabe como eu penso. São ações que passaram por cima de mim. Quando começamos a morar juntos, durante cinco ou seis anos Pedro saía com a filha Maria todos os domingos para almoçar e eu estava proibida de ir. Eu queria fazer parte de alguma coisa, mas sua relação era única com elas. Ele dizia que ela não aceitava que eu fosse, eu chorei muito.

P: Eu estava preocupado de levar a Célia, pois queria preservá-la da raiva de minhas filhas. Agora isso não existe mais, ela pode vir.

C: Sempre meu relacionamento com as filhas dele era através dele, só ele tinha o telefone delas, sempre estava tudo filtrado por ele. Você não fazia nada para que elas me aceitassem. Ele estabelecia a separação. Ele não cumprimentava meus filhos; e, se eles estavam em casa, Pedro se trancava no quarto, e eles sentiam-se rejeitados, eu tentava fazer que entendessem. Ele nunca fez isso por mim, acalmar as filhas dele.

P: Eu sentia que tinha traído minhas filhas porque fui morar com a Célia; eu fui morar com uma mulher que tinha cinco filhos e eu já tinha duas filhas biológicas, eu tentava preservar minhas filhas e não a Célia.

Psicanalista: Mas você tinha se separado da mãe de suas filhas e escolhido outra mulher, você tinha mudado sua escolha de parceira.

P: Na cabeça de minhas filhas era como se eu tivesse trocado de filhos. Eu acordava de manhã com outros filhos. Minha filha mais velha nunca perdoou Célia de ter me tirado de casa.

C: Eu conheci Pedro quatro anos depois de ele ter se separado da Luísa.

Vemos aqui a configuração de competição e rivalidade edípica que se estabelece entre o primeiro e o segundo casamento. Parece que, ao escolher outra mulher para ser sua parceira, Pedro estaria traindo a mãe de suas filhas. Pedro não consegue se habilitar em sua escolha pessoal e entra no jogo das filhas, que o fazem culpado por não ter continuado escolhendo a mãe delas. Parecem se misturar dois planos distintos que são os lugares parentais e os lugares conjugais; esses lugares não necessariamente precisam se sobrepor. Quando um casal se separa, esses lugares ficam independentes, pois o casal parental continua no lugar de casal parental, mas independente do casal marital que está em outro vínculo. Pedro parece não estar se habilitando como homem ao lado de Célia, e ela também não consegue colocá-lo no lugar de homem tirando-o do lugar de pai. Desse modo, Pedro se sente cúmplice da traição e sente que o relacionamento com Célia é construído nessa base. Talvez a questão que se abre seja: Como se garantir em seu direito de ter se separado da mãe de suas filhas e ter escolhido se casar com outra mulher que seja mãe, mas de outros filhos? Por outro lado, como Célia se habilitaria a ter um lugar de mulher ante o homem com quem escolheu compartilhar a vida, além do lugar de mãe de seus filhos? Os dois espaços devem estar garantidos e dissociados quando nos defrontamos com segundos matrimônios.

Ao longo da análise vincular, eles foram se reconhecendo mutuamente, como sujeitos diferentes, com um lugar para cada um e ganhando um espaço para o novo. Pedro começa a exercer sua função paterna, limitando as filhas, cobrando delas a partir de seu lugar paterno. E em função dessa tomada de posição consegue se outorgar o direito como homem para escolher a mulher com quem partilhar a vida.

Na medida em que Pedro assume a função paterna, limitando suas filhas, também começa a colocar limites nas situações fechadas que Célia construía com os filhos dela, não permitindo mais ser colocado no lugar do excluído. As situações vinculares vão tomando forma, nelas aparece espaço para o casal, além e aquém dos relacionamentos que cada um tem com os respectivos filhos, e nenhuma das situações é excludente. Pedro consegue se relacionar com os filhos de Célia sem a intermediação dela, e uma das filhas dele consegue fazer parte das festas familiares enquanto a outra filha escolhe ficar fora, sem falar com Célia e se excluindo. Cada um começa a aceitar o grupo que eles armam, dando espaço tanto para a exclusão da filha de Pedro, como a inclusão daqueles filhos que escolham participar.

Célia consegue aceitar que eles não vão constituir um

modelo de família idealizado, com pais e filhos de uma única união — *tipo família Doriana* —, e sim que vão formar o grupo familiar possível. Cada um pode escolher que lugar ocupar, dando espaço para as duas gerações que constituem esse grupo. Assim como aceitando um formato de família que inclua a renúncia. Na família que eles formam é preciso abdicar do formato de família ideal para abrir espaço para novas configurações familiares que se adéquem a eles no vínculo.

Célia: Quando começamos a terapia, eu queria que nós fôssemos como uma fruteira que conseguia conter tanto peras quanto maçãs, assim imaginava eu a nossa família, Pedro e eu sendo a fruteira, e os filhos de um e de outro dentro dela; mas agora essa fantasia acabou, seremos o que consigamos ser.

Baseando-nos no presente caso, estamos diante das novas configurações familiares da contemporaneidade. Nelas se formam grupos de pessoas que se escolhem para serem família, uma família agora não mais marcada pela biologia e a genealogia, e sim pelas escolhas dos sujeitos que fazem parte dessa sociedade. A família contemporânea é uma instituição democrática, horizontal, na qual o poder está descentralizado e repartido entre seus membros. Elisabeth Roudinesco (2003, p. 155), falando sobre as famílias contemporâneas, diz que "esta família se assemelha a uma tribo insólita, a uma rede assexuada, fraterna, sem hierarquia nem autoridade, e na qual cada um se sente autônomo ou funcionalizado".

Assim descrevem-se as famílias do mundo contemporâneo, nas quais as redes são as principais vias de estabelecer laços entre os sujeitos e configurar aquilo que cada grupo pode chamar como: família. Estamos nos afastando do modelo de família burguesa tradicional para apontar na direção das novas famílias do século XXI.

Célia e Pedro não ficam fora desse universo contemporâneo, mas compõem sua própria família.

Depois de um ano de análise vincular, os filhos foram ficando fora do foco. Pedro consegue desgrudar internamente a figura da ex-mulher das filhas, sentindo-se mais à vontade para se relacionar com as filhas dele.

Pedro: Estou me sentindo bem, estou conseguindo falar e sentir o que jamais pude sentir. Antes tinha raiva da mãe de minhas filhas e punia-as para punir a mãe.(Nunca imaginei uma coisa dessas, nunca percebi que ele punisse as filhas...) Que elas sofram que nem ela. Agora consegui ficar com muita raiva da mãe e não punir mais minhas filhas.

Célia consegue incluir e integrar aspectos positivos e negativos dos próprios filhos na conversa com Pedro, o que a deixa menos na defensiva e mais à vontade para trocar com seu parceiro situações do dia a dia.

Célia: Agora eu critico a minha filha mais velha e ele compreende, existe afeto, eu estou mais à vontade.

Lentamente começa a invadi-los um vazio. Sentem que não têm temas em comum para partilhar, cada um fica muito fechado em seu mundo, Pedro não se interessa pelos temas de trabalho que apaixonavam Célia, e Célia sente que não há assuntos que os desafiem a crescer e elaborar juntos. Depois que o projeto de alugar um sítio ficou desfeito, e diante da negativa de Pedro de partilhar essa decisão com ela, parecem se sentir sem planos em comum que os desafiem. Começam a se perguntar: Que fazer? Como se encontrar em algum projeto de vida compartilhado? Como estruturar alguma perspectiva de futuro que os faça lutar juntos? Recorrem a formas de relacionar-se antigas. Pedro lembra quando Célia trabalhava em outra profissão, quando era brincalhona e divertida; Célia lembra ter se interessado muito pelas opiniões de Pedro sobre sua vida.

Esse vazio fica na frente deles até que realizam algum movimento que os venha a tirá-los desse marasmo.

Chegam à sessão e Célia diz: Pedro decidiu voltar a estudar. É muito gostoso isso, são outros projetos. Agora que estamos só nós dois, parece que temos passado do ninho vazio a fazermos o nosso caminho. Escutei uma entrevista da Fernanda Torres Montenegro em que lhe perguntaram como ela conseguiu lidar com tantos casamentos sendo ela filha de um único casal. Ela disse que cada homem foi importante para o momento em que ela o escolheu, para outros momentos procurou outros homens. Falou dos casamentos em que os casais casados precisam se recasar. Eu comecei a me sentir mais apaixonada pelo Pedro. Mas ele é metido, melhor que não ouça isso que falo (ela diz isso de forma brincalhona).

P: Deixe que eu ouça. Agora estamos falando mais, apesar de que eu estou estudando muito. A Célia não botava fé em mim, ela não sabia o que eu era capaz de fazer, eu sempre fui assim: penso e ajo, eu vou fundo no que eu quero fazer. Comecei a estudar com muita dedicação. A maioria das vezes eu não sei falar NÃO, não consigo, mas agora com Célia estou conseguindo. Eu me sinto mal de falar não, sinto culpa. Mas Célia não fica chateada com o NÃO e isso me deixa mais à vontade. Eu nunca falava não para ninguém, se eu não concordava com alguma coisa não falava NÃO. Célia tirou um peso enorme de mim. Agora faço as coisas com prazer, depois de muito tempo eu entendi que o NÃO é crescimento e falar sim, não querendo, prejudicava as relações.

C: Ele aprendeu a dizer não para as filhas dele, hoje diz NÃO sem sofrer. Antes as filhas pediam um absurdo e ele dizia sim.

Estão descrevendo agora um vínculo no qual aqueles que o conformam também têm direito a evoluir subjetivamente, e isso é uma etapa de novidade dentro do vínculo deles. Pedro vem de uma família de origem na qual ele era o único filho homem ao lado de duas irmãs. Foi difícil para ele conseguir se sobrepor às mulheres, pois seu lugar na família sempre foi o de *"Pedrinho, o bonzinho"*; descreve uma mãe muito sufocante: *"ela preenchia todos os meus espaços, era uma mãe modess, absorvente"*. Esse modelo foi transposto para a família que construiu com a ex-mulher e suas filhas, situação na qual sempre se submetia. No vínculo com Célia isso não acontece, fomos vendo na análise como essa possibilidade que sua atual esposa lhe oferece foi fazendo com que mude a representação intrassubjetiva que tinha das mulheres, na medida em que é habilitado pela mulher escolhida a dizer NÃO e deixar de ser *o bonzinho*. No processo de percepção disso, foi construindo uma imagem masculina que pode se defrontar com as mulheres e dando-se conta que, mesmo não concordando com elas, os relacionamentos podem continuar.

Aqui estamos nos defrontando com a possibilidade de modificação das imagens objetais internas de um dos membros do casal, com base no trabalho vincular que o outro sujeito do vínculo — a *esposa* — o habilita a fazer dentro do vínculo. Concluímos que a partir da análise vincular também se podem modificar as representações intrapsíquicas de cada membro do vínculo.

Em resposta às modificações de Pedro, Célia sente maior atração por ele, pois o percebe em um lugar masculino, valorizado e ativo. Por outro lado, isso a coloca em um lugar feminino passível de ser libidinizado eroticamente pelo outro sujeito do casal. Esse "re-casamento" que ela fala começa a se estruturar na hora em que os dois modificam seus lugares no vínculo e voltam a estabelecer acordos e pactos conscientes e inconscientes atualizados de acordo com o momento de vida que eles atravessam.

Talvez essa seja outra das constantes do trabalho analítico vincular, permitir e habilitar que as situações que consolidaram os vínculos em outros momentos da vida sejam reescritas e recriadas pelos integrantes, de acordo com os desejos da atualidade deles. Puget e Berenstein falam da constante necessidade de reescrever os acordos inconscientes dos casais, assim como de voltar a fazer pactos inconscientes que façam parte de estrutura inconsciente (rodapé inconsciente) que sustenta cada vínculo de casal. Os vínculos precisam de uma constante revisão e consideração de acordo com os momentos vitais pelos quais todos os casais vão transitando, porém delineiam-se vínculos em constante movimento e modificação ao longo do tempo.

Gostaria de terminar esta exposição escrita a duas mãos, para depois adicionar as palavras que as outras quatro mãos irão escrever, lembrando uma antiga peça musical muito querida para mim: *O violinista no telhado*, também traduzido como *Tevye, o Leiteiro*.

Trata-se da história de uma família russa e suas peripécias para casar as três filhas. Tevye, o pai da família, depois de ter se preocupado pelo futuro das três filhas e vendo-as casadas, teve que aceitar as diferentes escolhas que cada uma delas fez; ele então decide dedicar uma canção para a esposa, para pensar no casamento deles.

Nessa composição ele lhe pergunta: *"Do you love me?* (Você me ama?)".

E ela responde impactada e sem compreender: *"Do I what?* (Se eu o quê?)".

E Tevye insiste: *"Do you love me?* (Você me ama?)".

Ela responde: *"After 25 years I've washed your clothes, cooked your meals, cleaned our house, given you children, milked your cow...* (Depois de 25 anos em que eu lavei tuas roupas, cozinhei tuas refeições, limpei nossa casa, dei-te filhos, ordenhei tua vaca...)".

Tevye insiste: *"After 25 years, do you love me?* (Depois de 25 anos, você me ama?)".

E ela responde: *"Why talk about love right now? I'm your wife.* (Por que falar de amor justo agora? Eu sou sua esposa.)".

Tevye responde: *"I know.* (Eu sei.)".

Golde diz: *"If that's not love what is?* (Se isso não é amor, o que é?)".

E ali é o momento em que Tevye compreende a resposta, e fica satisfeito com o amor que ela diz ainda continuar lhe professando.

Tevye: *"Then you love me.* (Então você me ama.)".

Golde: *"I suppose I do.* (Eu suponho que te amo.)".

Tevye: *"And I suppose I love you too.* (E eu suponho que te amo também.)".

Golde e Tevye: *"It doesn't change a thing, but even so, after 25 years it's nice to know.* (Não muda nada, mas apesar disso, depois de 25 anos é bom saber.)".

Os casais acreditam na paixão do namoro, nas palavras do ato de casamento "juntos para sempre, nas alegrias e tristezas", nas promessas dos poetas quando falam do amor; sem pensar que esses votos têm que ser reescritos e retrabalhados **sempre**, pois os vínculos vão se modificando junto com os sujeitos que fazem parte deles, porém precisam ser reinstaurados e reacordados nos distintos tempos que cada vínculo vive.

Isso é o que faz a pergunta de Tevye tão atual: Depois de 25 anos você ainda me ama?

PEDRO E CÉLIA

Reflexões da Célia

A Lisette termina seu relato com a pergunta: Depois de 25 anos você ainda me ama?

Minha resposta é: Muito, mais ainda do que antes.

O que gostaria de compartilhar neste texto é a esperança. A possibilidade de acreditar que o amor possa sobreviver aos tropeços da vida, aos desencontros, se reinventar, se reencontrar e continuar vivo e intenso. Não tenho dúvida de que somos um testemunho dessa possibilidade.

Ler, depois de dez anos, o que sentimos, nos dissemos, pensamos é uma experiência de nova terapia. Cada palavra escolhida pela Lisette me transportou para mais do que aquele momento, fez com que revivesse minha vida a dois, ou melhor, a nove. Desde que nos conhecemos já éramos nove pessoas. Isto torna muito mais complexa a relação. Quando me casei pela primeira vez, o que importava era se meu primeiro marido gostava de mim e eu dele. Era uma escolha binária. Quando me enamorei do Pedro, eu significava seis pessoas e ele, três. Era preciso que nós todos nos escolhêssemos, porque a escolha de cada um refletiria em todos os outros. Como falou a Lisette, meus lugares de mulher e de mãe estavam conectados e, talvez, misturados. Dentro de mim era condição necessária que minha nova relação não me afastasse de meus filhos. Eu nunca aceitaria ser colocada no lugar de escolher entre eles e outro homem. E os ciúmes do Pedro me faziam sentir assim em muitos momentos. Isso me desesperava, pois, se fosse posta na parede e precisasse escolher, era claro que escolheria meus filhos; mas amava muito o Pedro e queria compartilhar minha vida com ele. Ou seja, eu precisava que ele e meus filhos convivessem em harmonia e isso não acontecia.

A imagem da fruteira esteve sempre dentro de mim. Sabia que nossas histórias eram diferentes, nossa maneira de ver o mundo também, e que filhos sanguíneos e não sanguíneos não seriam iguais, não no afeto, porque não acredito em amor sanguíneo, mas porque o contexto de serem de outro casamento, dos antigos cônjuges existirem dentro e fora deles, e o conjunto de sentimentos que essa realidade significava, deixava claro que seríamos sempre madrasta e padrasto, e eles seriam maçãs e peras. Mas afetivamente poderiam ser vividos como "frutas" por nós dois. Essa era a imagem que havia dentro de mim de uma família composta. Cada um mantendo sua individualidade, mas afetivamente fazendo parte de um conjunto superior.

Pedro não tinha essa fantasia, seu drama era outro a meu ver. Eu, meus filhos todos e uma de suas filhas havíamos nos escolhido. Mas a filha mais velha de Pedro não me queria, ou melhor, não queria nenhuma outra mulher ao lado dele. E ele, em sua imensa culpa por ter escolhido sair de casa, ficava refém desses sentimentos, dela e dele, como marcou tão bem a Lisette em seu relato. E as consequências disso eram trágicas, pelo menos para mim. Isso o impedia de se aproximar de meus filhos, chegando até a rejeitá-los para que a filha não imaginasse que eles tivessem valor afetivo para seu pai. Ele precisava mostrar para si e para ela que só elas eram amadas, que eles não estavam roubando o lugar das duas. E por sua dificuldade em lidar com situações de conflito, pelo medo de ela me magoar e, acima de tudo, para que ela não sofresse mais do que ele já imaginava que a havia feito sofrer, Pedro se afastava, me afastava, afastava meus filhos e me deixava à mercê das violências que ela me impingia. Quando procuramos a Lisette, eu já havia derramado um balde de lágrimas e não via mais luz no final do túnel. Se não conseguíssemos fazer um recasamento talvez tivesse que me separar novamente. E isso eu não queria.

A terapia nos ajudou muito. Quando decidimos casar, eu havia dito para o Pedro que não queria dele nenhuma das juras tradicionais, nem amor até que a morte nos separasse, fidelidade, e todas as outras coisas. Pedi apenas que fosse impiedosamente sincero comigo, absolutamente sincero. Que mesmo que soubesse que o que tinha a dizer fosse me deixar aborrecida, que eu fosse chorar ou ficar brava (nem sempre aguento ouvir o que preciso...), que não deixasse de dizer. Eu ficava brava na hora, mas depois pensava sobre o que havia me dito e que só acreditava em uma relação que fosse assim, absolutamente sincera. Mas a fantasia da destruição do outro morava dentro de nós. Nem ele nem eu conseguimos cumprir nosso trato, e as mágoas foram se acumulando dentro de nós. Era preciso um intermediário que nos ajudasse a falar e a ouvir sem medo da destruição da relação. A Lisette ocupou esse lugar.

Não sei se você que me lê já fez uma terapia de casal algum dia para me entender. Ela acontece de forma tão sutil, que as coisas vão se alterando aos poucos dentro da gente, entre a gente, e você nem percebe. Como filho que cresce e você um dia descobre que a calça está batendo na canela e pensa: nossa, como ele cresceu! Pois foi assim conosco. Chegamos bastante machucados, e fomos nos curando aos pouquinhos...

Muitas coisas foram se alterando com o passar do tempo. Para mim, abandonar a fantasia da fruteira foi o mais difícil, se é que eu a abandonei de verdade (risadas). Meus filhos compreendiam a dificuldade do Pedro em relação a eles e aprenderam a esperar dele apenas o que tinha para dar. Comecei a perceber que não sofriam na expectativa de uma forma de se relacionar idealizada, como eu fazia, e, ao conviver com meu sofrimento, começaram a me ajudar mostrando que estavam bem e felizes com a forma de Pedro amá-los. Que eu não me preocupasse com eles, apenas com meu relacionamento. Isso transformou meu mundo interno. Olho para trás e penso que no início eu os ajudei a aceitar o Pedro e depois eles é que me ajudaram.

Por outro lado, Pedro foi se fortalecendo e abandonando seu sentimento de culpa. Conseguiu perceber que podia gostar de todos e ser gostado também. Abriu a porta e meus filhos entraram por ela. Eles sempre gostaram muito dele e tudo o que queriam era poder viver esse afeto. Já não havia rejeição. Pedro os abraçava, dizia e ouvia coisas amorosas, no início longe das filhas, agora até mesmo perto delas.

Nossos filhos cresceram e se tornaram homens e mulheres, casaram e constituíram suas famílias. Os seis filhos haviam nascido em um espaço de três anos. Em três anos todos foram embora também. A distância que a nova realidade trouxe também nos aproximou. Sem a concorrência deles em casa pudemos olhar mais um para o outro, compartilhar novos sonhos, começar a viajar. Era um novo momento.

Mas não éramos uma fruteira. A rejeição da filha mais velha de Pedro foi melhorando e as crises ficando mais espaçadas e menos intensas, mas ainda existiam e isso interferia em mim, em Pedro e nossa relação, até que há seis anos ela se tornou mãe. Essa foi a grande transformação. Quando os gêmeos nasceram, eu fui proibida de ir vê-los. Conheci as crianças quando já estavam com alguns meses. Mas, um dia, quando maiores, fui à casa dela com Pedro e ela disse para os filhos: Vão no colo da vovó! Quase morri. Já não acreditava que isso fosse acontecer algum dia. Durante 22 anos havia tentado de todas as formas mostrar a ela que não precisava ter medo de mim, que eu só desejava que pudéssemos ser felizes todos juntos, e, agora, parecia afinal que ela havia entendido. Acho que nunca vou conseguir traduzir o que aquele "Vão no colo da vovó" significou para mim.

Há dois anos, ou seja, depois de 24 anos ao lado de Pedro, ganhei o maior presente de aniversário que alguém neste mundo pode ganhar. Ela me ligou e disse que me achava uma pessoa muito especial, que gostava de mim e me admirava, que se sentia feliz pelo tanto de bem que eu havia feito para seu pai, que ele era feliz e ela via que eu o havia ajudado a se sentir assim. Que queria me pedir desculpas por sua imaturidade e pelo tanto que havia me feito sofrer, que hoje ela compreendia que nada do que pensava tinha sentido e queria um novo momento comigo. E aí pediu desculpas por não ter me mandado um presente. Presente? Se ela tivesse me coberto de ouro não seria melhor do que aquele telefonema! Eu havia esperado por 22 anos para ouvir aquilo. Chorei muito, transbordei de emoção boa, de alegria. Acho que ninguém nunca vai imaginar a imensidão do que senti.

E verdadeiramente começamos, as duas, um novo momento de vida. Isso nos fez bem, mas acima de tudo fez bem para o Pedro. Também ele havia sido posto por ela naqueles 22 anos em uma situação de escolha entre mim e ela, e ele amava e queria as duas, não era possível escolher. Agora podia viver em paz, com as duas. Não tenho dúvida de que sempre nos amamos e quisemos ficar juntos, mas por 22 anos ficamos trincados por essa situação dos filhos. Agora, nada mais nos separava, nem dentro, nem fora.

Nesta pandemia o isolamento só nos aproximou mais. É muito gostoso compartilhar a vida com ele. É um homem forte, mas suave e carinhoso. Atualmente apenas três de nossos filhos moram no Brasil. Na outra semana fomos todos juntos para a praia. Minhas filhas, a mais velha dele e nossos netos. Foram momentos deliciosos de encontro profundo e verdadeiro, de muita risada e troca. No Dia dos Pais, depois de 26 anos, a mais velha dele convidou pela primeira vez minhas duas filhas para comemorar a data todos juntos em sua casa. Agora, depois de 26 anos, eu sei que tenho uma fruteira!!!

E, para terminar, vou contar um segredo. Até hoje, quando escuto a voz dele no telefone, tenho um frisson, e fico arrepiada de emoção ao chegar em casa e vê-lo sentado tocando violão. Nunca havia imaginado que o tempo pudesse aumentar assim o amor.

Reflexões de Pedro

Da minha parte, confesso que fiquei um pouco resistente em fazer terapia de casal, mas logo admiti que no nosso caso poderia ser de ajuda, visto que o meu relacionamento com os filhos dela estava atrapalhando o NOSSO relacionamento e isso poderia provocar um distanciamento entre nós, e eu não queria de forma alguma me afastar da Célia. Era a mulher que eu queria para a minha vida. Eu me divorciei quando minhas filhas tinham onze e treze anos e a separação foi muito traumática, pois a minha ex não queria se separar e empregou muitos artifícios para que isso não acontecesse, inclusive usando as filhas como motivo. Tanto que fiz várias idas e vindas, ora achando que o casamento tinha ido pro brejo, ora achando que poderia tentar de novo. E nunca deu certo. Parecia que voltar só iria piorar. Até que resolvi sair de vez.

E foi aí que comecei a sofrer de culpa, porque ela usou de diferentes artimanhas com as filhas para me ter de volta. Nessa época, para aplacar esse sentimento, supria tudo financeiramente, para que nada faltasse a elas. No entanto resisti. Sentia-me culpado por tê-las deixado, mas sabia que não podia voltar em prol da minha felicidade.

Após alguns anos conheci a Célia numa festa. Aliás, a gente já tinha sido apresentado, mas não nos lembrávamos um do outro. Nossas filhas estudavam no mesmo colégio, na mesma classe, e eram amigas. Fiquei fascinado pela Célia. Uma mulher alegre, espontânea, agitada, fascinante. No estágio de depressão em que me encontrava, ela apareceu como uma luz no meu caminho. Eu nunca pensei em ficar sozinho. O que me assustava era casar de novo.

Fomos nos conhecendo, morando cada um na sua casa, e quando a situação ficava mais "QUENTE", eu dava uma "ESFRIADA", conscientemente. Era de medo, confesso. Afinal, ela era uma mulher divorciada, com quatro filhos, de uma família grande, com seis irmãos e pais tradicionais. Morar com ela e os filhos me dava medo. Também pensando no que diriam minhas filhas por eu ir morar com adolescentes da mesma idade delas. Não preciso mencionar que minha ex usou isso para, mais uma vez, colocá-las contra mim, dizendo que agora eu tinha outra família e que elas ficariam em segundo plano, pois eu preferia morar com os filhos de outra mulher a morar com elas. Mas, mesmo assim, depois de algum tempo resolvemos nos casar oficialmente, pois atingimos o estágio onde o amor supera o medo.

Aí começaram os problemas de relacionamento entre mim e os filhos da Célia. Eu sentia que não podia mostrar a eles carinho ou afeto como uma forma de não "trair" minhas filhas. A minha mais nova era mais maleável, tanto que chegou a morar com a gente por um tempo, e eu penso que nessa época minha ex "pirou", pois telefonava para falar com a filha umas dez vezes por dia, para saber o que ela estava fazendo e para que voltasse para casa. A mais velha era radical. Não se afastou de mim, mas também não fazia nenhuma questão de chegar perto da Célia ou dos filhos dela. Quando eu saía com elas não convidava a Célia com receio de que minha filha a maltratasse. Com o tempo foi melhorando, e a grande transformação foi quando se tornou mãe, há 6 anos. Aos poucos reviu seu olhar para a Célia até que entendeu seu sentimento. Ligou e falou com a Célia pedindo desculpas pelo comportamento e reconhecendo sua imaturidade no passado.

Hoje eu penso que o amor pode vencer qualquer coisa. Depois de tudo que passamos, o amor venceu todas as barreiras. PORQUE NÃO FOI FÁCIL.

O AMOR, O ÓDIO E AS RELAÇÕES COM OS OBJETOS PRIMÁRIOS

Rachele Ferrari

Variações de temas em torno do amor e do ódio, seus excessos, suas faltas, sejam esses afetos direcionados ao outro, sejam ao próprio sujeito, permeiam praticamente todas as demandas que nos chegam à clínica, para as quais precisamos pensar direções no trabalho analítico.

Questões em torno da sobrevivência psíquica darão notícias sobre falhas importantes do ambiente no início da vida do sujeito, que o deixaram à sua própria sorte, sem recursos suficientes para lidar com tantas intensidades pulsionais e inúmeras demandas e estímulos externos, em síntese, um ambiente que não pode ser suficientemente bom, incapaz de investir amorosamente aquele pequeno ser.

Outras vezes estamos diante de sujeitos incapazes de realizar-se na vida, seja no campo do trabalho, seja nas relações de modo geral, especialmente no território dos vínculos mais íntimos. Estamos no terreno das inibições, das impossibilidades de colorir a vida, das amarras e engalfinhamentos inconscientes com os objetos edipianos.

O universo dos sofrimentos psíquicos é muito vasto e cheio

de nuances, de ambivalências e dinâmicas de posições, mas vemos que os vínculos de amor e ódio, as angústias que são mobilizadas por medo ou culpa relacionadas a esses vínculos e as defesas que precisam ser acionadas para abrandar ou erradicar tais angústias estão presentes nas narrativas clínicas das quais somos testemunhas e com as quais iremos nos implicar.

A relação com os objetos primários nos leva, invariavelmente, a pensar na condição singular do ser humano de nascer sempre "pre-maturo", radicalmente dependente de um outro sujeito que lhe venha em imediato socorro, no momento do nascimento, um estado, portanto, de desamparo.

Essa condição de "prematuração" com a qual nascemos é algo que estará presente ao longo da vida do sujeito; em alguma medida, sentimos com frequência um descompasso entre as nossas experiências com nosso mundo interno e o mundo externo, uma desproporção entre as demandas intrapsíquicas e/ou as demandas do mundo externo e nossas possibilidades de contê-las e dar-lhes sentidos, há sempre algo que fica por ser elaborado.

Compreendemos, assim, que nascemos com a inscrição da dependência e esse objeto absolutamente necessário será, ao mesmo tempo, aquele que nos satisfaz e que irá se tornar objeto de desejo; será também o primeiro objeto hostil, pois ele inevitavelmente irá falhar e suas faltas, falhas e excessos nos colocarão em situação de perigo, e, finalmente, será aquele que tem a função de holding: sustentar e dar segurança.(Figueiredo, 2015)

O termo em alemão usado por Freud quando trata do tema do desamparo – *hilflosigkeit* – designa a condição de ausência de ajuda, diz respeito ao estado de privação de meios para sustentar a vida, evoca o sentido de cair sem ter algo para agarrar-se, escorar-se ou apoiar-se; implica uma condição de abandono, solidão e esquecimento.

Essas definições deixam claro que o desamparo é um termo

que pressupõe a existência do outro, que é dado como certo e absolutamente necessário, mas não está ali. Um outro que existe como necessidade, mas não existe cumprindo tal função. Fica evidente, como Freud enfatiza, que o desamparo original é fundante e estruturante do psiquismo. A existência do sujeito no mundo (na civilização) é apoiada numa condição de desamparo do psiquismo.

André Green (1975), pensando sobre o lugar do objeto na constituição psíquica, irá propor o que ele chamou de "terceira tópica", que admite haver algo do funcionamento psíquico de cada um que está fora dele. É um intrapsíquico que inclui um extrapsíquico ou um interpsíquico. Nossa dependência do outro será constante ao longo da vida, seja ele uma outra pessoa, um grupo social, seja elementos da cultura.

Assim, entendemos que o sujeito é construído a partir de algo que lhe transcende, que lhe é exterior. A esse respeito, Menezes (2008, p. 36) esclarece:

> O desamparo infantil implica para o bebê uma abertura ao mundo adulto, ao mundo do outro. Há vivência de uma primeira experiência de satisfação, que é proporcionada pela intervenção de um outro. Nesse sentido, essa abertura é necessária, tendo em vista seu earáter inaugural do psiquismo que, em última instância, funda-se no desamparo inicial.

O início da vida é marcado pela urgência de enfrentamento desse desamparo, que coloca o aparelho psíquico em movimento em busca de saídas, o que podemos imaginar como algo que o lançaria para a frente, iniciando um processo de desenvolvimento; porém precisando contar com os objetos primários exercendo a função materna, que serão fundamentais para a construção dos alicerces básicos para o bom funcionamento psíquico. A partir daí, será necessário, pouco a pouco, aceitar e suportar o fato de que não há proteção absoluta na vida, e tampouco um ser onipotente que lhe garanta uma estabilidade contínua e infinita. Uma missão cheia de avanços e retrocessos por toda a vida, que muito claramente ensina Birman (1997, p.71):

> O desamparo do sujeito é a matéria-prima da psicaná-lise, já que é a resultante na subjetividade de um mundo que não se funda mais sobre ideais totalizantes e univer-salizantes. Ser sujeito é ter que recomeçar insistentemente seu percurso singular, ter de lidar com seu desamparo em um mundo em que universalidade e totalidade não mais existem.

Dito isto, já fica claro que as relações primárias serão fun-damentais no processo de constituição do psiquismo, de uma forma muito particular, pois envolverá tanto as necessidades singulares de cada recém-chegado ao mundo quanto a possibi-lidade de o ambiente captar, interpretar essas necessidades na medida e no tempo mais adequado. Trata-se de uma tarefa ine-vitavelmente cheia de falhas e extravios, a esperança é sempre que possamos reduzi-los ao mínimo não só suportável, mas também útil para o amadurecimento emocional.

Estamos nos aproximando, portanto, do campo das teorias das Relações de Objeto, especialmente da consideração acerca da importância das relações com os objetos primordiais e da criação de um ambiente facilitador, que possa gerar confiança ao recém-nascido.

Desde Freud sabemos da importância do papel dessas figu-ras fundamentais, a partir da relação com eles será constituído nosso psiquismo, mas foi a partir da década de 1930 que a Teo-ria das Relações de Objeto foi tomando a cena psicanalítica, com a crescente inquietação acerca dos adoecimentos graves; teóricos como Melanie Klein e W. Ronald Fairbairn trouxeram entendimentos distintos daqueles apresentados por Freud no que se refere à estrutura e ao funcionamento psíquico, buscando estender o tratamento e a compreensão analítica aos chamados casos difíceis, como pacientes psicóticos, narcisistas e limítrofes.

Na esteira desses autores e de Freud e Ferenczi, as teorizações de Donald Winnicott e Michael Balint vieram renovar a clínica psicanalítica quanto à constituição do psiquismo em suas relações com os objetos primordiais.

Será na companhia das ideias de Michael Balint que caminharemos para tratarmos do tema a que nos propomos neste texto.

Tendo nascido na Hungria, em 1896, Balint formou-se em medicina e foi analisando de Sandor Ferenczi, também húngaro, de quem se tornou aluno, amigo e sucessor. Fez parte do que veio a ser chamado o Terceiro Grupo ou Grupo Independente (que se diferenciava tanto dos freudianos quanto dos kleinianos).

Foi presidente da Sociedade Psicanalítica Britânica e consultor da Clínica Tavistock (1950-1961), trabalhando na supervisão de grupos clínicos, e desenvolveu uma prática médica de treinamento conhecida como Grupo Balint. Neste, as experiências de todos eram discutidas, com ênfase na relação médico-paciente. Os médicos eram estimulados a examinar suas próprias emoções, desde o diagnóstico até a terapêutica e o prognóstico, pois Balint entendia que todos os momentos dos atos médicos estão impregnados de sentimentos, tanto úteis quanto prejudiciais ao doente.[1]

Dentre as suas contribuições para o pensamento clínico psicanalítico, daremos ênfase aqui, especialmente, ao conceito de

---

[1] Conforme site http://febrapsi.org.br/biografias/michael-balint/ consultado em 15/11/16.

Amor Primário (1937), que lhe será importante para examinar as questões acerca dos adoecimentos psíquicos em decorrência de traumatismos precoces e a complexidade das relações futuras, baseadas em modelos infantis muito primitivos. Além de vinhetas clínicas, dialogaremos também com um pequeno recorte do filme de B. Bertolucci, *Assédio*, que nos ajudará a dar figurabilidade a tal conceito.

Veremos que o pensamento de Balint nos orienta na compreensão de queixas muito presentes na clínica contemporânea, a falta de ligação, de paixão, de encontrar um lugar na vida, enfim o padecimento pela incapacidade de amar.

Balint teve um pensamento livre, inovador e original, ainda jovem, evoluindo entre Ferenczi e Freud, sem se obrigar a fazer escolhas entre um e outro, mas transitando entre os dois mestres e sentindo-se instigado a elaborar articulações teóricos clínicas novas e criativas, sua engenhosidade esteve em articular o mal-estar contemporâneo – relativo ao caráter e à formação do self - à dificuldade de entregar-se aos prazeres, entregar-se às intensidades afetivas; em última instância, render-se às experiências e deixar-se tomar e ser tomado pelos objetos (Figueiredo *et al.*, 2012).

Com suas formulações sobre a constituição psíquica e as relações de objeto precoces, ele lança luz para compreensão das psicopatologias relacionadas a falhas narcísicas, que se manifestam como senso de futilidade, falta de apetite para a vida, incapacidade de formar bons vínculos afetivos, ter prazer e amar. São pessoas que desconfiam dos outros sujeitos, pois esses lhes remetem às experiências com seus objetos primários, que foram sentidos como incapazes de acolher e conter as intensidades pulsionais, pelo contrário, às vezes excessivamente estimulantes, incapazes também de facilitar o delineamento das fronteiras intrapsíquicas e entre o mundo interno e externo; falhas fundamentais que demandarão um manejo muito cuidadoso na situação analítica, um analista certamente mais implicado.

Pensando sobre as relações de objeto primárias, Balint partirá do exame da teoria do narcisismo de Freud, concluindo que a hipótese de um narcisismo primário apresenta contradições e, assim, irá propor uma teoria da relação primária com o entorno, que chamará, então, de AMOR PRIMÁRIO; ele dirá:

> [...]para evitar mal-entendidos, queremos destacar que chamar nossa teoria de "amor primário" não significa pensarmos que, na vida do ser humano, não haja lugar para o sadismo ou para o ódio, ou que eles sejam negligenciáveis. Por outro lado, consideramos os fenômenos secundários consequências de inevitáveis frustrações. A intenção de todos os esforços humanos é estabelecer – ou provavelmente restabelecer – uma harmonia envolvente com o entorno para poder amar em paz. Enquanto o sadismo e o ódio parecem ser incompatíveis com esse desejo, a agressividade – e talvez até mesmo a violência – pode ser utilizada e até mesmo ser um gozo nos estágios imediatamente anteriores ao da harmonia desejada, mas não durante esse estado. São essas as principais razões que nos levam a denominar nossa teoria de "amor primário". (Balint, 1968, p.80)

O essencial desse conceito é que em vez de narcisismo primário, um estado por assim dizer anobjetal, se considere desde o começo a existência de relações de objeto e, assim, "o desenvolvimento do sujeito sempre dependerá das respostas do ambiente, das ações e reações dos objetos, o que introduz uma fonte inesgotável de percalços na vida do bebê" (Figueiredo*et al.*, 2012, p. 39).

Para o bem-estar e desenvolvimento do bebê, será fundamental que o entorno esteja, todo o tempo, muito próximo das necessidades dele, evitando grandes discrepâncias entre as necessidades do bebê e o seu suprimento, o que levaria a graves consequências, podendo mesmo ameaçar sua vida. O autor compara essa ideia com a "mescla harmoniosa e interpenetrante que há entre o peixe e o mar", em que não é possível indagar se a água das guelras ou da boca faz parte do mar ou do peixe. O mesmo se dá com nossa relação com o ar, precisamos dele, e enquanto ele existir, em quantidade e qualidade suficientes, não lhe damos nenhuma atenção. Esse tipo de entorno simplesmente deve estar ali, e enquanto estiver – por exemplo, se tivermos suficiente ar – damos como certa sua existência, não o percebemos separado de nós, simplesmente o utilizamos (Balint, 1968), e quando falta, não só fica evidente a alteridade quanto nossa sobrevivência entra em risco.

No texto "On Love and Hate", de 1951, Balint nos apresenta uma vinheta clínica que introduz o desenvolvimento de suas ideias acerca do amor infantil e o ódio em suas relações com os objetos primários. Esse texto traz elementos especialmente fecundos para compreendermos as complexidades dos vínculos na contemporaneidade, nos oferece pistas essenciais para discriminarmos afetos muito primitivos – o AMOR PRIMÁRIO e o ÓDIO – dos afetos adultos – AMOR ADULTO e RAIVA, e assim pensarmos direções de tratamento diante dos adoecimentos psíquicos.

Uma mulher de 45 anos recebe um casal de amigos para passar alguns dias em sua nova residência. Ela fica extremamente feliz com a ideia de ter pessoas tão queridas como primeiros convidados.

Para grande surpresa, dentro de alguns dias após chegarem, gradualmente, quase imperceptivelmente, ela começou a ter sentimentos de irritação, tensão e inquietação. A irritação aumentou ao ponto de uma severa ansiedade que mantinha sob controle com muita dificuldade. Gradualmente foi se tornando impaciente, aflita para que fossem embora.

Na análise descobriu-se um ódio amargo contra seus "amigos".

Como resultado dessa parte da análise, a ansiedade diminuiu, os amigos finalmente se foram, mas o ódio por eles permaneceu praticamente inalterado.

O que foi sendo conhecido, através do processo analítico, é que um certo padrão se repetia, qualquer um que se aproximasse dela, ainda que oferecendo-lhe ligeira atenção, despertava nela uma expectativa feliz de que a partir de então ela seria finalmente amada e seria capaz de amar em segurança; a pessoa era imediatamente equipada com "asas de anjo", como interpreta Balint. No entanto, como é impossível que o outro viva de acordo com as expectativas dela, qualquer um estaria sempre aquém de suas necessidades, porque também teria sua própria vida, seus interesses, que seriam independentes e quase sempre diferentes dos dela, assim, as privações seriam inevitáveis.

No caso em análise, a paciente passou toda a vida repetindo esse mesmo padrão, tão necessitada de amor e afeição, que se lançava de corpo e alma ao menor sinal de atenção do outro. Na sequência, surgiam as diferenças e fatalmente a privação, insuportável, que era sempre interpretada por ela como falta de coração, negligência cruel etc.

Diante de tamanho desapontamento, o amor rapidamente era transformado em ódio. O autor observa que é comum que o ódio tenha que ser reprimido e uma severa ansiedade apareça no seu lugar.

O texto apresenta questões sobre a qualidade dos relacionamentos primários, antecipando, a partir dessa vinheta, que se trata de um modo estranho e muito primitivo de amor. No seu entendimento, existe tanto formas maduras como primitivas de amor, enquanto ansiedade (e por extensão o ódio) existe somente em formas primitivas.

A ideia que está presente nessa teorização sobre essa forma peculiar de amar é de que a pronta e adequada satisfação de todas as necessidades é crucialmente importante devido à quase absoluta dependência do objeto por essas crianças (e pacientes); desse modo, "não é o infante que é ávido, mas **o objeto e a satisfação é que são totalmente importantes**" (Balint, 1951, p. 148, grifo meu).

O objeto é dado como certo, tal como nossa relação com o ar que respiramos, simplesmente ele deve estar ali para o usarmos de acordo com nossas necessidades, enquanto ele existir, não lhe damos nenhuma atenção, a perturbação ocorre se ele, por alguma razão, falha. O indivíduo e seu ambiente estão no início da vida "num estado de intensa relação com seu entorno, tanto biológica como libidinalmente. Antes do nascimento, o self e o entorno estão harmoniosamente 'misturados'; de fato, interpenetram-se. Nesse mundo, ainda não existem objetos, apenas substâncias ou expansões sem limites" (Balint, 1968, p. 81).

Trata-se de um estado de completa impotência por parte do bebê, que muitas vezes reage a isso com um modo de funcionar que, aos olhos dos adultos, sugere uma onipotência, quando, na verdade, trata-se de uma tentativa muito precária e desesperada de enfrentar um sentimento de desamparo e impotência.

Desse modo, temos algumas pistas para identificar o que o autor chamará de AMOR PRIMÁRIO:

- Presença de uma dependência desesperada;
- Negação da dependência pela onipotência;
- O objeto é tomado como certo;
- O objeto não é levado em consideração em sua diferença, é tratado como coisa.

O que está em questão aqui é a sobrevivência psíquica, muito distante ainda do que será uma relação entre dois sujeitos, diferentes, reconhecidos como tais e estabelecendo uma relação de cooperação e compartilhamento.

Trata-se de relações pré-edípicas, cuja base é que o teste de realidade é ainda precário, como no *infans*, ou atrofiado, no caso de um adulto com esse tipo de funcionamento. Em razão disso, esse AMOR PRIMÁRIO é muito instável, suscetível a ser convertido ao ÓDIO, quando diante da frustração.

É o que podemos identificar na história clínica de Maria:

Maria está casada há muitos anos, trata-se de um relacionamento que sempre pareceu muito estável, nenhum conflito até que ela, inesperadamente, começa a envolver-se com Matias.

A relação com Matias vai num crescente de paixão. Ambos, Matias e o marido de Maria, são absolutamente devotados a ela, fazem tudo por ela, nada lhe falta, antecipam-se às suas necessidades e desejos.

Maria busca a análise num momento de muita angústia com relação a essa vida dupla.

Ela simplesmente não consegue decidir-se por um ou por outro, sente-se muito ligada aos dois indistintamente.

Traz um sonho: O marido a deixava e ela se sentia abandonada, ficava **desesperada.**

Ao longo da análise, temos notícia de que o envolvimento com Matias ocorre num momento em que o marido ficou bastante doente e precisou de intensos cuidados de Maria. Ela se lembra de se sentir muito sobrecarregada e desgastada naquele período.

Relembrando histórias de sua infância, Maria refere-se a adultos que distribuíam os cuidados com os filhos de forma aleatória, ela e os irmãos eram cuidados pelos pais, avós e madrinha simultânea e indistintamente, mas de modo precário, sem verdadeira implicação de nenhum deles, segundo ela, as crianças faziam o que bem queriam, nenhum deles tinha autoridade sobre elas. Com isso, os cuidados eram bem negligenciados, o que ela resume com a máxima *"cachorro de muitos donos, morre de fome"*.

Após dois anos de relacionamento, ela e Matias resolvem romper, mas mantêm trocas de mensagens, como se não conseguissem lidar com a separação. Coincidentemente, Matias é internado para se submeter a uma cirurgia, embora nada grave, e ele decide não responder mais às mensagens de Maria. Ela fica **enfurecida** e envia mensagens **violentas, cheias de fúria e ódio** para Matias, que ainda se recuperava no hospital.

Essa vinheta revela a expressão do AMOR PRIMÁRIO vivido por Maria com seus dois amantes; ambos são vividos como absolutamente necessários, são dados como certos, sem nenhuma consideração por eles. Enquanto o provimento é contínuo e o objeto não se deixa perceber como indispensável, há uma sensação de estabilidade; quando eles revelam suas necessidades e fragilidades, ela não suporta, ou se enfurece ou se agarra a um novo objeto que lhe garanta a segurança necessária. No momento em que eles fazem demandas de cuidados a ela, revelam sua alteridade, necessidades próprias, sua autonomia como sujeitos. Isso parece insuportável a Maria, que reage com ódio, é a transformação do amor primário em ódio.

Por outro lado, o teste de realidade, presente numa subjetividade madura, habilita o sujeito a apreender o ambiente como um outro diferente de si, com necessidades, anseios e interesses próprios, muitas vezes bem distintos daqueles do sujeito; diante disso, está apto a lidar com esse entorno dentro do possível, renunciando a desejos infantis impossíveis de serem atendidos. Isso significa uma relação de objeto total, tal como muito bem teorizou Melanie Klein, em que a complexidade do objeto é apreendida, seus aspectos bons e maus são integrados, podendo ser aceitos. Para uma relação mais madura será preciso ter alcançado um amadurecimento emocional, que em termos kleinianos chamaríamos de atravessamento da posição depressiva e que Balint nomeou como AMOR ADULTO.

No filme *Assédio*[2], de B. Bertolucci (1998), o personagem Sr. Kinsky, um pianista inglês solitário, vive em meio a antiguidades, numa mansão em Roma, herdada de uma tia. Shandurai é uma africana que,fugida do regime ditatorial de seu país, passa a trabalhar e morar na casa dele como empregada, para custear seus estudos de medicina naquela cidade. Ele se apaixona por Shandurai; e quando se declara a ela, o faz como um "bebê" desesperado, não assistimos a um movimento de conquista, de sedução, de fazê-la desejá-lo, há mesmo um estado de desespero, Shandurai é tomada como objeto absolutamente necessário.

Nesse momento, ele diz a ela: *"Diga o que eu tenho que fazer para te ter, farei qualquer coisa"*, ao que ela responde assustada: *"Tire meu marido da prisão, na África"*.

Nessa frase, condensada, ela expressa suas necessidades e desejos. Ele responde *"Não sabia que era casada..."*. Há um radical encontro com a alteridade, o estrangeiro, nesse momento.

A partir daí, surge um novo movimento na história, lindamente contada por Bertolucci, em que esse homem irá se aproximar de uma nova forma de amor, de entrega e consideração pelo outro, o que nos leva a pensar nos primórdios de uma experiência de AMOR ADULTO.

No AMOR ADULTO o objeto não é mais tomado como certo, há um trabalho e um esforço de conquista, ambos possuem necessidades específicas e variadas; desse modo, a satisfação não será automática, imediata, há um trabalho a ser feito, há algo a ser dado ao outro também, há algo que ele espera de nós. Tudo isso pressupõe uma ação mútua de conquista.

---

2 O título original do filme, em inglês, "**BESIEGED**", tem significados como: sitiar uma cidade, um local, na tentativa de obter controle sobre ele; encurralar alguém; assediar.

O Amor adulto harmonioso requer um constante teste de realidade de modo que cada parceiro seja capaz de descobrir, e satisfazer, o quanto for possível das necessidades e desejos de cada um. Além disso, não se espera que demos ao nosso parceiro somente o tanto que pudermos suportar, mas também gostar de dar isso, enquanto não sofremos tanto com a satisfação necessariamente sempre incompleta de nossos próprios desejos. (Balint, 1947, p.135)

Embora Balint admita que atingiríamos esse tal amor adulto sempre de forma incompleta, oscilando sempre em direção às experiências do amor pré-genital, em busca de gratificações imediatas e prolongadas, ele tomará esse tipo de relação de objeto como modelo de uma relação madura, autônoma e onde predominaria a consideração pelo outro e a mutualidade.

Sua ideia a esse respeito é que o ser humano nunca atinge a plena maturidade, na melhor das hipóteses seguirá periodicamente regredindo por alguns momentos para um estágio realmente infantil de ausência de teste de realidade, para o restabelecimento de curta duração da completa união do micro e macrocosmos. (Balint, 1947, p.137)

O amor primário, portanto, apresenta traços bastante específicos, não comparáveis às experiências de amor adulto. Quanto ao ódio, esse afeto que aparece sempre tão próximo do amor, mas carregado de violência, repúdio e destrutividade, qual seria sua relação com o amor?

Em estados de saúde psíquica, onde se evidencia um bom desenvolvimento emocional, observamos a experiência do amor estável, razoavelmente constante, quase inabalável, as frustrações podem abalá-lo, mas de forma tolerável, é tolerante (amor adulto). O ódio em estados de saúde surge apenas como potencial ou incidental, por uma razão realmente séria, claro que surgem emoções fortes, mas aparenta-se mais como uma raiva aguda, sendo assim mais facilmente dissipada, sendo assim, **ódio na saúde é fugaz**, enquanto **o amor é permanente**.

Entendemos, desse modo, que o ódio em sua expressão mais insidiosa é um afeto primitivo, é uma reação a não correspondência do objeto na medida e no tempo da necessidade do sujeito, são aqueles objetos absolutamente necessários que não o amam como ele precisa, num fluxo contínuo e abundante de atenção às suas necessidades, aquele objeto que precisa se oferecer de modo a não deixar ser percebida a necessidade por ele. Quando isso não ocorre, leva ao sofrimento no *infans* produzindo traumatismos precoces dolorosos ou no adulto, já traumatizado, desperta dores amargas do passado, o que o leva a defender-se contra o seu retorno pela "barreira do ódio" (Balint, 1951), que nega a necessidade e a dependência do sujeito em relação a seus objetos, que se tornam seres maus.

O amor primário facilmente se converte em ódio, pois é um processo intrapsíquico, é a forma como o sujeito experimenta a relação com o outro que o leva a uma experiência de privação insuportável, o objeto continua o mesmo, é a experiência do sujeito que foi modificada internamente. O reverso, mudar do ódio para o amor, é bem mais difícil, pois demandará uma mudança considerável no ambiente, que terá que dar provas de que voltou a ser absolutamente afetuoso e confiável.

O ódio persistente será próprio de egos imaturos, que precisam se defender loucamente das falhas do objeto em não atender as necessidades que o amor primário demanda, é, portanto, uma consequência desse amor (primário) frustrado.

Já o ódio incidental seria um guardião de nossa maturidade, prevenindo que regressemos a um estado de dependência infantil da afeição do nosso ambiente, "quanto mais maduro for o indivíduo, menor é sua necessidade de barreiras contra a regressão a formas primitivas de amor objetal, e assim menor é sua necessidade de ódio" (Balint, 1951, p. 152)

No entanto, nem todos conseguem alcançar esse estágio completamente, sendo assim, para a maioria de nós há necessidade de algum ódio persistente.

O amor é um afeto de maior abrangência, mais coisas e pessoas podem ser amadas. O ódio, por sua vez, tem a condição de negação da dependência. Somente pessoas e coisas de quem dependemos podem ser odiadas. É uma medida de desigualdade entre objeto e sujeito. Concluímos, então, que quanto menor a desigualdade, mais maduro o sujeito e menor a necessidade de ódio.

Tendo em conta que nos constituímos e adoecemos no campo intersubjetivo, a compreensão que Balint nos propõe a respeito desses afetos fundamentais ilumina a direção de tratamento na clínica contemporânea, nos apontando que a situação analítica deverá garantir um processo de mudança daquela forma primitiva de relação de objeto para uma mais madura, cujo teste de realidade possa vir a ser mais eficaz; para isso, a própria situação analisante deverá permitir-se funcionar como um ambiente facilitador, onde o objeto precisa ser dado como certo e o que estará em jogo serão procedimentos mais primitivos de produzir sentidos, efetuar ligações e lidar com as angústias de separação.

POR QUE A CLÍNICA DO VÍNCULO OU A CLÍNICA VINCULAR?

Lisette Weissmann
Maria Inês Assumpção Fernandes

Uma família consulta. Qual é nosso lugar como analistas do vínculo / vinculares para receber esse pedido de consulta e trabalhar com uma técnica ampliada da psicanálise que dê conta do conjunto do grupo familiar?

Na invenção da psicanálise, Freud cria uma concepção de psiquismo e um desenho teórico que inclui o inconsciente como descoberta. É esse inconsciente que dá conta do sujeito e seu mundo interior. Muito tem se avançado e acrescentado à teoria freudiana em função das demandas vindas dos séculos posteriores a sua criação. Atualmente, os casais e as famílias vêm bater às portas de nossos consultórios e de nossas instituições com pedidos de consulta conjunta, em grupo. A teoria corre atrás das práticas e dos modelos, que já vinham sendo debatidos desde meados do século passado, discutindo as implicações metodológicas dessa clínica e do paciente vincular. A partir dos trabalhos com grupos e do pensamento que discute a constituição do sujeito psíquico como sujeito do vínculo (do grupo), ou seja, constituído na intersubjetividade, começa-se a pensar nas diferentes configurações multipessoais do campo social que incluem: casais, famílias, grupos e instituições.

Pensamos a clínica vincular como um espaço no qual o *paciente* é o vínculo, seja o casal, a família ou o grupo. Pensamos nos sujeitos do vínculo em diferentes relações mutuamente determinadas, nunca isolados. Incluímos nesta compreensão a presença de cada sujeito e o "entre" que os une, numa aliança inconsciente. Essa teorização aponta a um entendimento do inconsciente do sujeito, em sua singularidade, porém constituído nos vínculos, no grupo, no devir vincular. Pensamos num registro inconsciente vincular —— uma aliança — que subjaz a todo vínculo, com sua história conjunta, incluindo a história singular de cada sujeito que o conforma. Aquilo que os une, o "entre", a aliança inconsciente, os caracteriza e os define.

Se discutirmos um pedido de consulta vincular, teremos que pensar como tal pedido se estrutura e qual mal-estar vincular está testemunhando. Algo que só se define nesse grupo familiar terá que ser desvendado para compreendê-lo. Tanto as histórias pregressas desses relacionamentos, quanto as heranças transgeracionais, e também aquelas que os sujeitos escrevem no aqui e agora serão levadas em consideração para compreender o conjunto que gera o mal-estar vincular.

Muitas vezes temos que elaborar junto aos pacientes o que chamamos de construção do paciente família, transitando nesse caminho que vai da experiência de dor de cada sujeito ao mal-estar conformado por todos que fazem parte desse vínculo.

O paciente vincular tem que ser construído dentro da consulta entre analista e pacientes. A possiblidade de assumir uma dificuldade vincular familiar precisa de um processo para ser reconhecido pelos membros da família e pelo grupo familiar como um todo. Isso situa a família em uma situação de conflito vincular, constituindo-se como um momento vincular de mal-estar vincular. (Weissmann, 2014, p. 31)

Não se trata de abordarmos o sintoma, e sim da compreensão do mal-estar vincular que inclui os sujeitos em presença e suas dores compartilhadas.

Caso Clínico

A família Nascimento chega para a consulta. Vêm ao consultório por 24 encontros com uma frequência semanal até a partida da filha mais nova para seu país de moradia. A família é constituída pelo pai, Rafael, de aproximadamente 58 anos; a mãe é falecida; o filho Igor, de 38 anos; a filha mais velha, Carina, de 36 anos; o filho do meio, Bruno, de 34 anos; o filho mais novo, Felipe, de 32 anos; e a filha caçula, Jacqueline, de 29 anos.

Condições da demanda

Na ligação telefônica para pedir um horário, o pai expõe ligeiramente o que fundamenta o pedido de consulta: o desentendimento com os filhos.

Rafael, o pai, pede ajuda. Diz que está em dificuldades financeiras e tem ajudado os filhos, sempre. Financeiramente sempre tiveram condições favoráveis, mas, atualmente, a empresa que possuem passa por dificuldades. Ele diz que pede ajuda aos filhos, mas estes não colaboram. Não consegue conversar com eles e solicita auxílio nesse sentido, ou seja, pede para criar um espaço no qual possam se falar. Diz aproveitar a presença da filha mais nova, que mora em Londres, agora de visita no Brasil para fazer as consultas familiares com todos os integrantes. Rafael é considerado um homem inteligente e bem articulado. Mantém ainda um escritório na área de construção civil do qual também retira recursos financeiros.

Há uma situação de intenso sofrimento nesse relato. Ele afirma ter falado com os filhos dessa possibilidade e que eles concordaram. Somente um deles nem considera essa hipótese: Igor, o filho mais velho.

Primeiro encontro

Chegam aos poucos com certo desconforto.

A analista abre a sessão explicando sobre os horários, a duração e a forma de trabalho. Contratam fazer sessões familiares por um tempo ajustado, para garantir a presença de Jacqueline nas sessões antes que ela regresse a Londres. A analista tenta assim assegurar o enquadramento terapêutico e suas funções (a função continente, a de limitação, a de apoio e a transicional) a fim de garantir a possibilidade do processo, recolhendo e estabilizando os conteúdos psíquicos emanados da parte psicótica; ou seja, permitindo que se depositem e repousem os elementos psíquicos arcaicos.

A princípio abrem a conversa de modo tumultuado. Rafael, o pai, começa a falar e a filha Carina o interrompe, contradizendo o que ele havia dito. O pai se altera e passa a falar alto. Carina altera a voz também. Inicia-se um "bate-boca". A analista intervém para assinalar o mal-estar que circula entre eles e tentar garantir assim a continuidade do discurso familiar. Bruno e Felipe concordam com o assinalamento da analista e dizem que sempre é assim. Começam a conversar e os dois já se alteram e brigam muito. É difícil seguir o fio condutor dessa "conversa". Muitos temas se sobrepõem mostrando a intensidade da angústia que todos compartilham.

Carina: Pai, você quer manter a empresa a qualquer preço e a empresa só dá prejuízo. Você não percebe que teria que vendê-la!!!

Rafael: Me recuso a pensar nessa hipótese. A empresa precisa de braços para se reerguer e ela não é somente viável, mas rentável e promissora. Sabem que agora seria um momento ideal para ampliá-la para um mercado que se abre intensamente no setor de fibra ótica?

Felipe: Acho que poderia ser interessante, pai, mas há muitos problemas financeiros no momento, o que inviabiliza esse projeto.

Carina: A empresa já poderia ter sido vendida, mas você, pai, se recusou a aceitar a proposta. Se você tivesse aceitado, hoje todos estaríamos bem de grana, mas você não aceitou.

Alteram-se novamente. O pai fala mais alto e a filha o segue. Todos se alteram e entram na discussão. O tema se concentra na briga pelo encaminhamento ou fechamento da empresa e as implicações financeiras para todos.

Carina: (com voz alterada) Pai, você só pensa no que você quer.

Analista: Parece que vocês estão sofrendo muito e não conseguem se escutar para tentar se entender. Estamos no horário de término da sessão de hoje, continuamos na próxima.

A dor e a queixa dessa família centram-se num pai que parece não poder se desgrudar da empresa na qual gostaria de inserir os filhos. Essa empresa foi construída por Rafael. Mas os filhos se recusam a colaborar, porque sentem que não há um propósito para eles e que nessa participação ficariam só olhando um fazer paterno. Essa empresa ocupa um lugar importante na família, e é dentro dela que o pai gostaria de abrigar seus filhos. Parece ser uma oferta endogâmica, na qual o pai propõe que fiquem todos juntos, mas sem que cada um possa crescer em direção a uma vida independente e adulta, pessoal. Por outro lado, esses filhos não têm conseguido se autossustentar na vida e o pai e a empresa são os que os amparam.

A discussão parece não se desenvolver além dessa queixa mútua entre pai e filhos: um pai que tenta submeter os filhos a uma proposta autocentrada a qual os filhos se recusam a aceitar; mas, também, não conseguem sair da tutela parental, requerendo sempre o apoio financeiro do pai e sua empresa.

Perguntas iniciais: que alianças inconscientes estão mantendo esse vínculo familiar? O que os perpetua juntos nessa briga infernal? Brigam para se manter juntos: estamos ante o pacto denegativo que os levou a essa organização familiar. Quais fantasmas organizam esse pacto? Talvez o fantasma do desamparo e da solidão que os lança na insegurança para caminharem sozinhos. Uma questão a se investigar.

Que lugar ocupa essa empresa para a família? Remete a um passado que deixa o pai atrelado e amarrado? Esse vínculo que estabelecem entre si, entre um pai autoritário e filhos submissos, assinala uma tentativa de evitar a ruptura com a família de origem? Não aparece nessa cena familiar nenhum elemento que opere como terceiro e que habilite os filhos a se desprenderem da família de origem para constituir sua própria família: estão casados ou separados, o que representa um caminho de ultrapassagem em direção ao fora do grupo familiar, embora mantenham a dependência financeira como ligação com essa origem e que os deixa na fragilidade e no desamparo.

Segundo encontro

A família vai chegando aos poucos. Felipe se atrasa em meia hora. Retomam a conversa e muito rapidamente o tom se altera de novo. Começam a falar alto novamente. Rafael, o pai, se altera muito.

Rafael: Eu tenho que fazer tudo sozinho na empresa. Nenhum de vocês vai até lá. Eu sei que fica no interior de São Paulo, mas isso não é razão para vocês não aparecerem lá.

Os filhos dizem que não vão porque nunca sabem o que fazer na empresa. Há sempre problemas e o pai não aceita o jeito deles de encaminhar os negócios.

Rafael: Mas vocês todos retiram dinheiro de lá e nunca vão. Eu vou todos os dias pela manhã e volto à noite. Ainda às vezes nem retorno a São Paulo; e vou dormir no sítio.

A família tem também um sítio no interior de São Paulo. No sítio tem plantação e, também, ninguém administra; fica abandonado.

Rafael: Bruno, filho, você poderia morar no sítio e cuidar dele; você se separou e tem uma filha; já que não tem trabalho e está separado, você poderia cuidar de tudo no sítio.

Inicia-se a discussão em torno do problema do sítio e da plantação de tomates que nunca é cuidada pelos filhos. Retoma-se a queixa, agora com o sítio.

Analista: A interrupção e os gritos são tantos que é como se vocês não quisessem se ouvir.

A analista conduz a sessão procurando manter um ritmo que permita que eles se ouçam e não interrompam (aos berros) uns aos outros. Parece um trabalho disciplinar com a intenção de garantir o enquadre e dar continência à intensidade da ansiedade que sempre está prestes a explodir.

Volta a se repetir a discussão em torno dos bens materiais que seriam a herança a ser deixada pelo pai e a negativa dos filhos a aderir e dar continuidade aos negócios da família.

Apresenta-se um pai que não consegue habilitar os filhos a crescerem; tenta submetê-los a continuar com uma cadeia geracional que ele inaugurou e deseja deixar-lhes como herança, como um legado que não pode se apagar, a ser eternizado. O fantasma da morte – separação – desliza sobre a família. Impossível o corte, a separação, a diferenciação, vivida como morte, como fim. Não se constitui uma árvore genealógica que estabeleça uma linhagem familiar com uma ordem ao longo do tempo.

A analista tenta garantir o enquadre como uma forma de ordená-los, diante daquilo que eles não conseguem discriminar – o tempo. Defrontar-se com a verdade da discussão sobre qual direcionamento escolher: olhar para o futuro, ante o qual precisariam romper com os mandatos transgeracionais, ou olhar na direção do passado para perpetuá-lo, sem romper com mandatos anteriores. O pai não consegue levar à família uma função paterna que diferencia gerações e assinala lugares distintos para os membros que a constituem. Os filhos, embora esperneiem, não conseguem romper com os pactos que os deixam amarrados a uma história passada/presente, representada pela empresa, à qual todos deveriam servir. Uma ordem transgeracional atravessa esses vínculos deixando a todos, pai e filhos, em uma posição paralisante, da qual ninguém pode se retirar e salvar. Estão selando um pacto denegativo que os deixa atrelados ao mesmo; e isso fica perpetuado na repetição das brigas entre eles.

Quinto encontro

Felipe chega atrasado novamente. Começa a conversa num tom semelhante, mas menos intenso até o momento em que se retoma a questão dos filhos e do dinheiro.

Felipe: Eu não tenho como pagar a escola de meus filhos.

Bruno: Eu estou com a pensão atrasada.
Carina: E Igor, nosso irmão mais velho, está na miséria.
Esses conteúdos são ditos sempre com a intervenção de todos comentando e do pai dizendo que a saída é todos trabalharem pela empresa. Todos retomam a situação de Igor, que nunca veio à sessão e que jamais virá, segundo eles. Mencionam que Igor nunca consegue trabalhar, nem parar num emprego, e nem aceita ajuda do pai em relação a trabalho. Pede dinheiro só para sobreviver. Não se dá nem com os irmãos e nem com o pai. Mas aceita ajuda financeira do pai e da irmã mais velha, Carina. Todos falam que ele é o mais inteligente de todos e que não faz nada. É brilhante, segundo os irmãos, mas não consegue fazer nada produtivo. Vive num apartamento herdado da mãe e não consegue pagar o condomínio. Todos falam do brilhantismo dele e do sofrimento. O pai fica abalado sempre que fala de Igor.

As intervenções da analista são sempre na direção de retomar o eixo da sessão – mal-estar entre eles e oposição pai x filhos –, garantir que permaneçam na fala e respeitem a distância corporal, porque facilmente acabam extrapolando, aos berros, gesticulando etc. Buscando outorgar continência no espaço analítico para o corpo familiar que parece a todo momento estar à beira da explosão.

Nessa sessão aparecem as impossibilidades colocadas para o conhecimento da família. Todos dão a impressão de estar incapacitados para evoluir, parados diante das perdas e daquilo que é maior do que conseguem sustentar. Nenhum filho parece pagar suas próprias despesas, e aquele que se exclui – Igor, o filho mais velho – passa a imagem de ser o mais prejudicado. O pai fica muito abalado ante as impossibilidades desse filho. Ser inteligente parece ser uma peça-chave nessa família. Ser gênio é muito valorizado, mas não é suficiente para habilitá-los a se inserir no âmbito social e no mundo externo.

Apresentam um discurso familiar em que as palavras não dão conta de transmitir o que sentem e acabam desrespeitando a distância corporal entre eles. O corpo precisa dizer coisas que as palavras não dão conta. As brigas denotam a impossibilidade de estabelecer uma continuidade discursiva que lhes permita simbolizar e pôr em palavras aquilo que sentem. Há um transbordamento afetivo. Algo está aquém do simbólico e pede inscrição. Como garantir um espaço potencial e acolher o insólito para que algo novo se construa?

Oitavo encontro

Chegam todos quase juntos.

Haviam tido um problema na empresa com a compra de matéria-prima, que é cara, e com a manutenção dos equipamentos, e começam a falar a respeito.

Rafael: Vou pedir um empréstimo para um Banco para viabilizar a compra de matéria-prima. Dessa forma se soluciona o problema.

Carina: Mas, pai, isso vai piorar mais as coisas. Vou repetir que tem que vender a empresa.

Começam a se alterar.

Rafael: Vocês não lutam por nada, sempre a mesma coisa.

Carina: Mas, pai, você só pensa no que você acha que deve ser feito e não respeita a nossa posição, de todos os seus filhos. É inacreditável, você querer a qualquer preço manter a empresa, e lembro que você não respeitou nem a mãe no hospital, que já estava muito doente na época. Eu lembro que você nem se importou em ir ao hospital para fazer que ela assinasse um documento. Nesse momento da vida de nossa mãe. Você não tem limites.

Rafael: Vocês não sabem de nada do meu relacionamento com a mãe de vocês. Nós tínhamos nos separado muitos anos antes... Depois eu me casei de novo e esse casamento também tinha "acabado".

As duas filhas começam a atacá-lo nesse ponto e ele grita e se emociona. Rafael parece que vai ter um "ataque cardíaco". Fica muito vermelho, engasga, chora. E passa a contra-atacar.

Rafael: Jacqueline, você é a mais nova e nunca participou de nada. Você sempre esteve fora do país e não pode falar nada. Você casou e mora em Londres com seu marido e seu filho. Nenhum de vocês, filhos, sabem da verdade, porque sua mãe nunca deixou que vocês soubessem. A mãe de vocês e eu mantínhamos um relacionamento. Mas a pedido dela, vocês, vocês filhos, desconheciam a nossa relação.

Todos ficam abalados com a "revelação", e o pai conta como foi o relacionamento deles depois da separação.

Nesse momento da análise aparece a emergência de um ponto forte relacionado ao casal parental e seus segredos. Por muitos anos esses filhos ficaram presos, à margem do segredo parental que ocultava um relacionamento: embora separados no âmbito social, eles continuavam se relacionando. Algo do segredo parental é desvelado nesse momento analítico. Rafael denota um momento de explosão afetiva e, ante a esse transbordamento pulsional, conta o segredo no seio da família. A análise permite que caia o véu que cobria um dos segredos. Talvez esse segredo tenha deixado todos imobilizados sem conseguir crescer. Como se o relacionamento oculto dos pais separados tivesse deixado os filhos congelados, sem possibilidades para sair do lugar de filhos para se constituírem como pais ou mães, originando sua própria família.

O segredo parental conseguiu ser colocado em palavras, já que o enquadre e a presença da analista salvaguardavam um espaço analítico no qual teriam que conseguir verbalizar aquilo que sempre ficou silenciado e que obturava — sem os filhos o saberem — a possibilidade de romper com as gerações anteriores para conseguirem continuar com o caminho próprio de cada um. Esses pais que permaneciam em um relacionamento encoberto, em segredo, parecem deixar congelada a família. Rafael diz que era a mãe deles, sua ex-esposa, quem solicitava que esse relacionamento continuasse, com a condição de ser silenciado e oculto para os filhos. Algo do segredo parental no seio familiar opera com uma força endogâmica da qual ninguém pode se salvar até que o segredo seja colocado em palavras para operar na análise, deixando-se vir à tona e permitir – talvez – que o processo de elaboração se inicie.

Piera Aulagnier nos avisa que as razões de se manter uma coisa privada, escondida, são múltiplas. Elas vão desde garantir as condições de ter o direito de escolher entre os pensamentos que se comunica e os que se guarda para si; até os maus pensamentos e os atos que a moral reprova ou que a lei condena (Aulagnier, 1979). Algum fato desse segredo mantinha esse casal unido; uma aliança inconsciente que operava como garantia do vínculo de casal. Lanouzière (1991 *apud* Kaës, 1993) mostrou que "o segredo é resultado de uma dupla operação de separação, de divisão, que intervém no nível intra e no intersubjetivo [...] e representa ao mesmo tempo um continente e um conteúdo". No nível intersubjetivo, no caso dessa família, a separação se estabelece entre os que sabem, o casal, e os que não sabem, os filhos, determinando relações de poder e de cumplicidade.

O segredo, como aliança inconsciente do casal, garante a manutenção do vínculo entre eles, pois como toda aliança está destinada a tirar de circulação tudo aquilo que ameaçaria a vinculação. Com afirma Kaës (1993, p.278), "a aliança inconsciente é uma formação psíquica intersubjetiva construída pelos sujeitos de um vínculo para reforçar em cada um certos processos, certas funções ou certas estruturas das quais tiram um benefício tal, que o vínculo que os une toma para a vida psíquica um valor decisivo".

A revelação do segredo da continuidade do vínculo conjugal ao longo dos anos mostra como esse casal matrimonial resistiu a deixar que se operasse a ruptura total dessa ligação, que continuou secretamente apesar de aceitar a ruptura do casal parental na estrutura familiar que inclui os filhos. Sustentaram assim uma negação da ruptura do vínculo de casal.

Décimo primeiro encontro

Cada um vai chegando em intervalos de dez minutos mais ou menos, o que implica um certo tempo de espera, embora já tivéssemos assinalado o início da sessão.

Estão mais silenciosos. Parecem um tanto constrangidos.

Carina e Bruno: Ficamos pensando se poderíamos esticar nossa terapia de família... A sessão passada foi muito forte e acho que deveríamos ter um tempo para refletir sobre isso. Jacqueline, você poderia mudar a data de sua passagem de volta?

Analista: Seria, de fato, importante trabalharmos esses pontos discutidos. Poderíamos recontratar nosso tempo de trabalho. Caso Jacqueline possa, trabalharíamos um mês a mais, antes de sua viagem.

Jacqueline: Ok, vou tentar remarcar a minha passagem.

O pai começa a falar de um problema da empresa e tudo se reinstala, ou seja, um diálogo sobre como encaminhar os problemas.

Um ponto a assinalar. A filha mais nova, Jacqueline, manifesta-se mais fortemente.

Jacqueline: Estou preocupada com meu filho e meu marido, eles ficaram lá em Londres. Me preocupam.

Rafael: Poxa, você só pensa em você, sempre foi assim.

Carina e Bruno: Não, não é sempre assim. Ela sempre está fora, mas não é para tanto. Quando a mamãe era viva, você era mais presente, mas depois ficou estranha. Afastada.

Jacqueline: Eu me preocupo mesmo porque é a minha família e – meu filho – pede minha presença.

Essa conversa sobre filhos instala uma nova questão sobre a relação pais-filhos e avô-netos.

Felipe: Eu estou com problema com meus filhos. A escola é cara e estou atrasado com as mensalidades.

Carina: Você teve mais de um filho porque quis. Eu só tenho um.

Essa afirmação recebe várias críticas de Rafael – o pai –, que afirma que também teve vários filhos e que isso é uma benção. Há um início de discussão mais acalorada sobre ter filhos e quantos ter, mas a sessão chega ao fim.

O que não estaria estabelecido nessa família é a exogamia, delineada através da proibição do incesto. As discussões sobre quantos filhos eles desejam ter não são estruturadas no seio de um casal, independentemente da opinião da família de origem; parece ser uma questão a ser resolvida entre eles, sem considerar os respectivos *partenaires* atuais. Organizam-se de um modo endogâmico em que tudo é resolvido no seio da família de origem, por isso discutem tanto. Não aparecem fronteiras que delimitem uma família em relação a outra e todos os limites podem ser atravessados de acordo com as vontades de cada um. Não se percebe uma interdição que indique espaços de intimidade, já que tudo parece poder ser discutido entre todos.

A possibilidade de pensar na procura de um filho delimita duas gerações e é esperado que seja pensado no novo casal, já que determinaria a formação de uma nova família, separada da família de origem. A delimitação de gerações parece ser impedida, num pacto que mantém pertencente a todos o que deveria ser definido no espaço do íntimo.

Por outro lado, Rafael, como pai dessa família, aponta o lugar privilegiado que a filiação ocupa nos ideais familiares que ele e sua esposa construíram, uma vez que ter muitos filhos é um valor a ser considerado. O pacto denegativo estabelecido entre eles embaralha as concepções e valores. A geração posterior continua nessa valorização já que tem poucos filhos? Somente um deles escolhe ter dois filhos; os outros, só um.

Para Kaës (1993) o pacto denegativo, como aliança inconsciente, liga as pessoas entre si e com o conjunto (família) por motivos e interesses sobredeterminados. Elas determinam a modalidade de vínculo entre os sujeitos e o espaço psíquico do conjunto, através deles. Elas "estão a serviço da função recalcante mas constituem, além disso, medidas de um sobre-recalque, uma espécie de redobramento do recalque, pois recaem não somente sobre os conteúdos inconscientes mas sobre a própria aliança: esta é um instrumento para manter o recalque" (Kaës, 1993, p. 278).

Vigésimo encontro

Carina e Jacqueline chegam primeiro, juntas. Os outros filhos, em seguida, cada um vindo de um lugar. O pai chega atrasado porque tinha tido uma reunião. Isso implicou que a sessão teve início sem a presença do pai.

Começam a falar do pai como se, na ausência dele, quisessem estabelecer uma cumplicidade com a analista.

Será que essa cumplicidade é a mesma que eles mantêm entre si?

Repetem o que já haviam dito sobre o pai em sua presença, mas com o alívio de não o ter à vista e, portanto, sem as respostas que teriam que ouvir.

Felipe: Estamos cansados desses problemas.

Bruno: Parece que nosso pai não permite que tenhamos uma saída.

Jacqueline: Ele nos tem presos, mas não consegue nos ouvir, só ouve a si mesmo.

Carina: (falando baixo) Vê como sem ele podemos falar em um tom mais ameno?, mas com ele presente... não dá.

Analista: Mas parece que essas coisas só podem ser ditas em um tom baixo e em segredo. Será que está proibido nessa família dizer o que se pensa sinceramente, com liberdade para falar francamente? Vocês falam com a voz tão baixa, mantendo um tom que não dá para ouvir, ou não é para se ouvir?

Os filhos parecem tentar estabelecer um segredo compartilhado com a analista. Falam muito sobre como estão cansados desses problemas e como o pai não permite uma saída para eles. O tom é mais ameno, falam mais baixo, como se precisassem manter uma coisa não dita ou não audível. Como se quisessem manter um segredo entre si e compartilhando com a analista. Pedem a cumplicidade e apoio da analista contra o pai. Como se a analista pudesse confirmar, desde seu lugar adulto, o que esses filhos, como crianças, não conseguem afirmar.

Qual seria o lugar do segredo para esses filhos?

Janine Puget e Isidoro Berenstein afirmam que se pode

> considerar que, ao longo de toda a vida, através de segredar tenta-se recriar zonas de intimidade diretamente ligadas à construção da identidade. A função de segredar (J. Puget e L. Wender, 1979, *apud* Puget e Berenstein, 1993) está relacionada com a transformação do não compartilhável em compartilhável, criando para isso zonas de resguardo [...]

os egos intercambiam significados, a serem protegidos de sua divulgação, equiparada à desorganização mental. É necessária a presença de um outro, excluído dessa estrutura dual, situado projetivamente no lugar do curioso-intruso, desejoso de penetrar o espaço compartilhável de dois. (Puget e Berenstein, 1993, p.14)

Os filhos tentam recriar na transferência aquilo que viveram: excluídos do segredo que o pai e a mãe mantinham num relacionamento constante. Aquilo vivido como traumático e revelado na análise repete-se, agora ativamente, excluindo o pai e segredando com a analista. Remete a uma necessidade de reorganização interna que lhes permita se diferenciar do pai e se sustentar na identidade de cada um. Mas, ao se tratar de algo escondido, resulta ilegítimo. Podemos pensar esse segredar como uma procura para se constituírem em sua própria identidade, em um vínculo fechado e escondido com a analista.

A chegada do pai gera um certo constrangimento. Os filhos não estavam certos, nesse momento, de que pudessem contar com o apoio da analista nessa cumplicidade.

O pai, então, toma a palavra e conta sobre a reunião que, na verdade, era sobre a empresa e as tentativas de solucionar os problemas. O restante da sessão seguiu nesse tema.

Vigésimo quarto encontro

Chegam separadamente, um a cada vez, em intervalos pequenos. Carina disse estar resfriada e muito cansada. A sessão se inicia com essa situação do resfriado tomando lugar.

Rafael: Carina, você tem que se cuidar porque está muito magra e pode ficar doente como a sua mãe.

Carina: É só um resfriado, nada mais.

Rafael: Sua mãe começou estando doente só de um resfriado. E mesmo sendo um resfriado você pode contaminar seu filho.

Carina: Pai, com suas palavras parece que prefere seu neto a mim; parece estar mais preocupado com ele do que comigo.

Rafael: Eu gosto mesmo muito dos meus netos e de todos. Estou muito orgulhoso de meu neto mais velho, o filho de Bruno. Ele é muito estudioso e inteligente!

Aqui as coisas "pegam fogo" porque nem todos são os inteligentes. Alguns de seus netos / filhos desses filhos têm dificuldades escolares. Todos falam juntos, cada um dizendo de seus filhos e filhas. Misturam-se as gerações! Os filhos e os filhos dos filhos. Os que estão bem e os que estão com dificuldades. O pai /avô comenta cada caso que eles apontam como problema indicando os caminhos que considera necessários. Nem sempre eles concordam. Quanto aos que estão bem, todos se comprazem com a vitória. O final da sessão inaugura um outro ponto. Esses netos herdeiros!

Rafael: Talvez o Fabinho, meu neto inteligente, possa me ajudar na empresa.

A reação dos filhos foi aos berros! Indagando o que ele pretendia.

Rafael: Meus netos serão os meus herdeiros.

A sessão é finalizada nesse clima de tensão: a herança e o herdeiro!

Talvez Rafael, porta-voz da perpetuação da empresa, ao fracassar no intento de que a geração subsequente continue com seu trabalho, tenta pular uma geração para submeter os escolhidos da geração subsequente como inteligentes (um valor familiar compartilhado na família). Rafael como pai não consegue pensar em deixar seu lugar sem alguém que continue o caminho começado por ele mesmo; talvez assuma aqui um traço de onipotência que impede se defrontar com a finitude e com os limites de uma vida e uma geração. Os filhos resistem a essa ideia, já que parecem girar sempre em torno de quem será o escolhido, ou os escolhidos, ainda que recusando aquilo que o pai propõe.

Nessa sessão posterior cumpria-se a data de final acordada entre todos que marcava a finalização da análise familiar, uma vez que Jacqueline estava prestes a viajar e voltar para sua família atual em Londres.

Conversam sobre o final do período de trabalho terapêutico, demarcado dentro dos limites de possibilidade de estarem todos juntos na sessão, e fazem uma avaliação sobre o vivido no espaço de análise nesse período. Para surpresa de todos, Rafael se pronuncia e diz que gostaria de continuar fazendo análise individual com a analista.

O pedido de análise de Rafael fala dos efeitos da análise familiar, talvez algum viés de finitude tenha lhe atingido, abrindo um espaço de angústia que lhe permita repensar suas propostas e o coloque em um outro lugar. Isso também teve um efeito importante sobre os filhos, que aprovaram fortemente a possibilidade de Rafael analisar-se individualmente. Terminam esse tempo de terapia familiar com uma abertura a pensar e questionar aquelas máximas com que chegaram na primeira sessão.

Com muito trabalho a ser feito, encerra-se o espaço analítico familiar.

O AMOR NÃO QUER SABER

Fatima Flórido

"Que o amor é estranho
que o amor não quer saber
... O amor é estranho
e sem forma
O amor é anormal"
(Fernanda Takai – Pato Fu)

"É que quando alguém
diz de você, por acaso,
que não lhe quer
mais, é tão incompreensível quanto
língua estrangeira"
(Marilene Felinto)

"Minha vida sem ele... minha vida sem ele... minha vida sem ele..."[1]: é como se Loreley[2] me dissesse o tempo todo – por

---

1 Fala da personagem principal do conto "Horas Abertas" de Marilene Felinto.

2 Ler ao som de Dança da Solidão de Paulinho da Viola:
"Solidão é lava / Que cobre tudo / Amargura em minha boca / Sorri seus dentes de chumbo / Solidão palavra / Cavada no coração / Resignado e mudo / No compasso da desilusão / Desilusão, desilusão / Danço eu, dança você / Na dança da solidão".

trás do "blablablá" de queixas e desalento – ou melhor, como se ela me indagasse repetidamente sobre a possibilidade de existir fora do amor. Ou melhor, como se ela me gritasse a impossibilidade absoluta, sem brecha ou concessão, de ingressar na vida sem seu amado. Existirá alegria fora do amor? Mas, não, é uma pergunta além – além mesmo da tristeza – que pulsa em nossos encontros. Questão de vida e morte: é de uma perigosa zona de não existência que nos aproximamos, quando o abandono lhe acena e a escuta do "não te amo" é ouvido tal qual língua estrangeira.

É quando nada mais a penetra, que não seja a presença do amante; a fome fora dele cessa e a náusea é resposta – sobrevêm vômitos, perda de peso, as pernas afinam, os braços, o rosto. O peso cai como o de um prematuro que se afasta da vida. O viço. Cadê o viço? Loreley furacão – diante de uma espera interminável – transmuta-se em pequena e trêmula flama. E eu fico ali, com as mãos em volta, protegendo a chama, frágil chama que mal resiste a sopros ou brisas. Será possível? Será (o) justo?

Dores atrozes, dores mornas

Podemos falhar; eu direi ainda, devemos falhar, como Winnicott e Ferenczi nos ensinaram – mas não podemos habitar fora da verdade: "por exigências de verdade, compreendemos até nosso próprio embaraço porque nem sempre sabemos estar na verdade"[3]. Impasse. Embaraço. Tantas vezes não saber o que dizer, não ter o que dizer; mas também não ter o que silenciar!

Volta e meia, encontro-me em estado de embaraço diante

---

3 P. Fédida, *Clínica psicanalítica: Estudos*, São Paulo, Escuta 1988; p. 54.

de moças do nosso tempo que vêm procurar ajuda porque lateja ali alguma dor, que pressiona e interroga. Moças que se apresentam numa "posição adolescencial" – entre dezoito e vinte tantos anos. Num extremo, mocinhas de pele fina com suas tentativas desesperadas de entrar num mundo que parco lugar tem para agoniados e deprimidos. Mesmo com sua casca áspera de rudezas ou não comunicação, deixam um rastro de sangue: a dor nua e crua, com seu disfarce barato, fisga-me e eu sigo as pegadas da fera apunhalada que luta para entrar na vida.

Mas perdoem-me a digressão – as moças das quais pretendo falar são aquelas que trazem a dor oculta: chegam inundadas de cotidiano, encharcadas de sentidos siliconados. Ora, se estão ali é porque existe um sofrimento e eu preciso estar numa atenção-desatenta, distraidamente atenta para não acreditar na oquidão que parece dominar o ser.

Nestes casos, o risco que se tem é de o analista – na medida em que é oferecida uma espécie de falso contato – tomar "uma direção que parece superficial, desonesta ou perversa"[4]. Existe um pedido de aprofundamento, de ganho de substância e densidade: mas, simultaneamente, um medo proporcional, e a aproximação deve ser, portanto, cuidadosa, sob o risco de desmoronamento. "Entender é tremer"[5] caso o entendimento venha súbito e, como vento forte, derrube a precária casa do ser.

Se os inocentes do Leblon: "Os inocentes do Leblon/ não viram o navio entrar./ Trouxe bailarinas?/Trouxe imigrantes? Trouxe uma grama de rádio?/ Os inocentes, definitivamente inocentes, tudo ignoram/ mas a areia é quente, e há

---

4 J. Steiner, *Refúgios psíquicos*, Rio de Janeiro, Imago 1997, p. 17.

5 B. Harold. "Inocência", *In Neurótica – autores judeus escrevem sobre sexo*, Org. Melvin Jules Bukiet, Rio de Janeiro, Imago 1999, p. 52.

um óleo suave/ que eles passam nas costas, e esquecem"[6], chegam aos consultórios é porque buscam deixar de esquecer. Desejam lembrar... mas tão longinquamente... Vão querer saber de truculências? E "nossa vida é truculenta, Loreley: nasce com sangue e com sangue corta-se para sempre a possibilidade da união perfeita: o cordão umbilical. E muitos são os que morrem com sangue derramado por dentro ou por fora. É preciso acreditar no sangue como parte da vida. A truculência é amor também"[7].

"Somos beleza e abominação"[8] e tal verdade é difícil de ser apreendida num mundo em que o mal é varrido para debaixo do tapete.

A travessia do drama até o vislumbrar da tragédia de viver pede a ajuda do analista; mas estamos diante de formas de existência que eu temerosamente aproximaria da noção de "refúgios psíquicos" do psicanalista John Steiner:

Quando esses mecanismos se integramnuma organização patológica da personalidade que fornece uma retirada da realidade, o analista apenas poderá ser tolerado se se submeter às regras impostas pela organização. Ele é pressionado a concordar com os limites impostos pelo paciente sobre o que é tolerável, e isso pode significar que certos tipos de interpretação não são permitidos ou não são ouvidos.[9]

Extremamente resistentes ao contato com a realidade psíquica (e com o analista) e à mudança, são pacientes, que segundo Steiner:

---

6 C. D. de Andrade,

7 C. Lispector, *Uma aprendizagem ou O livro dos Prazeres*, Rio de Janeiro, Nova Fronteira 1980, p. 107.

8 Fala do personagem Marquês de Sade no filme "Os contos proibidos de Marquês de Sade", do diretor Philip Kaufman.

9 J. Steiner, *op. cit.* , p. 154.

"...se veem aprisionados num refúgio psíquico e apresentam problemas técnicos enormes para o analista. Este têm que se esforçar para lidar com um paciente que está fora do contato, e com uma análise que parece não estar indo a lugar algum por períodos muito longos. O analista precisa lutar também tanto contra sua própria tendência de se adaptar e fazer conluio com a organização, por um lado, quanto a se retirar para seu próprio refúgio defensivo, por outro. Se o analista consegue entender melhor alguns dos processos, terá mais capacidade para reconhecer a situação do paciente e estar disponível nesses momentos, quando ele realmente emerge, tornando possível o contato"[10].

Além do espaço familiar, o ambiente de nosso tempo parece favorecer a construção de tais modalidades de funcionamento psíquico, que contra-transferencialmente despertam perplexidade: o que buscam? Buscam mudança? E tecnicamente, como responder? Devemos ser cuidadosos, não superficializando ou fazendo conluios, mas também não podemos avançar, arrancando / injetando *insights* na marra.

A dor que se apresenta aqui é uma dor morna. Antivia-crúcis, a trajetória existencial desses jovens parece ser marcada por um atropelamento/estrangulamento da dor: "não se podia cortar a dor – senão se sofreria o tempo todo. E ela havia cortado, sem sequer ter outra coisa que em si substituísse a visão das coisas através da dor de existir, como antes. Sem a dor, ficava sem nada, perdida, anunciada no seu próprio mundo e no alheio sem forma de contato"[11].

O que se pede de imediato é o alívio da dor. Às vezes,

---

10 J. Steiner, *op. cit.*, p. 29.

11 C. Lispector, *op. cit.*, p. 41.

entretanto, parece existir um pedido de "salvação da vida interior de uma pessoa"[12]. Pedido, ainda que relutante, de uma experiência do mundo: além da visão do próprio umbigo e das barrigas saradas.

Pedido também de arranjar alegria, como se "arranja casa e comida"[13]. Por que não? Por que não? E querem amor. Ah...amor...

Loreley[14]

É em torno do amor, da relação com parceiros, paqueras, "ficantes", namorados e apaixonados que parece se conduzir a senda em que estas moças tentam trilhar seu "caminho de constituição subjetiva"[15]. Com atropelos (o que não é nada de excepcional em termos de amor), às vezes com enorme ignorância a respeito de seu desejo. De quem ela gosta afinal. Fulano, sicrano, de novo fulano. Mas não será com esse outro-o homem, o atalho para a transformação?

Neste panorama, Loreley é singular... tem como ídolos Adriane Galisteu e Madonna, mas... sofre como o diabo...! Finca os pés na vida amorosa e não tem dúvidas. É esse e pronto!

Afunda nos mares gelados da rejeição amorosa, volta à superfície, respira driblando a dor e a espera. Foi assim com sua

---

12 C. Lispector, *op. cit.*, p. 43

13 M. Felinto, *Postcard*, São Paulo, Iluminuras 1991, p.79.

14 Lorerey é o nome do personagem principal do livro "Uma aprendizagem ou Livro dos prazeres" de Clarice Lispector: "Loreley é o nome de um personagem lendário do folclore alemão, cantado num belíssimo poema por Heine. A lenda diz que Loreley seduzia os pescadores com seus cânticos e eles terminavam morrendo no fundo do mar" (1980; p. 106).

15 M. R. Kehl, *A mínima diferença*, Rio de Janeiro, Imago 1996, p. 93

primeira grande paixão. É assim com a atual. Procurou-me na primeira, há três anos, quando a ameaça de perda já tirava o sono, a fome, o interesse por qualquer coisa fora do amor.

O esquecimento foi lento, o desprendimento doloroso – a passagem de um para outro (amor) ajudou-a a fazer uma espécie de "gambiarra existencial", num luto precário.

No início, o segundo era prêmio de consolação, até que foi crescendo, crescendo e o devir-polvo fez de novo sua aparição. Foi grudando, foi querendo e de novo estava diante do homem de sua vida; e de novo exigindo promessa de permanência. Mas, "pra sempre não será sempre por um triz?" (Chico Buarque/Edu Lobo).

O fio cortado da história

Assim meio sem saber, ela e seu passado tinham se guardado um para o outro com tamanho zelo que tinham se perdido um para o outro. Nos reencontros, sempre dramáticos e acidentais, ela acabava perguntando, angustiada: mas onde devo colocá-lo, o meu passado, em que página da história?

...Porque eu sou, também, tudo o que já perdi.[16]

A história da ansiedade de Loreley vem de longa data. Na medida em que as dores chegam como pororoca diante da perda amorosa, os outros momentos de angústia ficam enevoados e minimizados diante da atual ameaça de catástrofe. A "dor de barriga" é sua companheira desde a infância (em dias de prova). Uma tendência à hipocondria aponta aqui e ali: quando insiste em repetir o exame anti-HIV, ou encana com alguma doença.

---

16 M. Felinto, *op. cit.*, p. 77.

Problemas genitais a levam com frequência ao ginecologista: candidíases, pequenas alergias, corrimentos. Fala por sua vez, embora não faça maiores vinculações, do desespero do pai diante de qualquer doença dos filhos.

O pai, dono da verdade, surge eventualmente nas sessões em meio a ataques de fúria e ressentimento. Filha do meio – a molequinha que vivia de cabelo curto virou uma linda mulher –, parece ser a mais "paparicada", embora não reconheça... Nos momentos mais difíceis deita com a mãe na cama, ficam juntas, aninhadas, tentando calar a dor. Até algum tempo atrás o pai recebia os três filhos na cama, um pai-mãe que "lambia as crias".

Loreley seguiu a carreira do pai. Talvez uma parte de seu ressentimento venha daí: acreditava que ia ser acompanhada por ele; mas, ao contrário, recebe muitas críticas e cobranças, que são respondidas com berros e protestos. Reconhecimento pedido e negado. Críticas que depois se transformaram em autoataques: "Não consigo estudar, o tempo tá passando...".

Os ciúmes que a levam ao inferno também têm longa história. Desde a infância, ciúmes das amigas, dos irmãos, dos pais.

No início do namoro que agora acabou, Loreley consegue sair de casa, monta seu próprio apartamento, fica contente, embora a não aprovação do pai a revolte e magoe. Recentemente pensa em "economizar" o aluguel e volta para a casa dos pais, ao mesmo tempo que espera que fique pronto o apartamento que o pai lhe deu (ela se ressentia de que ele dera para a irmã, e não para ela). Com certeza, foi/é um tempo/espaço para sustentar sua espera; no momento em que a casa sem o namorado perdia o sentido e virava espaço de solidão. Tempo (necessário) de regressão. ("Se você não quer mas eu quero/ volto pra mamãe volto pra papai/ se você não me quer nunca mais/ eu fico dodói fico jururu/ vou pro juqueri volto pra bangu" – Zeca Baleiro).

Loreley sempre se interessa por homens mais velhos. Seus dois grandes amores, ou os homens que mais a fazem/ fizeram (além do pai!) viver e sofrer, têm (exatamente) treze anos a mais. Os dois têm em comum a dificuldade de se vincular. Frases do tipo: "eu sou do mundo" ecoam da boca de ambos. Ao mesmo tempo jogam iscas, seduzem e abandonam. Parece ter ocorrido uma transformação na escolha do primeiro em relação ao segundo. Aquele era "arrogante e dono da verdade" (como o pai), enquanto o segundo é "delicado, humano, carinhoso". Mas fala: "eu não te amo". Mas ficam juntos e parece ser amor. Porque as palavras podem mentir e Loreley prefere não ouvir e acreditar no olhar ardente (que pode ser desejo ou tesão, mas que ajuda uma mulher a se enganar e acreditar que é amor)."Que bom que você vai viver sua vida... Daqui a noventa dias te procuro" – ele diz e ela espera.

Nesse mar de ambiguidades, Loreley se agarra nos sinais positivos, não consegue esquecer e se desespera habitando uma espera de "horas abertas".

O amor não quer saber ou "nada existe fora do amor"

Sofre a dolência do amor, que não se cura/ se não com a presença e a figura (Teócrito)

Quando penso em Loreley, um universo de temas me acompanha: o amor, o feminino, o amor quando se torna obsessão, as adições... Mas começo com uma pequena reflexão pela questão do amor transferencial, como Freud nos fala em seu texto: "Observações sobre o amor transferencial".

Quando a paciente se apaixona pelo médico – nada quer a não ser o amor – adverte Freud. Entre essas pacientes, existem "aquelas de paixões poderosas, que não toleram substitutos, filhas da natureza que se recusam a aceitar o psíquico no lugar do material"[17].

O amor transferencial – que se traduz eminentemente como expressão da resistência – ocorre quando a paciente está se aproximando de algum fragmento recalcado a ser recordado.

É nesse sentido que me aproprio do verso pop da banda Pato Fu: "O amor não quer saber" e o aproximo de Freud. O apaixonado, seja em relação ao analista ou na vida comum, não quer saber de nada a não ser a satisfação de suas necessidades amorosas.

Outro aspecto que gostaria de destacar no texto freudiano refere-se à relação entre o amor de transferência e o amor na vida comum:

Em outras palavras: podemos verdadeiramente dizer que o estado de enamoramento que se manifesta no tratamento analítico não é real? É verdade que o amor consiste em novas adições de antigas características e que ele repete reações infantis. Mas este é o caráter essencial de todo estado amoroso. Não existe estado deste tipo que não reproduza protótipos infantis.

[...]

Resumamos, portanto. Não temos o direito de contestar que o estado amoroso que faz seu aparecimento no decurso do tratamento analítico tenha o caráter de um amor "genuíno". Se parece tão desprovido de normalidade, isto é suficientemente explicado pelo fato de que estar enamorado na vida comum,

---

17 M. R. Kehl, *op. cit.*, p. 213.

fora da análise, *é também mais semelhante aos fenômenos mentais anormais que aos normais*"[18].

Recorro novamente à sabedoria pop: "o amor é estranho e sem forma/ O amor é anormal". Freud e Pato Fu!

A situação do amor transferencial cria um impasse semelhante àquele que enfrentamos quando atendemos um apaixonado e sua obstinada necessidade de amar.

Como o analista deve atuar? – interroga Freud e a mesma pergunta nos serve aqui quando encontro Loreley.

Quando falo do fio (partido) da história é porque Loreley não quer saber. Saber das origens, desconstruir o personagem é colocar em jogo a realidade da escolha amorosa. É o risco de o amado virar pó e ela junto. Como afirma Betty Joseph[19], é necessário a vinculação com o passado para ajudar o paciente a construir um sentido de sua própria continuidade e individualidade. O difícil é quando e como interpretar a relação com o passado – como reconstruir. Para esta autora é preciso que o conflito "diminua" até que o paciente *desejecompreender* e ajudar a estabelecer tais ligações. Acontece assim com Loreley. Tentativas de vinculação com o passado são respondidas mudamente com um olhar misto de pavor e ódio. Porque existe um lado fera/onça que sofre e odeia quando lhe falam: "Sai dessa. Ele não te merece". Toda escolha é real, mesmo que seja transitória. Assim como um analista, alvo do amor apaixonado de seu paciente, não pode dizer: "não é comigo" e olhar para trás; preciso reconhecer a realidade/veracidade (e voracidade!)

---

18 S. Freud. "Observações sobre o amor transferencial". *In Standard Brasileiras das Obras Psicológicas Completas de Sigmund Freud*, Rio de Janeiro, Imago 1969, vol. XII, p. 213, grifo meu.

19 B. Joseph, Betty. "Transference: the total situation". *In Psychic Equilibrium and Psychic Change – selected papers of Betty Joseph*, London and New York, Tavistock/Routledge 1985.

de seu amor, mesmo que ele seja anormal! Talvez exista um pedido de que uma mulher – como ela – não a censure por navegar e não conseguir pular de uma "canoa furada". Mas também preciso ajudá-la a ver que existe um furo – e esta visão lhe causa horror e ódio – porque não há habitar possível fora da canoa. Entender pode ser mesmo tremer, quando o conhecimento é capaz de nos lançar numa agonia impensável ou numa ira sem bordas!

Agrada-me muito um texto de Fédida no qual ele comenta o artigo freudiano mencionado acima: chama-se "Amor e morte na transferência". O autor ressalta a importância do "múltiplo no interior do amor" – a pluralidade de pulsões (parciais) no amor: unificar a palavra amor só dá frente à dificuldade de fazer coexistir em aspectos contrários, como, por exemplo, ternura e sexualidade. O importante é não estar do lado da síntese do amor, mas da sua análise: "admitir os contrários, contradições e fazê-los coexistir no interior do amor, fazê-los coabitar, fazê-los frutificar juntos. [...] No amor há pulsões parciais, há sempre o amor mais a morte, o amor mais o ódio, há sempre o amor mais o negativo"[20]. Acontece que, para o paciente, o negativo equivale à morte. E é esse que deve ser o trabalho da análise: mostrar que o negativo não é morte, mas abertura.

Fédida afirma que quando o paciente se enamora do analista não é simplesmente resistência – é um momento de encontro com angústias de morte arcaicas, com o terror de aniquilamento: "nessas condições o paciente se agarra ao terapeuta esperando fazer uma unidade com ele"[21]. O amor de transferência surge ante um medo de despedaçamento/fragmentação que leva a totalizar o amor na pessoa do terapeuta.

---

20 P. Fédida, *op. cit.*, p. 47.

21 P. Fédida, *op. cit.*, p. 48.

Em relação à atuação do analista, se Freud adverte que a interpretação do amor transferencial pode ser vivida como culpabilização, Fédida fala de um impasse:

"Surge então a ideia do amor total. *O paciente nos faz ouvir que nada pode fazer de sua vida se não portar dentro de si a crença nesse amor.* Em tais situações a morte por suicídio está sempre presente. Nesses tratamentos difíceis, não podemos esperar da tentativa de suicídio uma possibilidade de simbolização. Em certos casos, sob um controle rigoroso, a tentativa de suicídio pode permitir ao paciente abandonar certa vida para encontrar outra. Mas isto, só quando a tentativa de suicídio se constitui num momento de simbolização no processo de cura. Felizmente, alguns de nossos pacientes não têm apenas uma vida, mas várias, e, por consequência, podem fazer uma tentativa de suicídio, pois esta tentativa utiliza o símbolo da morte como interpretação possível de mudança. Para a primeira categoria de paciente que acima evoquei, não se trata disso. *O paciente nos faz ouvir que, se não aceitarmos o papel de redentor, ou se procurarmos interpretar-lhe a transferência na transferência, ele pode morrer, pois nada há fora do amor*"[22].

No amor que se torna desespero infindo, o amado se torna redentor; do tipo de amor em que só existe totalização, idealização, tábua única, insubstituível de salvação; ali onde o amor não se abre, não há desdobramento para a multiplicidade que habita o interior-do-amor. Quando o ex-namorado encena maus-tratos e diz "eu vou fazer você sentir raiva, ódio de mim", o tom delicado impossibilita a decepção.

Só existe amor e, fora do amor: o nada. Se a psicoterapia vai mal, é porque estamos sendo explicativos, adverte Fédida. E nos casos de perda amorosa (não apenas no amor de trans-

---

22 P. Fédida, *op. cit.*, p. 43, grifo meu

ferência), a interpretação pode ser vivida como culpabilização.

Dar abertura para o amor, atualizá-lo dentro da história psíquica do sujeito é vivido como equivalente a destruí-lo; daí o olhar entre temeroso e fuzilante, quando tento falar algo fora do amor.

Ah, o amor, e especialmente o não correspondido, gera tal estado de servidão, que Loreley urra de ódio quando lhe falam "homem é tudo igual", "ele não te merece". É como falar mal a um drogadicto da droga que o sustenta. Segundo Joyce McDougall, a etimologia do termo "adição" refere-se a um estado de escravidão: pode ser ao fumo, ao álcool, comida, drogas ou a pessoas. Entretanto, o objeto da adição é vivenciado como essencialmente bom; algumas vezes, chega mesmo a ser a única busca que confere sentido à vida: "a economia psíquica subjacente ao comportamento adictivo tem a intenção de dissipar sentimentos de angústia, raiva, culpa, depressão ou qualquer outro estado afetivo que dê origem a uma tensão psíquica insuportável"[23].

Assim, a busca é de fazer algo por si mesmo, a criação de um neopsiquismo, busca de um estado ideal – no caso específico, da paixão de um ideal simbiótico. São tentativas de atenuar dolorosos estados mentais – preenchendo uma função materna que o indivíduo é incapaz de proporcionar a si mesmo. No lugar de objetos transicionais, são *objetos transitórios*, pois fracassam em propiciar um alívio não mais que temporário à dor psíquica. A solução aditiva é uma tentativa de cura de si mesmo de estado psíquicos ameaçadores. E o amor é uma tentativa de cura.

---

23 J. McDougall, *As múltiplas faces de eros: uma exploração psicanalítica da sexualidade humana*, São Paulo, Martins Fontes 1997, p. 198

O telefone não toca – o insustentável da espera

A servidão da espera: o olhar fixo no telefone, nos e-mails, percorrer os lugares que frequentavam juntos: "a espera é como uma alucinação de qualidades sensíveis que persistem após um corpo ausente"[24]. Ele já se foi, mas ela não desiste de esperar, ao mesmo tempo que odeia a realidade dessa espera (e da análise que não traz a cura nem a presença material do amor perdido).

Ela tenta se distrair, mas de mentirinha, "semblante de distração": beija um, beija outro; numa busca entre desesperada e descrente de alguém que lhe dê o que o amor lhe dá/lhe deu. Se existe, de um lado, uma fragilidade/fixação mortífera; de outro, uma insistência (que eu chamaria de corajosa; caso houvesse outra opção) em não esquecer. Amor não correspondido e ressentimento são dois lados da mesma moeda: da busca do que é de seu direito, de não esquecer os ferimentos infligidos que constroem uma espécie de refúgio psíquico, que adia a decepção e o entendimento de que "o amor por si só não desperta amor"[25]. Como curar esse amor doentio? (Ah! E existe amor normal?, nos pergunta Fédida.)

A cura do amor ou a cura no amor

Estou enferma de amor (Cântico dos Cânticos).

Os talentos, a alegria, o ser de Loreley ficam de posse do amado e tem-se a ilusão de que é ele o criador (de seu êxtase, de

---

24 P. Fédida, *op. cit.*, p. 38

25 M. R. Kehl, *op. cit.*, p. 95

sua existência em plenitude) e ela, a criatura. A entrega amorosa que a destitui de vida própria é um caminho sem volta e não há como querer retornar ao estado anterior. Apesar do inferno que atravessa – é preferível amar, apesar da dor. É este o modo feminino de amar, como afirma Maria Rita Kehl em seu texto "A dor do amor e o amor da dor", comentando as "Cartas portuguesas" de Mariana Alcoforado, texto do século XVII.

"Que mulher, pós-feminismo, se entregaria com tal arrebatamento experimentado por Soror Mariana no século XVII?" – interroga Kehl. A psicanalista ressalta:

"Alguma coisa se perdeu já que, afinal, no que consiste esse tal masoquismo senão no destemor com que as mulheres fazem dom de sua castração, desafiando a angústia masculina com um saber que não é sobre o prazer na dor – é o prazer *apesar* da dor? No que consiste o masoquismo feminino senão no consentimento de que, diante de certos prazeres, só uma mulher sabe que a dor pode valer a pena?"[26].

Entretanto, a autora adverte: "O risco da posição feminina pura, daquela que só existe enquanto objeto do desejo do outro, é o de deixar de fazer sentido fora do campo do amor e do desejo. Mariana, que nada sabia de si até então, tornou-se aquela que seu amante descobriu, inventou ou desejou"[27].

Penso em Loreley que sabe de si a partir do que o amante inventou ou descobriu, e assim sua alma se mantém refém daquele outro que se distancia e, quando ela corre atrás dele, é por ela também que anseia.

Talvez seja um caminho de constituição subjetiva, como diz Kehl – o da mulher que nasce da sedução do homem. Mas

---

26 M. R. Kehl, *op. cit.*; p. 92

27 M. R. Kehl, *op. cit.*; p. 93

Loreley foge do conhecimento de que não existe posse sobre o desejo/amor do outro. "Por que ele não me ama? O que eu tenho/fiz de errado? Me sinto uma fracassada."

É a fuga da percepção desta realidade de que "o amor por si só não desperta amor". A fuga da vivência da decepção sem mais disfarces. A rejeição olhada de frente sem mais subterfúgios é que possibilitará a cura do amor. Talvez o que o prende, o que o fez segurar na mão sem deixá-la partir seja sua entrega sem máscaras, sem jogos, seu gritar sem vergonha e inocente que o ama e "vamos fugir, vamos fugir... pra outro lugar".

Mas ele já não terá fugido?

Repetidor vem do latim *repetitore* – "o que reclama"; assim tem sido vital repetir a ausência e o abandono, para reclamar/ re-clamar para si o salvador (o objeto transformacional, segundo Bollas) e reviver ou viver pela primeira vez a dependência. Mas quantas vezes será necessário repetir até que a dor ensine, até que entender não equivalha a tremer; mas que constitua braços (*holding*) que a encaminhem pela vida sem tanta angústia. Onde a realidade falhou que não é capaz de clamá-la com força para outros lugares da vida fora do campo do desejo e do amor? Por que, fora daqui, as raízes são rasas, falsas, os passos incertos, os pés falseiam?

O caminho do amor e do apaixonamento é uma aprendizagem subjetiva, (quando se aprende...). E assim será possível a cura no amor ou a cura, apesar do amor. Mas onde/como o lugar do analista...

O chamado (a técnica im-possível?)

Pois Loreley me reclama: tira essa dor! Salva-me dessa obsessão, dessa avidez! Como o apaixonado pode aumentar/ampliar a potência de agir: como amar para a alegria e a liberdade – como sugere Kehl?

Ela me chama! E eu.

"Mas se me viesse de noite uma mulher. Se ela segurasse no colo o filho. E dissesse: cure meu filho. Eu diria: como é que se faz? Ela responderia: cure meu filho. Eu diria: também não sei. Ela responderia: cure meu filho. Então – então porque não sei fazer nada e porque não me lembro de nada e porque é de noite – então estendo a mão e salvo uma criança. Porque é de noite, porque estou sozinha na noite de outra pessoa, porque este silêncio é muito grande para mim, porque tenho duas mãos para sacrificar a melhor delas e porque não tenho escolha"[28].

Mas aqui estou às voltas, como fazem os ressentidos, repetem e repetem os sentimentos, as lembranças dos males – e assim também eu, em termos técnicos, preciso libertar-me, pois "esquecendo nossos males, dissolvemos nossos ressentimentos e nos tornamos, novamente, aptos a apreender a vida no que ela pode trazer de novidade, de frescura"[29].

No amor não correspondido em que o apaixonado quer arrancar na marra o que lhe foi roubado (embora o ladrão de nada saiba) – que chances há para a alegria, se não o terrível atravessamento da decepção e a aceitação do impedimento/rejeição?

Trabalhar com casos como os de Loreley e/ou do que Steiner chama de "organizações em refúgios psíquicos" é frequentemente desanimador; mas não sem saída.

No dizer de Steiner:

> Os pacientes que se recolhem, em excesso, para refúgios psíquicos apresentam grandes problemas do ponto de

---

28 C. Lispector; *A legião estrangeira*, São Paulo, Ática , p. 100-101.

29 A. N. Naffah, *Outr'em mim: ensaios, crônicas, entrevistas,* São Paulo, Plexus 1998, p. 135

vista técnico. A frustração de ter um paciente paralisado e, ao mesmo tempo, fora de alcance desafia o analista. Este precisa evitar ser levado a desistir por desespero ou a reagir em demasia e tentar superar a oposição e a resistência de maneira excessiva. Esta é uma situação em que paciente e analista podem ter, com facilidade, objetivos opostos. Enquanto o paciente está interessado em manter ou recuperar seu equilíbrio, o que consegue através da retirada para o refúgio psíquico, o analista está preocupado em ajudar o paciente a emergir, a obter *insight* sobre o funcionamento de sua mente, e permitir que o desenvolvimento prossiga.

[...] Nessas circunstâncias, sua principal preocupação é obter alívio e segurança estabelecendo um equilíbrio mental. Por isso, fica incapacitado de interessar-se pela compreensão. Para o paciente, a prioridade é livrar-se dos conteúdos mentais indesejáveis, que projeta no analista e, nesses estados, ele não tem condições de receber ou examinar seus processos mentais. As palavras não são usadas para informar, mas como ações que têm um efeito sobre o analista. As palavras do analista também são sentidas como ações que indicam algo sobre o estado mental do analista, e não para oferecerem *insight* ao paciente. Se o analista acredita que sua tarefa é ajudar o paciente a obter compreensão, e se o paciente não deseja ou não consegue tolerar essa compreensão, então está criado um impasse. São situações freqüentes e apresentam problemas perturbadores para o paciente e para o analista"[30].

Steiner adverte que apenas a continência não é suficiente para a mudança psíquica. Traz alívio, mas não leva necessa-

---

30 S. Steiner, *op. cit.*; p. 153.

riamente ao crescimento; pois o alívio depende, nesse nível de organização, da presença contínua do objeto continente, não se podendo tolerar a separação verdadeira do objeto.

As interpretações são sentidas como intromissões. Steiner sugere que, embora "o paciente não esteja interessado em obter compreensão – isto é, compreensão sobre si mesmo – no entanto, pode ter uma necessidade premente de ser compreendido pelo analista"[31]. Nesse sentido, o fundamental é o analista suportar a pressão colocada nele (as projeções do paciente), de modo a aquele, aliviado, poder ser capaz de usar a capacidade de pensar e experimentar o analista para ajudá-lo em suas dificuldades.

Se o analista se fecha, ou contraprojeta, o paciente se sente não compreendido e mais perturbado. Se o analista contém e integra os elementos projetados, ele precisa ter a coragem "de assumir riscos" para interpretar, mesmo que isso possa fazer com que o paciente fique perseguido.

Enquanto o "ser contido e ser compreendido têm prioridade sobre a compreensão"[32], mais cuidadosas deverão ser as interpretações. Steiner insiste em vincular a mudança psíquica ao *insight*.

No caso de Loreley, o ressentimento em relação ao amado liga-se numa linha de significâncias ao ressentimento edípico (incluindo afetos como ódio e vingança) e ainda a mim, quando não a curo ou faço interpretações sentidas como invasivas ou explicativas. (Preciso particularmente encarar a violência que se dirige a mim.) De qualquer modo, é sempre numa posição delicada em que me encontro: entre oferecer continência e não descuidar para o encaminhamento da aceitação da

---

31 S. Steiner, *op. cit.*; p. 154.

32 S. Steiner, *op. cit.*; p. 167.

verdade; de uma forma que "entender" não seja equivalente a tremer, mas seja o vislumbrar de que, "apesar de tudo, existe uma fonte de água pura/ Quem beber daquela água/ Não terá mais amargura" (Paulinho da Viola).

ANÁLISE ON-LINE

Silvana Martani
Gabriel Rosemberg

"Mude, mas comece devagar, porque a direção
é mais importante que a velocidade."

Clarice Lispector

Em algum momento de 2019, começamos a ouvir sobre uma
nova epidemia que, no primeiro momento, parecia igual às
outras pelas quais tínhamos passado. No início de 2020, a
China assumiu a epidemia como saída de uma de suas pro-
víncias, declarou a contaminação monstruosa que se seguia,
e soubemos que o vírus estava sem controle por toda a Europa. Era uma questão de tempo para chegar às Américas.

Passamos, aqui no Brasil, por um Carnaval eufórico e cheio
de comemorações como de costume, e, no dia 26 de fevereiro,
tivemos o primeiro paciente infectado pelo SARS-CoV-2 em
solo brasileiro. Daí para a frente, foi uma questão de dias para
que se decretasse a pandemia no mundo e a vida de todos
mudasse.

A maior parte do planeta estava de portas fechadas, com
os habitantes em casa podendo somente ter acesso a comida,
remédios e atendimento médico de urgência. Hospitais de
campanha foram montados em muitos lugares do mundo e,
progressivamente, cada nação viu milhares de seus habitantes
morrerem. Não se sabia o que fazer.

Eu atendo no hospital e no consultório, e, em um primeiro momento, a atitude mais comum que eu observava ao meu redor era desvalorizar a gravidade do que estava acontecendo ou supervalorizar, com reações de medo extremo e vontade de se esconder em casa. Não havia opção, não conseguíamos mais reconhecer o que estava diante dos nossos olhos. Nossas vidas foram desorganizadas de um dia para o outro.

Todo o comércio, as empresas, as escolas, os consultórios, os clubes, as academias, tudo fechado, ruas vazias. Um silêncio ensurdecedor, estranho, como aquele que se faz antes de um tsunami chegar, em que os pássaros voam para longe e os animais se inquietam para fugir. Uma sensação de morte eminente.

Os atendimentos psicoterápicos sempre acompanharam as mudanças do mundo, reinventando-se à beira do leito do paciente hospitalizado, andando na rua das comunidades carentes, nas situações de guerra com combatentes e feridos, no esporte, nas empresas, nas escolas, nos consultórios ou onde houver gente precisando de ajuda.

A modalidade de atendimento on-line tem alguns anos, mas sempre foi revestida de muitos preconceitos pelos profissionais da área do atendimento psicológico. Esse preconceito estava calcado na indisponibilidade da presença física dos integrantes, na tradição e rigor psicanalítico e no elo terapêutico que proporciona uma troca além das palavras, facilitada pela presença entre paredes.

Da multiplicidade teórica e dos espaços de atuação, com sessões de uma vez por semana, com modelos de atendimento psicológico de curta duração, com psicanálise com grupos, com psicoterapia e, agora, análise on-line, as transformações socioculturais, políticas e econômicas têm modificado as demandas com as quais os pacientes chegam ao consultório, bem como alteram a forma do psicanalista de intervir e atuar.

Assim que começou a pandemia, com o isolamento social sendo determinado em março de 2020, a migração para atender os pacientes da clínica analítica no formato on-line se apresentou como uma alternativa possível, mas cheia de problemas. Alguns pacientes e terapeutas já tinham utilizado esse formato, porém sempre priorizando o presencial.As exceções estavam com pacientes que não conseguiam chegar a uma ou outra sessão ou porque viajavam e não queriam perdê-la, mas raramente a proposta vinha do terapeuta, mesmo porque mudar o *setting* acarreta uma série de interferências que acabam prejudicando o andamento dos trabalhos.

A maioria dos analistas que atendiam on-line o faziam com poucos pacientes nesse formato e não pensavam muito sobre como seria esse tipo de atendimento com outros, nem refletiam sobre a necessidade de desenvolver e aprimorar essa modalidade. Era como uma experiência que poderia funcionar ou não para um paciente específico e que só estava acontecendo por uma necessidade momentânea com ambos os lados de acordo. Parece que, para alguns, era como se fosse algo quase extraoficial, algo que funcionava no âmbito da experimentação e que geralmente apresentava bons resultados.

Outro ponto é que muitos analistas nunca haviam atendido on-line e não consideravam essa possibilidade, em função de questões teóricas (insegurança pela falta de embasamento), práticas (desconhecimento das ferramentas de vídeo e universo digital) ou simplesmente porque valorizam exclusivamente a presença física, o formato tradicional do consultório.

Com o isolamento, os terapeutas também foram para casa sem poder estar em seus consultórios, pois todo o comércio e os serviços foram obrigados a permanecer fechados. Assim, tivemos que nos adaptar e adaptar nossas casas para receber nossos pacientes e nos preparar para "entrar" na casa deles. Os consultórios psicológicos são preparados para funcionar como facilitadores do vínculo e da fala do paciente. Com divã ou não, esse espaço privilegiado garante que a maioria das variáveis que dificultam o vínculo terapêutico, como privacidade, confiança, neutralidade e sigilo, sejam minimamente atendidas para que o paciente e suas questões adentrem.

Com uma doença liquidando milhares de pessoas, o equilíbrio e a resiliência de todos foram altamente testados. Também estávamos com medo, sem saber o que seria, tentando nos acostumar ao que julgávamos improvável nos dias de hoje, tendo que dar conta de nossas famílias e de nossos pacientes.

Foram dias difíceis.

Naquele momento, passei uma mensagem para meus pacientes dizendo que a partir daquele instante iríamos nos comunicar por uma plataforma de videochamada. Arrumei o escritório da minha casa e posicionei o computador para que meu paciente me visse sem distrações. Uma parede branca atrás de mim fazia o cenário desta nova configuração imposta ao mundo: Fique em casa.

Por que um ambiente neutro on-line?

Pelos mesmos motivos que devemos pensar nas questões que irão falar sobre nós ao nosso paciente, pensar em como apresentar o nosso consultório, em como nos vestir para atendê-lo, no tempo de nossa sessão, no preço dela, na forma de pagamento, entre outras coisas. No atendimento on-line, novos acordos se impuseram, como, por exemplo: disponibilizar nossa conta bancária a todos os pacientes com todos os nossos dados para que as transferências de pagamento fossem efetuadas; estar interinamente diante de uma câmera; aprender a se comportar na frente dela; fazer acordos com nossos familiares para que o nosso momento de trabalho fosse respeitado sem interrupções; disciplinar-se nos horários dentro de casa e organizar a rotina da casa para que tudo fosse possível. Tudo isso exigiu tempo, calma e muita colaboração.

Para o paciente nos receber em sua casa também não foi fácil. Falar da nossa casa e das pessoas com as quais convivemos é uma coisa, mas mostrá-las não é nada terapêutico para a maioria. O constrangimento de alguns e o descrédito de outros quanto à eficiência do formato remoto tornou a migração para o atendimento on-line um grande desafio.

Passado o choque inicial, migramos.

Devo dizer a vocês que comunicação é tudo. Parece bobagem, mas ser direta e objetiva nas mensagens, comunicar a todos imediatamente que iríamos migrar para o novo formato, disponibilizar o endereço eletrônico e atender a todas as dúvidas prontamente deu tranquilidade a meus pacientes e a mim também. Dúvidas e incertezas geram desconfianças que podem minar o vínculo terapêutico.

Na nova configuração, passo horas sentada à frente do computador, me adaptando e ajudando meus pacientes a se encontrarem nessa novidade e seguir. Durante as primeiras semanas, a maioria das análises tomou um ritmo lento, cauteloso, compatível com o que estava acontecendo do lado de fora de nossas casas. Percebi que, uma vez a novidade incorporada, seguimos como foi possível. Alguns pacientes não puderam aderir a esse formato, por não se sentirem bem em casa para ter uma sessão de análise, por falta de privacidade, perda de condição financeira ou mesmo inabilidade tecnológica.

Atender uma ou outra sessão on-line é uma coisa, mas desenvolver a análise durante meses nesse formato ou mesmo iniciar com um paciente assim era totalmente novo e me gerou uma enormidade de questões.

Será que meu paciente vai conseguir fazer análise nesse formato?

O paciente que não estiver familiarizado com as tecnologias vai se sentir bem?

Será que sua família vai ajudar, respeitando nosso momento?

Será que meu paciente vai gostar?

Será que eu vou perceber tudo que preciso?

Será que a qualidade é a mesma?

Será que é por muito tempo?

É possível fazer associação livre assim?

Será que vou ter pacientes nesse formato?

Há transferência na análise on-line? Será que é psicanálise?

Passado o primeiro mês, resolvi checar com meus pacientes como estava o nosso alinhamento. Como eles percebiam o trabalho e como se sentiam diante dele. Da minha parte também pude dar meu feedback. Não era o ideal, mas atendia bem aos nossos propósitos, com o que eles concordaram. Nessas conversas ficou nítido que estar presencialmente no consultório era muito melhor, mas aceitar as circunstâncias que eram determinadas pela pandemia começou a fazer parte da própria análise por causa de como cada um aceitava os nãos impostos desde sempre.

No segundo mês de isolamento, comecei a querer ouvir dos colegas como eles estavam lidando com tudo. Pensei em ligar e perguntar, mas, como estava escrevendo este livro, considerei que seria muito interessante escrever sobre isso.

Assim, convidei um colega analista para me acompanhar nessa empreitada de conversar com vários terapeutas e pacientes e entender como esse novo formato os atingia, como estava seu trabalho, como eles tinham feito a migração de seus pacientes, se eles estavam adaptados e como avaliavam a qualidade de seu trabalho então.

Dos pacientes, queríamos saber como era para eles fazer terapia on-line, se haviam restrições, se eles gostavam, onde eles faziam as sessões, era em casa, no carro, na rua, no quintal, se funcionava etc.

Entrevistamos muitos colegas em vários momentos da carreira e obtivemos respostas que nos fizeram pensar. Estamos presenciando um momento importante para a psicanálise, um momento de repensar dogmas, de reinterpretar elementos da técnica, de experimentar novos formatos e colaborar para a construção de um realinhamento da prática analítica com a contemporaneidade, mas como isso estava acontecendo?

As respostas dos colegas sobre a questão estão transcritas abaixo:

> *Atendi uma paciente que morou em vários lugares e, a cada cidade que ela foi morando, nós seguimos sempre on-line. Então eu tava muito acostumada. Era anormal ela vir presencialmente. Quando era presencial, era comemorado, porque era melhor, era bom, ela tinha saudades. Eu acho completamente diferente você ver em uma tela e estar ao vivo e em cores com uma pessoa. A presença é uma coisa muito importante, mas não dava pra fazer, então ok.*

> *Quando surgiu a pandemia, ela seguiu on-line. Tive alguma experiência, mas eram sempre pacientes que já eram do consultório e, por alguma razão, viajaram, geralmente a trabalho, e queriam fazer algum acompanhamento ou algumas sessões, e a gente fazia por Skype ou WhatsApp e sempre do meu consultório. Tinha alguma diferença, mas era possível. Um paciente que morava muito longe e demorava mais de uma hora pra se deslocar, tava num momento de muito trabalho, e aí eu topei também.*

> *Uma coisa que eu acho importante e que venho pensando é que o atendimento à distância vem se dando, não porque um elemento da dupla pediu, pensou, precisou. Também sei de colegas que foram fazer curso fora e continuaram atenden-*

do à distância. A mesma coisa, mas invertida. Nesse momento, em função da pandemia, tanto pacientes como analistas toparam mais. Antes eu topava com certo "senão", "já que" é um período curto, ok. Se um paciente de São Paulo me disesse pra fazer on-line, eu não toparia. Não tive essa experiência, mas imagino que diria não.

Eu tinha experiência de atendimento on-line com alguns analisantes que mudaram de país e continuaram o processo através desse meio e com singularidades mantidas, ou seja, não há um padrão, nada que possa ser padronizado. Eu tive experiências que funcionaram e chegaram ao fim da análise na virtualidade, o que me fez afirmar, há muito tempo, que a presença do analista sempre foi virtual. Virtual no sentido de receptor da transferência, mas ocupando um lugar virtual nessa transferência e não na perspectiva dual, onde a presença tem que ser física. Essa era uma experiência que eu já tinha.

Atendia pacientes morando fora do Brasil ou fora de São Paulo. Teve épocas que eu atendi por Skype ou outra plataforma. Não era super frequente, mas acontecia. Não tinha nada contra. Era mais comum pessoas que já vinham sendo atendidas passarem a ser atendidas on-line em momentos em que estavam fora de São Paulo. Não tinha tido nenhuma experiência de fazer uma primeira entrevista on-line. No meio analítico, havia certo preconceito ou preferência pelo meio presencial.

A primeira coisa, quando percebi que as coisas iriam mudar, eu cancelei todos os atendimentos. Porque ainda era tudo muito primário, a gente ainda não sabia como as coisas iam ficar, a gente ainda não tinha uma rotina estruturada pra poder oferecer algo pros pacientes. Eu não sabia como ia funcionar. Eu conhecia ferramentas de vídeo, mas tudo é muito diferente na realidade. Então a primeira semana eu cancelei os meus pacientes porque eu precisava me estruturar, desde ferramen-

tas até horários. Fui falando paciente por paciente, entendendo com cada um deles, analisando caso a caso. Tive pacientes que não puderam mais bancar financeiramente, outros que não quiseram fazer por vídeo, mas topavam fazer por telefone. Tive que fazer um ajuste com todos os casos pra ver como cada um se comportaria.

O que ficou mais forte pra mim no começo do isolamento, nas primeiras duas semanas, foi que eu tinha a sensação de que era um atendimento meia-boca. As narrativas das primeiras sessões tinham um caráter informativo. Fiz isso, fiz aquilo. Dentro de uma análise subjetiva, isso não é análise. Análise precisa de associação, interpretação, do momento em que o paciente se surpreende ou vem um afeto importante. Eu percebi isso junto com os pacientes e aí a gente refez o combinado em relação ao setting. Vários desses pacientes já trabalhavam muito em reuniões, o tal do call. Nesse começo, a gente percebeu que o momento da análise parecia um call e uma das coisas que fazia parecer um call é que o cara tava em casa trabalhando, tinha marcado comigo às 16h30 e ficava trabalhando até as 16h25, aí ele parava e ligava pra mim. Tinha uma continuidade muito grande do que ele estava fazendo antes que atravessava a sessão.

Foi só entendendo ao longo do tempo o quanto esses atendimentos estavam funcionando ou não e fazendo os ajustes que eu consegui ir diminuindo essa carga de angústia. Desde separar um lugar da casa e esse lugar não funcionar até a conexão de internet. Todas as coisas práticas não me davam mais sustento em relação ao trabalho que eu estava acostumada a fazer, que eu acho que não é o mesmo problema que analistas que já estavam atendendo virtualmente tiveram.

O início foi muito traumático. Foi uma coisa de ligar pra pessoas, de conversar, de ter que encarar uma e outra pessoa que pararam porque a vida econômica delas também foi mui-

to afetada. Mas a maior parte dos pacientes topou continuar. Traumático, porque eu, que dou aula, tive que aprender a usar cinco plataformas novas em dez dias. Foi meio intenso, mas, passado esse baque inicial, a gente vê que tem ganhos, a gente conhece uma porção de outras formas de se relacionar com as pessoas.

A prioridade foi falar com cada paciente e entender a realidade de cada um deles pra entender esse momento. Tive a angústia da perda de paciente. Imaginei que vários fossem sair e isso me deixou muito angustiada, mas só consegui enxergar isso em retrospecto mesmo. Eu tive um paciente do hospital que não quis continuar, mesmo morando sozinho, porque, segundo ele, não ia funcionar a análise virtual, e agora eu consigo enxergar que ele já estava com resistências antes e que a transição pro virtual foi uma ótima desculpa.

Eu comecei a ouvir de analistas mais ortodoxos que esse momento não seria um momento de análise, mas um momento de acolhimento, acolhimento de escuta, não daria pra fazer análise desse jeito porque a transfiguração do setting seria grave e, com isso, não se daria uma análise satisfatória, e essa foi uma preocupação no começo pra mim. Eu ficava muito encanada com isso até perceber que realmente é de cada caso.

Depois das primeiras sessões por WhatsApp, eu comecei a ficar um pouco confortável, mas, como não sabia que podia movimentar o telefone, eu comecei a ficar com torcicolo. Aí comprei um suporte pra ele e ficou mais confortável. Tive inclusive que tomar analgésico nos primeiros dias.

Tem caso que é puramente escuta e acolhimento e tem caso que fluiu muito melhor por conta da introspecção desse momento que a pessoa tá vivendo. Tem muitos artigos falando sobre o quanto estamos sonhando mais nesse momento e isso significa uma psique funcionando a todo vapor, então tem *pacientes que voaram durante a análise, mas, no começo, essa era uma preocupação muito grande minha.*

Lendo essas respostas, o que nos salta aos olhos é o grande esforço técnico e pessoal que a maioria dos analistas teve que fazer para reorganizar seus consultórios. Concordamos com os colegas que o mais saudável, o melhor, em momentos inesperados – que podem ser até a mudança de endereço do analista ou ele estar doente e não somente um evento extraordinário como uma pandemia –, é comunicar a todos as circunstâncias e dimensionar com cada um seus efeitos e possibilidades.

Entendemos que, para alguns, a análise on-line parece não preencher os pré-requisitos do *setting* presencial, mas talvez possamos reconhecer que esse formato pode servir para manter os trabalhos por um tempo e que interromper análises seja mais prejudicial. Além disso, pacientes que já desfrutam da análise há algum tempo e têm um bom vínculo com o terapeuta podem sim continuar avançando, se as novas variáveis impostas ao vínculo forem bem trabalhadas.

Sabemos que tudo que o paciente traz nas sessões é material de análise e o que acontece no mundo interfere na sua vida e na nossa também, e agora não seria diferente. Poder trabalhar com nossos pacientes nesse momento tão traumático é uma experiência muito valiosa e enriquecedora, tanto técnica como teoricamente, que nos dá a possibilidade de instituir novos paradigmas para as construções em análise.

Recontrato

A maioria das pessoas pediu uma reorganização do pagamento. Quase todo mundo tá com uma renda diferente de como era antes, a maioria dos pacientes constrangidos porque a renda baixou demais. Outra questão foram os horários, foi muito difícil encontrar novos horários possíveis para as pessoas e pra mim, porque boa parte dos horários antigos precisaram mudar. Outra questão foi o constrangimento de passar os meus dados bancários pelo WhatsApp. Porque, antes, os meus pacientes pagavam em dinheiro ou pagavam em cheque, não importava se era por sessão, por semana ou por mês. Pra mim, era tranquilo, colocava na mesinha da clínica e era tranquilo, mas agora me pediram a conta, o CPF. Foi tão difícil que duas vezes eu passei o CPF errado pra eles, foi um ato falho.

Eu propus que se a sessão começasse tal hora, que a pessoa parasse meia hora antes pra levantar, desligar, tomar uma água, e eles concordaram. Fui conversando com cada um deles sobre isso. Dois desses pacientes "hard-escritório" me chamaram muito a atenção e aí eu recombinei em geral. Isso me fez pensar um recombinar o setting. Sobre o espaço eu já tinha combinado. Teve pacientes que estavam com muita dificuldade de pagar as sessões e a gente fez um preço pandemia, um preço confinamento. Teve uma ou outra mudança de horário que foi pedida, mas em geral teve bastante continuidade. A maioria seguiu tentando manter o horário da sessão, a duração da sessão, a frequência. Foi bem bacana isso.

Setting – Dificuldade do início

Eu não conseguia entender os códigos do WhatsApp, a foto, esse verdinho, eu não sabia como agir. Como alguém que perdeu o movimento e teve que reaprender o movimento para andar. Esse modelo pra mim foi uma fisioterapia cognitiva e psicanalítica pra poder começar a encontrar vínculos, até o momento que *eu aprendi a fazer chamada de vídeo.*

Eu me senti desamparado, o setting *dá um contorno para as coisas, dá um amparo, é como se o consultório físico me desse algum tipo de proteção, a proteção do meu trabalho, e, no momento que eu migrei pro digital, eu me senti muito perdida, desamparada no sentido mais puro da coisa e, portanto, muito angustiada.*

O lugar era uma dificuldade minha e também percebi que era uma dificuldade deles, onde eles iam ficar enquanto estavam na sessão. Na supervisão, falamos da dificuldade do setting, pacientes que querem sair do setting... Pessoas que são mais perturbadas querem é que você participe de outro jeito, exemplo: quero que você participe do meu grupo yoga.

Tem filhos? Às vezes eles invadem o espaço, vêm pedir alguma coisa ou brincar...ou vai servir uma comida durante a sessão. Então eu percebi que não havia esse cuidado de trancar a porta ou fechar a porta como acontece no consultório. No consultório, a gente sabe que ninguém entra, não atende o telefone, desliga som, mas, às vezes, nas sessões presenciais, o paciente atende o celular, tem certas interrupções também, assim como em casa, mas tudo faz parte do trabalho de criar um lugar. Eu vejo que as pessoas vão criando lugares. Se for à noite, vão até um local escuro, no jardim, pra ter privacidade, porque dentro da casa eles acham que vão ser ouvidos. Ou fazem na sala de ginástica do prédio. Então eu percebi que, no início, a construção do setting foi um problema... Depois isso passou.

Tem dois pacientes meus que não queriam continuar porque não tinham privacidade em casa. Outra paciente vai até o carro pra fazer o atendimento.

Uma coisa interessante é que, no começo, eu também tentei escolher um lugar da minha casa e isso pra mim não funcionou. Separei um lugar específico pra sentar, pra fazer as sessões, e eu percebi que, sentada à minha escrivaninha, no meu lugar de trabalho, funcionava muito melhor pra mim, e foi onde eu me mantive.

Adaptações impuseram aos seres humanos em todos os tempos um padrão evolutivo sem precedentes e agora não será diferente. Estar diante de algo que não reconhecemos impõe um esforço de todas as nossas competências emocionais e intelectuais e alguma coisa se modifica. Mudanças são processos de construções que levam tempo, mas quando um impacto de grandes proporções se impõe a nossa vida, o que estava em curso talvez se finalize, talvez nos deparemos com nossas carências e dificuldades e precisemos olhar enfim para elas, talvez possamos nos desconfortar do conhecido, abrindo novas possibilidades ao que temos como trabalho e vida pessoal.

Assim aconteceu com meus colegas e comigo. Pensar a clínica psicanalítica, suas fronteiras e teorias em condições tão adversas expandiu as nossas dúvidas, mas nos trouxe muitas respostas a perguntas que ainda não tinham sido feitas.

A clínica não pode estar fora do mundo, não é uma bolha, e isso ficou evidente neste momento. Novos acordos financeiros, novo tempo de sessão no formato on-line para pacientes mais comprometidos ou crianças, freqüência das sessões, local de atendimento on-line, atendimento no hospital, no campo, na casa do paciente doente etc. são nuances de um trabalho sensível a tudo que acontece.

Assimilar essas mudanças nos possibilitou integrar ou incorporar novas informações e experiências ao que já existia, alargando as fronteiras, entendendo que o *setting* se estabelece quando duas pessoas se encontram para um trabalho analítico, terapêutico, com um contrato firmado e aceito, no local que for possível.

Setting - Invasão virtual, um estranhamento

Outro aspecto que pudemos partilhar com nossos colegas foi certo mal-estar que muitos analistas sentiram no momento em que entraram na casa dos seus pacientes com sua câmera. Um analista ser recebido dentro de casa não é algo comum, apenas em atendimentos ou situações específicas, como atendimento de bebês, doentes acamados ou pacientes em situação de risco em que isso é possível, mas estar on-line é entrar, e entramos.

Coloco aqui uma necessidade que senti com alguns pacientes, que foi pedir licença para entrar on-line na casa deles. Certas formalidades são necessárias pela delicadeza e sutileza a que o vínculo terapêutico está exposto. De todos os vínculos possíveis, o terapêutico precisa obedecer a regras claras para se estabelecer de forma possível para que a confiança se construa e dela a possibilidade de uma transferência se faça. Não desfrutar dos mesmos ambientes que o paciente, não ter pessoas conhecidas em comum, não impor ao paciente desfrutar de seus familiares, não falar sobre sua vida pessoal, são alguns dos pilares de um vínculo analítico, terapêutico, que nos dão possibilidade de ser alguém que pode ser transformado de outros alguéns por ele na transferência.

Quando eu era recém-psicanalista, eu tinha tanto pudor de cruzar com o paciente fora do consultório que uma vez eu tava no mercado, a paciente entrou atrás de mim e eu fiquei super sem graça. Não podia encontrar nem no meu elevador do consultório, precisava esperar dez minutos pra sair. Só não me sinto à vontade de entrar na casa do paciente. Se antes eu não podia cruzar no corredor com o paciente, imagina agora entrar dentro da casa.

Estou na minha sala, onde eu atendo, mas não atendo mais aqui, só em casa. Mas vendo a minha sala de novo com a visão pra plantas, tem toda uma coisa do lugar que você atende que você cria um ambiente com duas portas pra dar sigilo, duas janelas, as árvores que eu vejo aqui. Todo ambiente físico que é criador de um acolhimento.

O setting *tem um aspecto variável e uma matriz nuclear. O aspecto variável pode mudar, embora ele também seja importante porque o espaço físico atrai pra ele as emoções, as fantasias do paciente. Tem esse aspecto variável que é o consultório e agora esse lugar onde eu estou atendendo e o lugar onde agora o paciente está sendo atendido, e eu acho que todo lugar de atendimento é uma incubadora de símbolos.*

É um lugar onde a gente vai poder pensar e sentir de um outro jeito. Dependendo das situações emocionais dos pacientes, o lugar que ele vai ser atendido precisa poder liberar a expressão e o trabalho de simbolizar as emoções com liberdade e com a reserva do analista, que não é intrusivo, com sigilo.

Esse ambiente deve ter um calor emocional, um calor afetivo, a claridade do pensamento, uma penumbra de silêncio. Uma das coisas mais importantes da análise é tanto analista como paciente poderem sair do tempo da correria que a gente chama de defesa maníaca. Quando a gente quer fugir das emoções, a gente se agita muito. E pra entrar em análise a gente precisa de um tempo mais lento e nisso o virtual ajuda, alentar o ritmo de vida.

A análise

Quando o paciente procura a análise ou terapia, talvez ele não tenha ciência, mas não são apenas os motivos conscientes que o levaram a procurar ajuda. Ir para a sessão, uma ou duas vezes por semana, impõe vários acordos que são feitos com a rotina, com os gastos financeiros, com o tempo de deslocamento, com o abrir mão de alguns compromissos ou funções naquele horário que fazem parte do universo da análise.

Assim que saímos de onde estamos para o consultório do analista, a análise começa. O caminho, o estacionar, chegar até a sala de espera, esperar, ser chamado e entrar, são recortes de um quadro, do enquadre que a sala, o horário, as cadeiras, os livros, os móveis do analista e o analista contornam formando o *setting*.

Esse espaço único desloca a dupla analista e analisando do cotidiano, criando a condição de ser ali algo onde podemos somente ser. No formato on-line, isso também é possível, mas temos que considerar que há perdas quando a passagem do cotidiano para a sessão on-line é muito rápida. Assim, estar no trabalho e cinco minutos depois de terminar uma reunião começar a sessão de análise impõe perdas de qualidade de conteúdo emocional que devemos analisar com nossos pacientes, perdas estas que podem estar calcadas tanto na sua resistência em entrar em contato com suas questões, como no que lhe sobra de tempo para se cuidar, por exemplo.

A noção de que o paciente se aloja no seu jogo associativo, na atenção, na figura e na voz do analista, nos móveis da sala, onde equivalências e substituições vão contar de suas subjetivações, nos leva a pensar como é incluir todo tipo de ambientação na análise do discurso analítico.

Mudanças criam reações importantes, sair do nosso cotidiano e se pôr em casa traz uma quantidade enorme de material terapêutico, tanto desse movimento de isolamento e o que ele representa como das mudanças no curso da análise do paciente porque as prioridades de vida dele mudaram. Famílias inteiras foram devastadas, muitos mortos, muito medo, um caleidoscópio de sentimentos e dor com que a análise se propôs a lidar.

No virtual também faz um recorte e então, se o paciente quer, ele também faz um recorte na cozinha dele ou na sala dele e, nesse sentido, é até parecido, porque o que é interessante da análise é que ela possa fazer esse recorte, tirar um e outro da realidade cotidiana através de um recorte que permita que a gente se relacione e não precise ter contato com o outro em todas as dimensões da vida dele.

Confiança com relação a modalidade faz diferença na forma como se sustenta esse trabalho, na capacidade de entrega ao processo e de acolhimento, não dá pra desconsiderar a complexidade do setting...

Tenho muita dificuldade de pensar a clínica por telefone em geral, a clínica presencial em geral... Existem analisantes que fazem um uso mais resistencial da fala deles por telefone em comparação a quando era presencial, e existem pacientes que a resistência diminuiu muito quando passamos para o áudio.

Para os analistas nesse momento, há uma grande necessidade de refundar o setting *e esse refundar remete a uma criatividade que pegou a todos de surpresa. Coloca-nos diante de uma reinvenção mais intensa da psicanálise. A psicanálise é uma constante reinvenção. É uma característica da psicanálise a necessidade de reinventá-la, mas sem perder o rigor teórico, técnico e epistemológico que faz com que a gente possa dizer que estamos trabalhando com a psicanálise freudiana, lacaniana...*

A ausência do deslocamento até a sessão gera um impacto no discurso e nos afetos que os analisandos nos trazem. Esse tempo de ir até o consultório e de espera já é uma parte da análise, a saída do consultório também. Quando você chega ao consultório, você já tem um trabalho. O que estava acontecendo é que, no

meio da sessão, a pessoa começava a lembrar, associar, mudava
o clima, começava a pensar.

Ressignificação do silêncio

Uma questão que sempre aparece no consultório, seja no paciente que começa a análise, seja com aquele que já está fazendo, é o tempo. A análise segue o tempo do paciente de analisar suas questões e poder dar conta delas. Os terapeutas são coadjuvantes desse caminho que o paciente percorre que é dele, mas que parte ele desconhece ou não tolera reconhecer.

Assim, não há um tempo cronológico estipulado a seguir, nem tampouco uma previsão. Dentro das sessões, os tempos também se comportam de outra forma. Na análise, silêncios são palavras e, às vezes, palavras ditas pelo paciente são para silenciar o analista. Para que se entenda disso, técnicas analíticas como a atenção flutuante, ou seja, estar sensível ao que não é dito, me parece ser uma questão quando estamos com os rostos colados numa tela.

Creio que seja possível sustentar um silêncio virtual, mas penso que seja mais difícil para ambos. Em todas as entrevistas que fizemos, parece que uma certa tensão se institui quando as câmeras são ligadas. O tom da voz, o comprimento, a conexão de internet, se o aparelho celular está apoiado ou na mão do paciente mexendo de um lado para o outro, se houve sobreposição de falas etc. são notas de uma música que, apesar de conhecermos, a melodia parece ter novos arranjos.

A ritmicidade da voz e da fala é superimportante na análise.
Cinquenta minutos no consultório é muito mais rápido, cinquen-
ta minutos aqui passa muito mais devagar, porque você tem que

sustentar o olhar. O on-line vai trazer outros atos falhos que a gente não veria no consultório. Exemplo: um cara que, na frente da câmera, vai ajeitar a cueca, um adolescente que se tranca dentro de um armário com uma lanterna pra não ser ouvido.

Análise -Lugar de deslocamentos virtuais

Escrevendo este texto, me ocorre que talvez não seja o caso de tratarmos o vínculo terapêutico como virtual ou presencial / real. As últimas gerações já não se prendem a esse paradigma, para eles, o mundo virtual é real.

A casa se liga ao telefone, que se liga ao computador, que recebe uma conexão via satélite, que fala com tudo que usamos e todos que nos cercam, nos dando a oportunidade de nos comunicar em tempo real. Essa condição faz parte de todos os segmentos da vida cotidiana da maior parte da população do mundo e nos ajudou a chegar até aqui.

Se a maioria dos profissionais do futuro terá que combinar saberes de diversas áreas para tornar possível o exercício de sua profissão, então estamos falando de multi-especialidades para se habilitar a estar em diversos ambientes com nossos pacientes. Tanto o profissional terapeuta de carreira, como aquele que está chegando agora e se formando, precisam reconhecer a necessidade de estarem aptos a se expandir, pois podemos supor que fazer sempre do mesmo jeito em circunstâncias diferentes afete o resultado.

Se pensarmos na virtualidade da realidade psíquica, como representamos vínculos afetivos e os reproduzimos na transferência com o analista, talvez tenhamos a noção de que sempre estivemos imersos nesse novo ambiente.

Todo trabalho de um analista tem algo de virtual, porque a realidade psíquica é virtual, ninguém consegue pegar a própria realidade psíquica. Os nossos vínculos de amor e de ódio são virtuais. Eles nascem do corpo, de várias experiências corporais, mas têm uma dimensão deles que é intangível, então, nesse sentido, isso combina com o virtual, porque tem algo da realidade psíquica que você nunca vai chegar a tocar.

É evidente que tem milhares de coisas corporais nos vínculos entre as pessoas, mas principalmente numa amizade, você não pega com os dedos o vínculo amoroso entre as pessoas, ele é virtual e pode ser muito intenso e atravessar a sua vida inteira. Não é por ser intangível que ele não tem força.

Assim, ficaram evidentes alguns aspectos da configuração on-line do trabalho de análise. O contrato analítico tem que ser inequívoco em todos os aspectos: os horários, as faltas (pagas ou não), a reposição ou não de faltas, a forma de pagamento e a disponibilidade de conta bancária. O local que o analista está atendendo deve ter poucos estímulos para facilitar a conversa e a transferência do paciente. Sim, transferência é possível e deve ser considerada um instrumento potente do vínculo analítico. É certo que há um esforço maior de concentração por parte do analista no formato on-line e escolher um ambiente tranqüilo para atender é fundamental.

Outra questão que devemos cuidar é nossa apresentação visual. Para as mulheres, a sugestão é evitar usar colares e brincos grandes e brilhantes, pois eles refletem a luz e o reflexo pode incomodar quem está do outro lado. Deve-se evitar joias que fazem barulho, como braceletes e pulseiras que interferem na captação do áudio. Lentes antirreflexo também são importantes, pois esconder os olhos atrás de óculos reflexivos pode inibir o paciente que não consegue observar o terapeuta e o brilho da lente pode incomodar. Estampas, decotes, transparências, listras devem ser evitados. Para os homens, bonés e camisas floridas podem atrapalhar e inibir a concentração de seus pacientes.

Hoje, ela tá mais colorida. Hoje, ela tá mais preto e branco. Hoje, ela mudou o cabelo. Hoje, tem algum livro que tá fora do lugar. Sinto falta de poder pescar mais sobre ela. Então eu converso e vejo esse quadro atrás e fico pensando: olha que legal esse quadro, será que um dia ele vai mostrar o que tem do outro lado? Eu acho que a neutralidade, hoje, fica mais pobre, então eu acho que eu preferia um cenário cheio de elementos. É mais vivo. Eu prefiro com um fundo que fale dela, a composição das camadas da presença. Trocou o pijama, a pantufa tá diferente.

Há terapeutas que, nessa transição para o formato on-line em função da pandemia, evitaram que o paciente os visse, mantendo a análise somente pelo áudio da plataforma ou por telefone. Pensamos que a análise sem o vídeo pode ser positiva, pois mantém certa similaridade com o *setting* tradicional (divã). Temos a sensação de que sempre que for possível simular virtualmente a segurança e a espontaneidade que o paciente sentia no consultório, mesmo que seja sem vídeo, melhor para a análise dele.

Talvez depois de algum tempo de análise on-line, esse novo *setting* possa ser reconfigurado, reinventado, a partir do estabelecimento de novas fronteiras. Ouvimos algumas pessoas falando bem do processo em que, no início da sessão, ligava-se a câmera, depois passava-se a usar só o áudio e, no final, retornava com a câmera, simulando os momentos da chegada na sessão, deitando-se no divã e indo embora.

Além disso, muita gente está em casa com familiares e isso

interfere diretamente na questão de estar ou não sendo ouvido (sigilo), então a opção de usar apenas a voz, em alguns casos, é a única forma de conseguir fazer a análise longe da família.

Entendemos também que o ponto de vista do analista precisa ser visto. Pareceu-nos uma questão o caso de ele, durante a pandemia, não tendo espaço em casa para atender, optar pelo áudio por bom senso, para preservar o sigilo do paciente.

A internet é uma ferramenta que pode oferecer muitas variações de velocidade, assim precisamos entender que este trabalho deveria sofrer poucas interrupções por causa de variações de acesso. Ter uma banda larga de qualidade é fundamental para garantir, na maior parte do tempo, que a sessão se desenrole continuamente.

E se a internet cair?

Bem, avise seu paciente por outro aplicativo que esteja a sua disposição que sua internet caiu e, se não for possível reconectá-la, remarque a sessão sem ônus para o paciente. Essa prática deve ocorrer tanto se o problema estiver com o equipamento com o analista como com o paciente.

O valor da sessão on-line é diferente da presencial?

Não, mas se houver necessidade de acordos financeiros diferentes do valor praticado pelo analista, eles devem ser individuais. As sessões podem ser pagas por mês ou semanalmente, e o controle de valores deve ser feito tanto pelo analista, quanto pelo paciente, sendo que a conta bancária na qual devem ser depositados os valores deve ser disponibilizada e o controle feito através de envio do comprovante de depósito. Isso parece óbvio, mas a questão financeira é muito importante na análise, pois conta de valorações feitas pelo paciente do que lhe é importante e o controle disso trabalha com a transparência da relação.

Neste momento em que estou escrevendo este texto, na

cidade de São Paulo há uma flexibilização do isolamento social, possibilitando que voltemos ao consultório gradualmente. Muitos pacientes já sinalizaram que vão permanecer on-line, tanto por uma questão de segurança de contágio, quanto pela comodidade e economia de gastos. Não vejo problema em manter o formato para os que precisam, mas combinamos que vamos nos encontrar presencialmente assim que for possível, intercalando as sessões on-line e presencial.

A psicanálise acompanhou as mudanças do mundo até hoje e agora não seria diferente. Para o analista acompanhar as mudanças de seu tempo e poder proporcionar a seus pacientes uma análise de qualidade, ele deve priorizar sua análise pessoal e a supervisão de seus casos, pois, sem isso, considero muito difícil estar apto para momentos como este.

Análise on-line para os pacientes

Nossa pesquisa também contou com entrevistas de vários pacientes em análise. Nessas entrevistas pudemos perceber como a mudança do ambiente analítico de consultório para o ambiente virtual, em função da pandemia, afetou tanto o relacionamento com o terapeuta como a condução da própria análise.

> *A análise on-line era um tampão na rotina. Não ia dar pra se encontrar e conseguia fazer on-line. Mandava um WhatsApp – não vou conseguir chegar pessoalmente, será que a gente pode fazer por telefone?*
>
> *Eu sinto que a falta do tempo de transporte do antes e depois foi a principal falta que eu senti. Eu termino uma reunião às 18h25 pra, às 18h30, começar a terapia. E, antes, eu saía do*

escritório às 18h, pegava a moto e só o fato de pegar a moto, ven-
to no corpo, ver gente, me fazia bem... Tinha dias que eu ia de
moto e tinha dias que eu ia de Uber e voltava a pé, e eu gostava
muito da volta a pé. Voltava escutando uma música, pegava uma
cervejinha em um bar. Ia curtindo e pensando sobre a sessão.

Eu acho que, para a minha analista, deve ser mais difícil
do que é pra mim. É a impressão que eu tenho. Dá pra ver que
ela sofre mais com a tecnologia do que eu. Na primeira sessão,
metade da câmera dela estava tapada por uma almofada (risos).

Na ida, eu tentava elaborar o que eu tava sentindo, quais
eram as tensões, os conflitos que estão me atordoando. E até me
questionava se isso era bom, porque eu tenho uma tendência a
querer controlar tudo. Estou sentindo isso, então vamos tratar
disso. Hoje por exemplo não tem, eu sou pego de solavanco, me
parece até positivo.

Tenho a sensação de que o ritual diminuiu, mas parece que
aumentou a riqueza da análise. Parece que agora você está mais
cru ou mais pelado. Talvez aquele estado de espírito seja uma es-
pécie de defesa, onde, da mesma forma que eu tenho mais tempo
pra me preparar, eu tenho mais tempo pra me armar.

A pandemia me tirou desse estado de perfeitamente aneste-
siado e, consequentemente, isso leva a um lugar de questiona-
mento de tudo, de valores.

Ir para análise é um ritual. Muitos podem não se dar conta
desse processo, mas hão de compreender que fazer uma sessão de
análise não é algo corriqueiro no nosso dia a dia. Assim, o paciente coordena sua agenda para incluir esse encontro consigo e o dia
tem um significado diferente. Desde o instante em que se sai para
o consultório do analista, entra, senta-se ou deita-se, até a hora de
sair e chegar em casa, ele é tingido de emoções muito particulares,
que o paciente pode ter como um momento somente seu.

Estar on-line com o analista parece ter oferecido um certo enxergar de outro lugar e isso tem consequências. O que o paciente vê da casa do analista, como este se comporta diante da câmera, as dificuldades e facilidades que tem com a tecnologia, dentre tantas outras, são questões que invadiram o relacionamento e devem ser avaliadas pela dupla analista/analisando e não ignoradas. Há analistas que nunca se sentaram diante de seu paciente pelo uso do divã, o que pode ter gerado uma série de constrangimentos e mudanças importantes, tanto na fluência das questões, como na possibilidade de se continuar sendo analisado.

As variáveis que se incluíram na mudança de *setting*, suas consequências e desdobramentos devem ocupar um lugar da maior importância, pois, concluímos, podem se comportar tanto como facilitadores como dificultadores do trabalho analítico.

Aspectos Positivos

Em algum momento, eu entrei em um estado do "cut the bullshit" de dentro da análise, cultivando ou defendendo o ideal de "eu". Neste momento em que eu não consigo separar on-line e pandemia.

Parece que a liberdade do não julgamento aumentou mais ainda. No início da análise virtual, essa liberdade excessiva de falar o que quiser sem me preparar fazia com que, na maioria das vezes, eu não conseguisse chegar a nenhum lugar porque abria muitas portas e não conseguia chegar a nenhum lugar, não estava sendo muito proveitoso. Agora, a impressão que dá é que eu aprendi a andar nessa nova bicicleta. Agora é o melhor que já esteve, mas não sei se isso é o on-line, uma evolução gradual da terapia ou a questão da pandemia. Não sinto falta da questão presencial.

Tem a parte um pouco chata que é meia hora pra se locomover, ok. Mas tem a parte legal que é todo o ritual que é entrar na terapia. Eu fazia o meu chá e depois esperava um pouquinho, subia a escada. Era um processo que me ajudava a começar a entrar. Tem todo um ritual, uma dança pra começar. Mas agora eu tento manter isso. Uns dez minutos antes, eu dou uma arrumada no meu quarto, faço o chá. Essa parte importante, legal, eu mantive, mas a parte do transporte é bom não precisar, não precisa pegar o trânsito, a margem de tempo de segurança pra chegar na hora.

Eu tô conseguindo tocar em temas muito mais delicados estando em casa. Não sei se é por estar no meu quarto, na minha casa, eu não sei se tem a ver, porque eu tocava em vários assuntos lá também, então eu acho que foi a evolução da terapia que me fez chegar a esse ponto. Mas tá tão bom quanto estava lá. Mas, pra mim, já existia o hábito do vídeo, falava com os meus pais, namorava à distância. Dado isso, cinco minutos se passaram pra eu perceber que também servia pra terapia.

Como fluiu muito igual o on-line, a gente nunca chegou a falar sobre isso na terapia. Não chegou a ser um problema pra mim, pra precisar falar sobre isso.

Aspectos Negativos

Uma coisa que eu acho ruim do on-line é que perde muito de estar com a pessoa ali. Algumas pessoas também devem conseguir se soltar mais pela câmera. Existe a falta de uma informação que é o teu corpo. O on-line tem essa perda. Outra *coisa horrível é quando começa a falhar a conexão, parece que desmancha tudo aquilo. Hoje eu tive uma sessão de manhã e aconteceu isso, aí você tem que parar e perguntar - tá me ouvindo? - tá me vendo? Para tudo no meio e você esquece um pouco o que estava acontecendo. Essa é a parte horrível do on-line. Outra coisa ruim é que eu faço terapia no meu quarto, mas eu também trabalho no meu quarto, então fazer tudo no mesmo lugar é ruim. É ruim porque a gente começa a misturar ambientes. Também ajuda no ritual de "entrar", quando você entra na sala do seu analista, senta na cadeira e começa a falar. Isso é maravilhoso, ter um lugar específico pra isso.*

Eu acho isso uma perda, é uma mistura pra tua cabeça. Agora eu durmo e trabalho onde eu faço terapia... O problema gravíssimo da terapia remota é você não se sentir à vontade de falar alguma coisa porque alguém pode ouvir. Pra mim, isso me bloquearia muito. Se alguém ouvir o que você falou, você nunca mais vai querer falar sobre aquilo.

Meu trabalho é praticamente ficar levantando poeira, levantando problema e ver como a gente resolve. Eu sou bem treinado pra isso, então eu consigo segurar quinze segundos, mas ainda é muito difícil porque eu não tive muitos problemas de conexão.

Agora parece que o analista perde um pouco da neutralidade dele. Isso é complicado. Eu gosto da ideia de não ter muita informação sobre a vida do meu analista. Parece que isso ajuda muito no processo. Imagina se você tá conversando com uma analista que tem filho e o filho começa a bater na porta. No momento que eu entro na casa do terapeuta, muda tudo.

O retorno

Estabelecer novas possibilidades de *setting*, manejo e contratos proporcionou à psicanálise avançar e acompanhar o tempo até aqui. Não podermos negar que o consultório do analista representa mais que um endereço de referência, é o local onde – fora as situações diferenciadas como mencionamos – é possível o encontro com o *isso*.

Se entendermos que o analista é parte constitutiva do inconsciente do analisando e que há necessidade de sustentar este lugar para que algo se pronuncie, o *como* e o *onde* fazem diferença. E ainda, se acreditamos que o analista se constitui como o destinatário da fala de seu paciente e como tal é capaz de, junto a ele, promover a diferença, construindo outras possibilidades de contato deste com o seu mundo interno, teremos certeza de que tudo que muda no entorno dessa relação provoca desdobramentos importantes nos conteúdos acessados pelo e no paciente.

Eu gosto de abraçar, eu gosto de sentir o cheiro, gosto do lugar. Me faz falta, isso. Eu ter acesso a mais elementos de comunicação não verbal dela faz com que a troca seja maior, me dá mais. Aqui eu não sei se você tá batendo o pé, ou tá vendo outra coisa pela tela do computador. Eu gosto disso, mas já dei dois "alt tab" agora. Acho que esses elementos da relação física podem desencadear outras conversas, outros pensamentos, outros rumos da conversa. Ela bocejava antes, quando o atendimento era presencial, e ela não tem bocejado mais. Eu acho que é mais constrangedor bocejar no vídeo.

Se voltasse agora a possibilidade de fazer no consultório seria bom ir até lá porque é uma coisa que dá pra fazer na rua e, nesse momento, é difícil não pensar nessa possibilidade de fazer coisas na rua. Qualquer coisa que tem que fazer na rua, a gente dá graças a Deus. No ano que vem, eu acho que eu continuaria preferindo ir pra lá porque é lá que a relação acontece.

A gente pode estar falando três horas aqui, mas eu trocaria isso por te ver por meia hora e poder dar um abraço. Calor, presença, tu sozinho no quarto é gelado. Com duas pessoas na sala, tu começa a sentir calor, essa presença física, ocupação de espaço, deslocamento do ar que a pessoa proporciona, agitamento de moléculas. Eu tô falando de física, química e biologia. Isso faz muita diferença, a gente é feito disso. Se eu trabalhasse num escritório sozinho ou morasse num apartamento sozinho, aí é outra história.

Conclusão

Com tudo que questionamos e mais o que pudemos obter de opiniões em nossa pesquisa, entendemos que este momento histórico diferenciado de pandemia e seus desdobramentos trouxeram para a prática e a teoria psicanalítica possibilidades importantes e inovadoras.

Os analistas entrevistados perceberam que a análise on-line era possível e que, para os pacientes, a experiência estava sendo melhor do que o esperado, apesar do desgaste adaptativo que a maioria deles enfrentava. Eles identificaram também que os principais conceitos teóricos se mantinham preservados a ponto de poder pensar nesse formato como uma alternativa complementar ao que já vinha acontecendo.

Para os pacientes, a possibilidade de dar continuidade ao seu processo analítico foi o objetivo que ancorou todo o esforço adaptativo. Cada um pôde encontrar o seu melhor ou possível formato, valorizando os ganhos da análise e percebendo que seu analista também estava empenhado, dentro do que lhe era possível, a estar com ele também nesta situação e valorizou a parceria.

Sabemos que o tempo mais que qualquer pesquisa poderá nos mostrar como essa nova possibilidade de atendimento realmente pode ou não contribuir ou modificar os processos analíticos, mas nos parece certo que esse novo *setting* veio para ficar.

ESCUTAÇÕES EM UM HOSPITAL NO CONTEXTO DA PANDEMIA COVID

Mariana Resener de Morais

Relatar a experiência de um trabalho psicanalítico conduzido no meio hospitalar não é uma tarefa simples. Que dirá fazê--lo em um contexto de pandemia. Ao longo deste relato falo como "nós", pois não foi um trabalho sozinho, foi de uma equipe de psicólogos que, num esforço conjunto, buscou através de algumas ações promover um espaço e momento mais saudáveis à equipe de profissionais de saúde, aos pacientes e seus familiares para passar por esse período de pandemia.

Iniciei meu trabalho no contexto hospitalar no ano de 2015, atuando em um hospital referência nacional para as Forças Armadas. Nesse local, o serviço de psicologia atua em nível secundário e terciário de assistência à saúde, através de atendimento de psicoterapia e de acompanhamento psicológico de pacientes internados em enfermaria e Unidade de Terapia Intensiva (UTI), dando suporte às famílias e intervindo sobre dificuldades na relação equipe de saúde-paciente.

Embora hoje encontremos um lugar mais consolidado à psicologia no ambiente hospitalar, contando com maior produção técnico-científica na área, o lugar do psicólogo e do psicanalista nas instituições de saúde não é dado de antemão. Trabalhar em uma equipe não equivale necessariamente a estar inserido nela. Esse lugar é sempre um lugar inventado, construído pelo profissional, da sua leitura das demandas que se apresentam nesse contexto.

O lugar do psicanalista na equipe é uma construção que exige um trabalho, pois a forma como ele responde ou não às demandas que lhe são dirigidas é o que permite construir e sustentar esse lugar na instituição. Não se trata também de uma concorrência entre saberes e visões. Depende, sim, de uma disponibilidade interna e externa para lidar com as diferenças, sem perder de vista a própria especificidade.

Partindo dessa compreensão, vivemos no ano de 2020 um contexto bastante atípico dentro dos hospitais (e fora dele também). Em meados de fevereiro, o primeiro caso testado positivo para SARS-CoV-2 (*severe acute respiratory syndrome coronavirus 2*) no Brasil foi confirmado. Estávamos até aquele momento assistindo ao avanço da doença no mundo, e com notícias alarmantes sobre o estado de calamidade pública que alguns países enfrentavam. Adentrávamos o mês de março com os casos de COVID-19 aumentando no país, especialmente nas regiões Norte e Sudeste. Comparando aos demais estados, observávamos São Paulo avançando em número de casos e mortes confirmadas pelo novo coronavírus.

Após ser considerada pandemia pela Organização Mundial de Saúde, em 11 de março de 2020, houve o decreto da quarentena no estado de São Paulo, com restrições de funcionamento do comércio e outros estabelecimentos de serviços. A quarentena veio a se estender por cerca de três meses e com o passar do tempo foram flexibilizadas medidas de contenção de casos novos de infecção pela doença, tais como reabertura ainda em horários reduzidos, do comércio de rua, dos shoppings e dos parques. No início da pandemia observamos certa descrença a respeito do risco que o vírus trazia, o que de certa forma impactou negativamente nas condições de pronta resposta. A pandemia demandou grande empenho da gestão no que tange às áreas logística e técnica. Foi necessário aumentar leitos de Unidade de Terapia Intensiva, adquirir, de modo emergencial, equipamentos como ventiladores, medicamentos, álcool, equipamentos de proteção individual (EPIs) como luvas, máscaras cirúrgicas, máscaras N95, *face shields,* além de diversos outros materiais imprescindíveis à área hospitalar. Apesar das dificuldades encontradas com a escassez desses produtos no mercado, as mudanças deveriam ocorrer urgentemente e precisavam contar com a participação de todos.

A UTI foi adaptada e desdobrada em duas unidades, uma para pacientes com COVID, com capacidade de onze leitos, extensível a dezesseis, dependendo da demanda durante a pandemia, e outra para as demais doenças com necessidade de tratamento intensivo. Cirurgias eletivas foram suspensas. A enfermaria também foi adaptada, restringindo um andar inteiro do prédio hospitalar para atendimento de pacientes com diagnóstico de COVID, e uma ala foiseparada para casos suspeitos aguardando confirmação com capacidade total de quarenta leitos.

A fim de conter a contaminação pelo vírus, os atendimentos ambulatoriais foram interrompidos, direcionando as demandas a um serviço de triagem médica, que avaliaria os pacientes e os riscos da suspensão da assistência ambulatorial. Os profissionais das diversas áreas da saúde foram realocados em equipes e comissões para dar suporte logístico para o enfrentamento à COVID. Houve um remanejamento dos profissionais ligados à assistência direta ao paciente, e o expediente presencial teve de ser alterado para reduzir risco de contaminação da equipe. Novas regras foram implantadas e capacitações foram necessárias, com orientações sobre protocolos da Seção de Controle de Infecção Hospitalar, instruções regulares sobre o uso correto de EPIs, lavagem das mãos, protocolos médicos, medicamentosos, sobre preenchimento de fichas de notificação, protocolos sanitários a serem adotados e seguidos nos casos de óbito, entre outras.

Num contexto pandêmico, o foco de gestores e profissionais de saúde tende ao combate do agente patogênico e preservação da integridade física, deixando a saúde mental em segundo plano, senão esquecida. No entanto, é fundamental pensar nas implicações psicológicas esperadas diante de um cenário destes e desenvolver medidas de intervenção que previnam o adoecimento psíquico.

Alguns dos principais fatores de risco à saúde mental, vividos pela população em geral, se relacionam à rápida disseminação do vírus, às incertezas sobre o tratamento, à gravidade e potencial de letalidade da doença, além dos efeitos econômicos e psicossociais decorrentes das medidas de isolamento e imprevisibilidade do tempo de duração da pandemia. Soma-se a isso a divulgação de informações equivocadas sobre a doença, as chamadas "*fakenews*", a disseminação do pânico através dos noticiários, além da falta de uniformização das medidas de prevenção orientadas pelas autoridades sanitárias.

Um cenário pandêmico envolve uma série de fatores estressores à saúde mental e física e impõe uma condição de ruptura a todos – geralmente, nossos pacientes falam de suas crises e rupturas, mas e quando estamos nós também imersos nesse contexto turbulento? Num primeiro momento, nossa equipe de psicólogos parou para pensar, para estudar, para ouvir a experiência de outros hospitais e as ações que vinham sendo desenvolvidas. Paramos para ouvir os nossos próprios medos.

Foi necessário readaptarmos nosso serviço de psicologia para enfrentar os desafios que viriam a seguir e atuar em formas de prevenção ao adoecimento. Passamos a construir um projeto intitulado Comissão de Suporte Psicológico, com ações que desenvolveríamos ao longo do enfrentamento da pandemia, tendo três grandes focos de trabalho: o cuidado aos pacientes, à família e à equipe.

Cuidando de quem cuida

Não saber a dimensão do que estava por vir era uma angústia da gestão, mas também nossa. Em um primeiro momento, nossa maior preocupação foi com a própria equipe de profissionais de saúde. Se eles não estivessem minimamente bem, não poderiam estar na linha de frente. Estudos desenvolvidos no decorrer da pandemia identificaram sintomas de estresse, depressão e ansiedade na população em geral e principalmente em profissionais de saúde. Mesmo antes de os primeiros pacientes com COVID serem internados, havia muito medo nesse ambiente. Medo de se infectarem, de precisar de internação, e principalmente de necessitar intubação e suporte ventilatório. Medo de morrer, medo de "levar a doença para casa" para seus familiares, medo do desconhecido, de uma doença nova com a qual estavam aprendendo a lidar durante o seu próprio curso. Eles nos contavam sobre esse estado de vulnerabilidade e desamparo o tempo todo.

Em um hospital, o real da morte se impõe a todo momento. No entanto, no contexto da pandemia a morte se avizinhava através de um "inimigo invisível", evidenciado pelos inúmeros lembretes de higienização de mãos, afastamento e uso de máscaras. Todas essas orientações mostram a condição de desamparo ante o desconhecido, a falta do controle, a falta de garantias. Não há um Pai que pudesse assegurar-nos a existência. Mas acolher o que vinha dessa ordem, reconhecendo e legitimando tais sentimentos como normais diante de um momento anormal, foi um meio de dar condições iniciais a essas equipes para atuar.

Todos estavam em sofrimento e o primeiro passo foi reconhecer isso. Dar um lugar para isso. O conhecimentosobre a doença, contaminação, tratamento e protocolos hospitalares foram construídos ao longo do enfrentamento da pandemia. Ela exigiu e vem exigindo a invenção de novos saberes e um alto grau de adaptação. Víamos que o risco de contaminação não foi só sobre infectar-se com o coronavírus. As rígidas restrições, a insegurança, o sofrimento estão presentes no diaadia de todos. Mesmo completamente paramentados com EPIs, ninguém perde o medo.Para promover a escuta desses profissionais, passamos a fazer rondaspelo hospital que chamamos de rondas de escutação. Essas rondas nada mais eram que estarmos presentes nas unidades de enfermaria e UTI todos os dias.

Escutar significava poder receber algo da ordem do indizível e possibilitar que, através da narrativa, o profissional de saúde se colocasse de um outro lugar, de maneira que pudesse continuar com seu trabalho. Vimos nesse contexto que não bastava a escuta daquilo que era verbalizado.

Nosso trabalho passava por sentir todo o ambiente de trabalho. Procuramos saber como os profissionais se sentiam em todos os aspectos: se se sentiam seguros com as instruções de segurança que receberam, se sentiam confiança nas suas chefias imediatas, se dispunham dos EPIs e materiais necessários, se havia bom vínculo na equipe.

Esse formato de atuar focando o ambiente e como ele poderia intervir na saúde mental dos profissionais de saúde vinha fundamentado no conceito de *holding* de Winnicott. Em *Desenvolvimento emocional primitivo* (1945), o psicanalista Donald Winnicott desenvolveu as primeiras noções de sua teoria sobre a constituição da personalidade adulta. Ele observou aspectos fundamentais na relação mãe-bebê, e como a criança se constitui de uma sustentação física e emocional da mãe, através das funções *handling* e *holding*.

O bebê nasce frágil e desprotegido, e nesse primeiro momento ele depende totalmente de um outro que lhe sirva de apoio para sobreviver. O corpo da mãe não supre o bebê somente de suas necessidades físicas, como nutrição, calor e asseio. O carinho, o "mamanhês", as palavras com que ela reveste seu bebê durante o mamá, o banho, o sono, oferecem a experiência simbólica de amor e proteção.

O termo *holding* vem do verbo inglês *to hold* e significa segurar, ter a capacidade de conter, aguentar, manter. O *holding* é uma das funções exercidas pela mãe suficientemente boa da teoria winnicotiana e carrega esse sentido de sustentação, em quevários comportamentos da mãe, como a amamentação, o calor, a firmeza, o carinho, o aconchego, integram-se como um verdadeiro suporte para a constituição psíquica do bebê e para sua relação com os outros e consigo mesmo no futuro.

A "mãe suficientemente boa" de Winnicott não consiste em um modelo de mãe perfeita, mas aquela que consegue, na relação com seu filho, exercer as qualidades essenciais para seu desenvolvimento, apoio, aceitação e proteção. Não é uma mãe que frustra em excesso, privando o bebê do que ele necessita, nem a que o atende antecipando todas as suas necessidades, impedindo que ele desenvolva a capacidade de lidar com as suas excitações internas e que aprenda a empreender esforços na direção daquilo que necessita.

Havia um cuidado nosso para justamente não incorrermos

no excesso: nem intrusivos, atropelando o funcionamento e as possibilidades de ação das equipes, nem ausentes, abandonantes. Buscamos ser uma presença que pudesse acolher através da escuta e ação. Sim, ação, pois alguns conteúdos do que escutamos exigiam intervenções práticas que melhorassem objetivamente as condições de trabalho dessas equipes e demandavam mudanças estruturais e de percepções da chefia a respeito do trabalho que seria necessário.

Uma técnica de enfermagem, logo no início da pandemia, assustada com a quantidade de orientações a serem seguidas sobre a paramentação, exclamava para mim: *"A senhora já viu toda a paramentação que precisamos usar? É máscara, com outra máscara, com óculos, com face shield, touca, duas luvas, avental... Socorro. É difícil de respirar, de ver (para piorar, a respiração embaça os óculos), de se mexer. É muito quente. Nós temos muito a fazer, com essa parafernália toda em volta. Na hora a gente até esquece, porque se pararmos pra pensar (suspiros). Eu nem conseguiria estar aqui"*. Entendo que o peso do EPI de que fala essa técnica de enfermagem e outros da equipe tem a ver como desconforto físico, mas mais ainda carrega um valor simbólico, dessa pesada proteção para enfrentar a condição de desamparo que se evidencia.

Para Freud, o estado de desamparo é originário na condição humana, uma vez que o bebê depende inteiramente da mãe para a satisfação de suas necessidades. Como foi dito, o bebê vive a condição fundamental de ser insuficiente, des-amparado, incapaz de ajudar-se-a-si-mesmo, marcado pela precariedade de sua condição objetiva de ingresso à vida.

Na teoria freudiana, a concepção de desamparo afasta-se cada vez mais da dimensão objetiva, de autoconservação, para ocupar uma posição de estado fundamental, da condição humana de existência e do próprio funcionamento do aparelho psíquico. Para ele, é impossível superar essa condição, seja em nível individual, seja contando com os aparatos fornecidos pela ciência e pela cultura. Em uma situação de risco real que ameaça objetivamente a autoconservação do sujeito, essa condição de desamparo é atualizada. E durante uma pandemia podemos pensar que essa condição é revivida com grande intensidade e de forma coletiva.

Que tipo de amparo é possível? O que poderíamos oferecer aos profissionais como um meio de poder "aliviar" um pouco todo esse fator de desconforto físico intrínseco ao trabalho e a carga emocional que vínhamos escutando?

Algumas dificuldades presentes desde antes da pandemia foram escutadas e reconhecidas, para que pudessem ser melhoradas. Por ser um hospital militar, aqui faço um esclarecimento sobre um aspecto próprio à cultura organizacional desse ambiente. A rusticidade é considerada um atributo no meio militar. É esperado que o militar suporte condições de desconforto físico e mental. Entretanto, a carga emocional e física já eram bastante elevadas, e precisávamos suprir os profissionais das melhores condições para que pudessem assistir os pacientes. Os ambientes de descanso das equipes estavam precisando urgentemente de melhorias. O rústico precisou, nesse caso, se tornar mais "confortável" e afetivo.

Salas de descompressão

Com a participação dos próprios profissionais, levantamos que melhorias na estrutura física poderiam ser realizadas, procurando identificar suas necessidades e mudar favoravelmente o ambiente. A ideia é que não fôssemos nós a definir o que eles precisam, mas que fosse algo feito em conjunto, levando em consideração necessidades coletivas da equipe e alinhando objetivos comuns.

Salas de descompressão são utilizadas em ambientes corporativos com o intuito de promover bem-estar aos colaboradores e favorecer a eficiência no trabalho e o aumento da criatividade. São espaços aconchegantes, com estrutura adequada, que permitam aos profissionais se desconectarem do trabalho por um período para descansarem, "reabastecerem-se" e voltarem às atividades mais revigorados. Servem como um ambiente de reabastecimento físico-emocional.

Isso não requeria grandes investimentos, mas alguém que se ocupasse em construir pequenos espaços de conforto. Esses ambientes foram compostos por sofás, um mural para mensagens e fotos, mesas para refeição, cafeteira, jarra elétrica, filtro de água e forno de microondas. Foi providenciado o fornecimento de todas as refeições – café da manhã, almoço, jantar e lanches nos horários intermediários para evitar que o funcionário que estivesse atuando nas áreas COVID circulasse nas áreas comuns do hospital. Foi discutido cardápio junto ao serviço de nutrição, sempre com opções de algum alimento fresco, quente, não industrializado, entendendo que o valor do alimento feito por alguém traz a sensação de zelo e cuidado às equipes.

Foi imprescindível convencer os gestores para que esses projetos se tornassem ação. Foi necessário também que sensibilizássemos todos os níveis principais da gestão sobre os efeitos psicológicos que a pandemia traria aos profissionais e pacientes, considerando as condições específicas dessa hospitalização. Garantimos esse lugar (simbólico). Isso significou uma mudança no discurso da gestão, que entendeu e acolheu o sofrimento das equipes. *"Precisamos lembrar que cuidamos do amor de alguém"*, mas também *"precisamos nos cuidar, cuidar de quem cuida*". Cuidar de quem cuida se tornou uma bandeira. Sensibilizar a gestão sobre os riscos à saúde mental que a pandemia trouxe, garantiu um lugar para que todo o restante do nosso trabalho pudesse ocorrer.

Grupos de Suporte Emocional

Conforme já mencionado,passamos a fazer rondas de escutação das equipes que atuavam nas Enfermarias, UTI-Covid e UTI geral. Isso foi feito de forma informal, nos momentos em que era possível para as equipes, pois o diaadia na assistência é inconstante. Há períodos de maior movimentação, como no turno da manhã, quando se realizam os procedimentos de rotina, visitas com verificação das condições gerais dos pacientes, registros e discussões de equipe. Nosso trabalho se dava no entre, nos hiatos da assistência.

Com nosso lugar mais consolidado com as equipes, num momento seguinte, propusemos realizar grupos de suporte emocional, em paralelo às rondas de escutação, no intuito de ampliar espaços onde os profissionais pudessem falar sobre o que se passava com eles, como uma forma de elaboração do vivido.

Os grupos são ótimos dispositivos de promoção e prevenção à saúde, pois, além de possibilitar a participação de mais pessoas, têm efeitos terapêuticos que o trabalho individual não alcança. Eles proporcionam um ambiente de trocas, de compartilhamento de experiências. Não nos interessava necessariamente conduzir grupos psicoterapêuticos, não poderíamos criar nada que dificultasse a participação com regras rígidas. Precisamos ser flexíveis nesse contexto. A ideia foi realizar grupos em que o que vinha sendo vivido pudesse ser falado, ser contornado por palavras. Que no grupo pudessem ser desenvolvidas estratégias individuais e coletivas para lidar com esse momento e esse trabalho tão difícil.

O convite para participação dos grupos de suporte emocional foi extensivo a toda a equipe, porém os profissionais que mais se interessaram desde o início foram os técnicos de enfermagem e enfermeiros. Talvez por serem desde o início aqueles mais ligados aos cuidados básicos dos pacientes, com permanente proximidade, acompanhando a sua evolução, seja satisfatória ou não.

Nesses grupos de suporte emocional, os profissionais trouxeram o quão difícil era a rotina de plantões. Trabalhamos conteúdos como o processo de retorno para casa, a dificuldade em "se desconectar", em poder compartilhar com alguém sobre o que estavam vivendo no trabalho: o afastamento de familiares e amigos, restringindo consideravelmente sua rede de apoio. Por precaução, esses profissionais têm sido desencorajados de maneira geral a ter contato com outras pessoas, aumentando assim o sentimento de isolamento.

Ganharam espaço conteúdos que dizem respeito à própria finitude – o medo de se infectarem pelo vírus, de adoecer e morrer. Compartilharam notícias que recebiam de colegas que se infectaram e haviam tido complicações importantes pela COVID. Esses profissionais, envolvidos e imbuídos em seu trabalho, viviam essa ambivalência: também queriam se sentir seguros e desfrutar de maior tempo de descanso com a família. Enquanto uma das grandes estratégias para conter a contaminação da doença era permanecer em casa, eles viviam um aumento da sobrecarga no trabalho e maior exposição ao risco. E apesar de serem enaltecidos, em um clima de heroísmo, relatavam o receio e o sentimento de exclusão nos meios públicos e na família por estarem submetidos a um maior risco de contaminarem outras pessoas com o vírus.

Muitos trouxeram ao grupo como é desgastante fisicamente o uso dos EPIs, sobretudo por tempos tão prolongados. O uso do macacão, avental, luvas, touca, *face shield*, faz com que a temperatura corporal se eleve muito, vários saem literalmente molhados de suor do plantão mesmo no ambiente com ar condicionado da UTI. A desparamentação é demorada, e é o momento de maior risco de contaminação. Por isso, em doze horas de plantão, os intervalos são restritos: são em geral dois intervalos para alimentação e uso do banheiro. Essa restrição determina que, voluntariamente, reduzam a ingesta de líquidos para urinar menos. Referiam frequente exaustão e que o período entre um plantão e outro só lhes possibilitava descansar e recarregar as energias para a próxima jornada.

Em um dos grupos cujos profissionais tinham chegado recentemente através de contratações de urgência para reforçar equipes no enfrentamento da pandemia, pudemos observar demandas um pouco diferentes. Eles estavam bastante animados com o trabalho em si, se sentiam úteis, contribuindo. As demandas que surgiram foram ligadas à adaptação ao ambiente militar. Esses profissionais tiveram parte do seu treinamento de adaptação ao serviço militar abreviada, para que pudessem compor as equipes o mais rápido possível. Além de não conseguirem conversar entre si, formando uma rede de suporte e até mesmo um grupo de trabalho propriamente dito, encontraram dificuldades na carga de trabalho aumentada e nos períodos reduzidos de repouso. As trocas de plantão ficavam prejudicadas em função da equipe reduzida, considerando ainda que alguns profissionais precisavam ser afastados quando apresentassem sintomas respiratórios, retornando somente após resultados dos exames de testagem para o coronavírus.

Já profissionais que estavam havia mais tempo no hospital encontraram desafios diante do novo contexto da UTI, que fora adaptada para "UTI COVID". Compartilharam no grupo a dificuldade em cuidar dos pacientes com COVID, pois eram pacientes clinicamente muito instáveis. Isso requeria uma vigilância ainda maior em comparação com o paciente internado em uma UTI geral. Os pacientes pioravam muito, em pouco tempo.

Cuidar de alguém requer esse sentimento de empatia, de se colocar no lugar do outro e ler através disso o que ele precisa, para que a assistência não seja feita de forma mecânica, desumanizada. A empatia é uma das habilidades necessárias às profissões que se dedicam ao cuidado. Mas paradoxalmente, apesar de ser necessária ao profissional de saúde, ela pode ser justamente o que o torna incapaz para cuidar. Isso porque ela comporta em algum grau o risco de se misturar com o outro. Quando nos misturamos com o outro, perdemos nosso lugar. Não se trata de não sentir, de não ser ultrapassado por aquilo, mas que não nos percamos na dor. Vimos através do grupo a possibilidade de, no encontro com a palavra, falando de si e de seu sofrimento, esses profissionais encontrarem um lugar possível, de se incluir subjetivamente, nesse cenário de cuidado.

Contamos com as noções de primeiros socorros emocionais para o trabalho nesses grupos de suporte emocional, com o objetivo de diminuir o estresse das equipes da linha de frente e buscar soluções práticas ante situações de crise. Nesse sentido, buscamos também trabalhar rede de apoio, atuar junto ao serviço social em situações de necessidades básicas (alimentação, moradia, condições econômicas). Nossas intervenções no grupo tinham a condição dinâmica de adaptar-se ao contexto de crise diante da situação pandêmica, tendo como direção abordar os principais fatores estressores trazidos que contribuíssem para o adoecimento e dificuldade de adaptação ante as restrições desse período.

Fez parte de nosso trabalho, junto aos profissionais, abordar algumas das reações esperadas no contexto da pandemia, como sentimento de tristeza, medo, raiva, ansiedade, além de desmistificar a noção de que o profissional de saúde supostamente é um sujeito que não poderia se abalar diante de qualquer cenário. Trouxeram conteúdos relacionados ao sentimento de impotência diante da progressão da doença e da evolução de alguns pacientes ao óbito. É um desafio para os profissionais de saúde em geral compreender que a morte não significa um fracasso. É uma tarefa de grande valor acompanhar o paciente, sem abandoná-lo, até sua alta ou fim de sua vida. Trabalhamos sob essa perspectiva, situações do luto das equipes em torno de frequentes perdas de pacientes em UTI, agora ainda aumentadas pela COVID.

Também foi importante desenvolver junto às equipes recursos para promover o bem-estar e criar hábitos de autocuidado, como buscar alimentar-se bem, fortalecer os vínculos com famíliae amigos (mesmo através de videochamadas ou pelo telefone), cuidados com o sono e redução da exposição frequente a noticiários, especialmente nos períodos de descanso.

Esse conjunto de ações foi importante para as equipes, pois, de acordo com eles, não se sentiram sozinhos. Esse trabalho permitiu que alguns profissionais que não buscariam o atendimento psicológico individual tivessem algum suporte através dos grupos, com a facilidade da busca de um acompanhamento mais próximo, caso sentissem a necessidade.

Cuidados com a família e pacientes

Outra preocupação que logo de início nos ocupou foi sobre o necessário isolamento. Não o isolamento em domicílios da quarentena, mas o isolamento hospitalar, em função das medidas de restrições adotadas para evitar a propagação da doença. O paciente que vinha ao pronto-socorro, com sintomas respiratórios que indicassem a possibilidade de estar com a doença, era internado e não mais podia receber visitas ou estar acompanhado de seus familiares. Sabemos do valor da presença do outro especialmente nesse momento tão delicado e frágil que é o adoecer.

Há diferenças entre adoecimento enquanto evento que ocorre no corpo e o adoecimento enquanto experiência singular. A doença é uma ruptura no percurso da vida do paciente. Separa sua vida em antes e depois. Há choque, sentimento de impotência, exige enfrentamento e um enorme esforço psíquico para elaboração de lutos.

O paciente precisa fazer um trabalho para acomodar esse acontecimento do corpo em sua vida psíquica. Sem isso, ele encontra dificuldades para lutar pelo que lhe é possível. Esse trajeto corresponde à passagem da doença, enquanto um acontecimento, para uma experiência. De início ele vive a experiência de um corpo que lhe é estranho. Estranho por não ser familiar, que perdeu o estatuto de saudável, um corpo que é finito, que adoece, é limitado e evidencia a precariedade da vida.

Os pacientes internados com o diagnóstico ou a dúvida de estar com COVIDtinham muito medo com relação à doença. E havia pouco tempo para assimilar o que lhes ocorria. A paramentação e os cuidados presentes no ambiente hospitalar reforçavam ainda mais essa insegurança, como muitos deles afirmaram ao longo de nossos atendimentos. Levando em conta as restrições impostas na rotina de internações por causa da pandemia, o paciente permaneceria sozinho, aguardando o seu diagnóstico, com o medo e a angústia sobre ficar doente, sem sua família ao longo de toda a internação. Racionalmente é compreensível, emocionalmente, porém, são sentimentos de solidão e abandono que passam a se apresentar. Como seria possível transformar esse cenário menos difícil para o paciente e trazer as famílias mais perto?

Buscamos algumas formas de garantir a presença das famílias nesse contexto de hospitalização. Uma das estratégias foi incluir no momento da avaliação no pronto-socorro, na ficha de admissão do paciente, o nome de um "cuidador de referência". Em dispositivos que atendem saúde mental, a importância do vínculo do paciente com um profissional é bastante clara e fundamental para todo o trabalho. O paciente tem um "profissional de referência", responsável pelo projeto terapêutico singular, pelo vínculo com o tratamento e equipe. Em um hospital geral, onde as equipes são rotativas, onde os pacientes permanecem pouco tempo, somente o necessário para se restabelecer clinicamente, essa relação equipe-paciente sofre algumas vicissitudes.

Aqui o cuidador de referência seria uma pessoa da família, ou próximo do paciente, que receberia as informações médicas diárias e que poderia transmiti-las para o restante da família. Seria o familiar que faria essa função de elo equipe-paciente--família. Sensibilizamos a equipe de saúde sobre a importância do cuidador de referência, e sobre a necessidade desse canal de comunicação equipe-paciente. Foi necessário construir uma rotina de comunicação, definir quem seriam os profissionais responsáveis e quando ela seria feita. Também foi preciso construir um material informativo para os familiares sobre as rotinas do hospital vigentes durante a pandemia, como seria o contato da equipe com as famílias, horários, entre outras orientações.

Mas precisamos também salientar, dentro do próprio serviço, a necessidade de que um médico ou dois, preferencialmente, fornecessem um boletim médico diário às famílias (nesse caso, esse seria o profissional de referência). Estudos indicam que, no contexto hospitalar, o fornecimento de informações sobre a evolução clínica do paciente representa a principal necessidade dos familiares. Eles precisam de informações precisas e consideram fundamental a disponibilidade e acolhimento oferecidos pela equipe de saúde.

Dessa forma, essa organização da comunicação com as famílias através do fornecimento de boletins médicos diários para o cuidador de referência trouxe maior segurança às famílias, diminuindo a ansiedade por informações a todo momento. Também contribuiu com as equipes, pois,tendo um horário estabelecido para os boletins, diminuiu-se o número de ligações telefônicas e interrupções das atividades durante o plantão.

Saber que haveria um horário fixo no dia no qual o médico iria ligar e fornecer as informações sobre o seu familiar trouxe ganhos inestimáveis do ponto de vista emocional para essas famílias. Tudo que se caracteriza pela constância, ritmo, previsão, aumenta a confiança, diminui a ansiedade e, por fim, proporciona um conforto diante do sentimento de desamparo diante da doença.

As visitas virtuais: isolado, porém bem acompanhado

Já tínhamos notícias que em outros países atingidos pela COVID os recursos da tecnologia possibilitaram o encontro de pacientes com seus familiares, e que em casos graves, que não evoluíam bem, as videochamadas cumpriram um lugar de despedidas. Incluímos em nosso projeto a realização de videochamadas dando ênfase a pacientes que estivessem internados na UTI. O hospital adquiriu *tablets* e *smartphones* para a realização das visitas virtuais. Abriu-se um canal direto da psicologia com as famílias.

As chamadas visitas virtuais eram realizadas através de videochamada e foram um dos meios possíveis que encontramos de dar suporte e aproximar as famílias dos pacientes, ao longo da internação. Possibilitaram o contato com os pacientes internados na unidade de internação, com condições de comunicação, mas também com pacientes que estivessem internados na UTI sob ventilação mecânica.

O contato inicial vem sendo feito sempre pela equipe de psicologia com o cuidador de referência, explicando o funcionamento da visita virtual e verificando se háinteresse da família em fazê-la. Esse contatopermitiu que conhecêssemos as famílias, como elas estavam lidando com a internação, sua organização, seu funcionamento e também que identificássemos necessidades de suporte psicológico e/ou de assistência social. Não tinha o único objetivo de permitir a visita, mas também de funcionar como um acolhimento.

Nos casos de pacientes internados na UTI, foi necessário que contássemos um pouco sobre o que iriam ver, como uma forma de, através dessa antecipação, eles se prepararem para o momento. Contarei aqui doisrelatos de experiências com visitas virtuais conduzidas por mim. Os nomes são fictícios para preservar a intimidade e sigilo das famílias.

Visita virtual para João

Realizei o contato com a esposa de João, 52 anos, apresentando-me e oferecendo essa possibilidade de realizar a videochamada da família para o paciente. João havia sido admitido na Unidade de Terapia Intensiva dois dias antes de minha ligação, pela necessidade de suporte com suplementação de oxigênio (O2). Estava intubado, e seu estado clínico vinha piorando. Quando me atendeu, Silvia estava a caminho da casa do sogro, que mora no interior, para deixar mantimentos de mercado, já que ele não podia sair por ser considerado do "grupo de risco". Emocionou-se, contando-me que essesuporte era sempre feito por João. Ela estava acompanhada do filho de oito anos, da nora e de seu sobrinho. Por conta da rotina da UTI, o horário agendado da visita ocorreria em duas horas após minha ligação. Silvia me disse então que iria aguardar. Não poderia seguir até o sogro, pois lá o celular não teria sinal de internet necessário para a visita.

A família inteira aguardou por cerca de duas horas e meia por essa visita. A hospitalização de um familiar representa um momento crítico, de medo, de rupturas na rotina de vida. Ela repercute em toda a dinâmica familiar. Na tela do *tablet*, testemunhei a família apreensiva, aguardando dentro do carro. Era feriado, 1º de maio, fazia sol. No horário da visita, surgiu uma questão. As visitas de UTI têm restrições para crianças. O médico havia dito que o filho de João não poderia vê-lo. Informei a família, antes da visita, sobre essa restrição. Alexandre (filho) chorou, disse que queria ver o pai, falar com ele. Ficamos em uma encruzilhada: seria certo restringir essa visita do filho ao pai? E se fosse a última vez que eles o vissem, pois o estado dele era grave? Expus a situação para o médico. Apesar de ser um profissional bastante sensível, para ele a questão era simples. O paciente está intubado, não pode falar com o filho.

A comunicação verbal está impedida. Mas e o efeito dos demais aspectos? A visita não é importante somente para o paciente, mas também para a família. Alexandre queria falar com o pai. Sugeri então que Silvia pudesse ver o esposo, e que ela avaliasse se o filho poderia vê-lo ou não. Expliquei ao médico intensivista que, mesmo inconsciente, era importante para a família poder falar-lhe. Era necessário deixar um espaço para cada familiar falar ao João o que gostaria, da mesma maneira como é proporcionado nas visitas normais. Condição aceita. Converso com a família e iniciamos a visita. Foi a primeira ocorrida no hospital.

O médico iniciou informando sobre as condições clínicas gerais: quadro hemodinâmico, função renal, necessidade de oferta de O2. A família queria vê-lo, *"mostra ele, doutor"*. No momento em que o viram, sorriram. Alexandre queria dizer para o pai voltar logo para casa, que o esperavam. Felizmente, ele voltou. Ainda realizamos algumas visitas virtuais com essa família. João foi apresentando melhoras significativas em alguns dias. Quando foi extubado, João pôde ver também vídeos que haviam gravado para ele, com mensagens de carinho. Em dez dias João teve alta da UTI, foi para a enfermaria, e uma semana depois teve alta do hospital.

De acordo com a esposa, as visitas foram *"nossos olhos dentro do hospital"*, um alicerce para a família. O olhar do outro é um dos elementos fundamentais na constituição psíquica do sujeito, e de fato a visão permanece como importante meio de investimento emocional. Silvia fazia contagem regressiva para o momento do boletim médico e para o nosso contato para videochamada.

"Doutora, o COVID é uma doença muito cruel na vida da gente, ela separa dos amigos, separa dos familiares. Eu tive muito medo de perder meu marido, de ele evoluir muito mal..." Um dos receios de Silvia é que, se não tivesse a oportunidade de vê-lo, a imagem dele fosse ficando menos clara, como se o estivesse perdendo dentro de si.*"A senhora imagina que a última memória que eu teria dele seria de ter deixado ele naquela tenda verde do PS."*

Apesar de ser muito difícil vê-lo na cama hospitalar, com

tanta estrutura de medicação, intubado, em coma, ainda assim sente que era melhor que não vê-lo. *"Vocês foram nossos olhos dentro do hospital"*, ela dá ênfase a isso repetindo várias vezes. A família o recebeu em casa após a alta hospitalar com muita alegria e alívio, porém relata o choque de ver o marido, um homem de alta estrutura e forte, tão emagrecido e frágil após a internação. *"De verdade, eu não imaginava receber ele daquela maneira, era um outro João que eu não conhecia, estava fraco, com dermatite, magro, cansado, silencioso."*

O trabalho de recuperação teve seguimento domiciliar. João continua realizando sessões de fisioterapia semanalmente e está reiniciando algumas atividades físicas leves. *"Eu vejo que ele ainda tem muito medo, fica preocupado em ter de voltar para o trabalho, às vezes fica mais quieto, mais na dele e se emociona...para nós todos isso ainda é muito difícil. Nosso filho não fala sobre isso, a gente percebe que é ruim para ele também, não sei se ele percebeu tudo que aconteceu, mas eles sentem, né, doutora. Eles sentem."*

Durante as visitas virtuais frequentemente me perguntei até onde esses pacientes conseguiriam ouvir. Confirmamos ao longo desse trabalho o valor que essas visitas tinham para as famílias, mas e para os pacientes? Nesse momento recordo sobre a síndrome do hospitalismo, descrita por René Spitz. Spitz desenvolveu uma série de pesquisas com bebês órfãos institucionalizados em hospitais gerais e orfanatos, que viveram precocemente a privação da presença do outro materno. Ele concluiu que os bebês apresentavam perturbações somáticas e psíquicas em decorrência da falta da presença da mãe, e que isso trazia prejuízos ao desenvolvimento e até mesmo à imunidade. Esses bebês tinham supridas todas suas necessidades físicas básicas de alimentação e higiene. Porém, do ponto de vista afetivo, os cuidados eramprestados de forma mecânica e anônima.

Spitz constatou que a privação do afeto do agente materno

ou alguém que o substitua enquanto função pode trazer consequências duradouras e até mesmo irreversíveis no desenvolvimento infantil. A síndrome do hospitalismo reúne uma série de perturbações vividas pelas crianças institucionalizadas como atraso no desenvolvimento motor, da linguagem, maior dificuldade em habilidades manuais e na adaptação ao meio, alterações no sono e na alimentação. De maneira geral, a resistência a doenças é menor, e em casos graves a criança pode desenvolver depressão e apatia.

Através dos estudos de Spitz ficou comprovado que os cuidados maternos desempenham papel fundamental para o desenvolvimento infantil e da saúde mental. Os bebês se desenvolvem e se constituem sujeitos a partir dos cuidados de maternagem, que não dizem respeito somente à conservação física, eles acrescentam um algo a mais, a dimensão do afeto que inclui o bebê no campo da cultura. Considerando a importância desse investimento libidinal na primeira infância e as consequências de sua privação, que tipo de efeito pode ocorrer em um contexto hospitalar em que adultos permanecem privados desse contato com seus familiares pela internação?

Reconhecendo o valor dessas visitas virtuais para as famílias e os pacientes, buscamos realizá-las com todos que estiveram internados na UTI Covid. As famílias demonstravam grande apreensão sobre a evolução da doença e as condições clínicas do familiar, preocupação sobre seu conforto, se estava sendo alimentado, se sentia frio, se sentia dor. Traziam frequentemente essas dúvidas nas visitas. As visitas eram restritas a três participantes, embora tenham ocorrido exceções. Demonstraram-se ansiosas, tristes, alguns familiares apresentavam reações de raiva diante da frustração de piora do quadro, sentimentos de culpa, angústia ligada à expectativa de alta hospitalar. Houve mais de uma família que solicitou a presença de um padre e de um pastor durante a visita, para conduzir a unção dos enfermos.

Embora fossem momentos delicados, a visita virtual representou oportunidade de as famílias reunirem-se. O ambiente virtual era aberto antes do momento da visita e alguns familiares o utilizavam para conversar entre si. Alguns permaneciam em isolamento por estarem com COVID, além de familiares que se encontravam em outra cidade ou país. Por ser um hospital onde predominantemente se atendem militares, muitos têm seus familiares nos mais diversos cantos do país e, através das visitas, puderam estar presentes.

Muitos pacientes tiveram alta hospitalar, porém alguns destes vieram a falecer pelas sequelas da COVID. Nesses casos, o contato através da videochamada foi o último das famílias e cumpriu a função de despedida. Foi o caso da dona Ana.

Visita Virtual à Dona Ana

Dona Ana tinha 82 anos, era viúva, do lar, tinha dois filhos. Um dos filhos, Manoel, não desejou participar das visitas virtuais, pois tinha ficado muito impactado com o período de tratamento hospitalar do pai, que falecera havia quatro anos. Não se sentia bem para fazer a visita. O irmão, Eduardo, no primeiro contato falou um pouco sobre a história de Ana e sobre esse período turbulento do adoecimento e morte do pai. Ele e a esposa participaram das visitas virtuais na UTI.

Eduardo, a esposa, o filho e o irmão também se infectaram pelo coronavírus. O irmão ficou uma semana internado, pois apresentou problemas respiratórios e durante a internação ficou muito ansioso, de acordo com ele. Eduardo não quis contar ao irmão que a mãe estava internada na UTI, pois sentia que isso prejudicaria na sua evolução. Contou-lhe somente quando o irmão teve alta do hospital.

Dona Ana havia sido internada primeiramente em um hospital público em São Bernardo do Campo, e, após quatro dias, com piora importante dos sintomas, precisou ser transferida por não haver leito de UTI disponível. Em duas semanas de UTI, ela havia apresentado alguma melhora, dando sinais de que estava reagindo ao tratamento. As expectativas da família aumentavam. No entanto, aos poucos o corpo não conseguia reagir como no início. Os exames apontavam uma piora progressiva e quase irreversível. Dona Ana passou a fazer diálise e deixou de receber dieta pelo comprometimento funcional do trato gastrointestinal. As notícias passaram a ser ruins, e a visita se tornou cada vez mais difícil – para o filho e a nora, mas também para mim e para o médico da UTI.Víamos a família cada vez mais triste e desesperançosa, Eduardo chegou a me dizer que já vinha pensando na mãe como se não estivesse mais aqui. De fato, dona Ana estava partindo.

Em 2016, eles já tinham passado por uma perda importante. O pai falecera após seis anos de tratamento contra a leucemia. Foi um processo muito doloroso acompanhar o pai ao longo do tratamento, em especial para o irmão. E nesse momento viviam uma perda tão dolorosa e abrupta de sua mãe.

Durante as visitas, o filho fazia perguntas difíceis, como se havia esperança para a melhora da mãe, se teria demorado para trazê-la ao hospital, se isso era culpa dele. Um dos médicos da equipe havia conversado com ele sobre redução dos procedimentos invasivos e evolução para cuidados paliativos. Ele não se sentia seguro, sentia que decidir pelos cuidados paliativos seria uma forma de desistência, não poderia "deixar de investir" nela. Eduardo havia me dito na semana anterior que eles estavam se despedindo aos poucos, e que queriam manter as visitas, por mais difíceis que fossem. Assim fizemos. Em uma semana, após um longo período de UTI, dona Ana faleceu.

Eduardo contou-me que perdera o pai aos poucos para a Leucemia, e isso foi algo que de certa forma permitiu uma elaboração da perda de forma gradual. Com a mãe foi diferente. *"Ela entrou com febre e não saiu mais."* Além de ter que lidar com os próprios sentimentos em relação a isso, Eduardo contou-me como era difícil receber opiniões tão diversas a respeito da doença, enquanto a mãe permanecia internada. Foi difícil para ele ser o elo do hospital com a família, havia compreensões muito diferentes de cada familiar e sugestões diversas de tratamentos adicionais, alternativos, estudos que indicavam melhores resultados etc., o que tornava tudo mais confuso.

Eduardo entendia que a COVID poderia ser muito grave e perigosa, mas também poderia se manifestar de forma branda, como uma gripe, e que cada um dos familiares supunha algo diferente do que vinha acontecendo. Ele precisava confiar no que via e ouvia do hospital e que a equipe faria o possível para a melhora da mãe. *"Por que conosco? Por que minha mãe?"* Ele respondeu a si mesmo que a idade e o tempo que ela ficou internada foram as causas da piora. *"Também, quarenta dias internada, é muito, né,doutora?"*, disse entristecido.

Ele teria se sentido inseguro sobre a evolução e as decisões iniciais do tratamento. Ele se questionou se teria evitado sua morte, caso tivesse levado a mãe antes para o hospital. Ao mesmo tempo, sentiu que fez o que era possível. Sobre o tratamento que a mãe recebera, sentiu-se confiante em termos de procedimentos, medicações e sobre as informações prestadas e o suporte da equipe para a família. As visitas virtuais para ele fizeram com que se sentisse mais seguro sobre tudo, pois conheceu a equipe, tinha o contato na maior parte das vezes com um mesmo médico, sentiu segurança e preocupação da equipe com ele e pôde compartilhar tudo isso comigo.

A perda dela *"veio com um carimbo"*. Perdeu a mãe no mesmo dia em que perdeu o pai. Foi difícil não poder ter o velório, pois sentiu que não podia fazer uma despedida como a mãe merecia. Não teve *"ninguém pra te dar uma palavra"*. A ligação não é a mesma coisa. Ele se sentiu ainda despedindo-se da mãe, triste, pois recentemente ela havia se mudado para perto da casa dele e estava com a vida *"arrumadinha"*. Ele contou que aos poucos estão desmontando as coisas, que encontraram muitas lembranças. É importante que eles o façam no seu próprio tempo, é um exercício difícil, pois envolve essa elaboração psíquica da mãe que não está mais ali. Eduardo referiu que se sente triste quando pensa na mãe. Sentiu que teve que continuar com sua vida, mas sinalizou desejar iniciar um acompanhamento, não nesse momento, mas talvez logo.

Os rituais fúnebres cumprem papel fundamental na possibilidade de o sujeito realizar o trabalho do luto. Diante da perda de alguém significativo, o sujeito tem um trabalho de elaboração psíquica perante a ausência de seu objeto de amor perdido. Não poder acompanhar seu familiar durante a internação, no avanço do adoecimento, na piora, e em sua morte, através dos rituais fúnebres, dificulta o processo de elaboração da perda e pode implicar lutos complicados a todos os envolvidos.

Considerações Finais

O caminho que trilhamos até aqui, atuando com o cuidado das equipes, das famílias, dos pacientes, e também o nosso próprio cuidado, foi a forma que encontramos para contornar as dificuldades impostas pela COVID. Foi necessário uma grande adaptação e empenho para possibilitar que as equipes desenvolvessem recursos para passar por esse período. Isso foi feito através das rondas de escutação, a fomentação de melhorias estruturais para as salas de descompressão e realização dos grupos de suporte emocional. Essa atuação ocorreu no primeiro tempo da pandemia, com maior ênfase em março, abril e maio. Aos poucos, as próprias equipes foram dispensando o espaço do grupo e se sentindo mais seguras. Houve profissionais da equipe que tiveram COVID, poucos necessitaram da internação, porém não houve mortes de colegas de trabalho até o momento em que escrevo este texto.

Já a atuação com as equipes no cuidado aos pacientes e família segue sendo realizada ininterruptamente. As visitas virtuais se mostraram um meio valioso de suporte ao paciente e às famílias, e também teve impactos positivos com as equipes assistentes. Alguns profissionais nos procuraram para conversar sobre como se sentiam durante a visita, e os efeitos que elas tinham em si.

A pandemia se mostrou um momento para reflexão e introspecção de todos. Estar flexível para desenvolver novas formas de atuar foi imprescindível, exigiu esforços importantes de todos da equipe e de nosso serviço de psicologia também. Certamente não foi um trabalho fácil, mas trouxe oportunidades para nos reinventarmos.Entre visitas virtuais, ambientes de *holding* em um hospital, acolhimento, muito álcool gel e algumas doses de angústia, uma das certezas construída nesse percurso é que a palavra protege, produz sentidos que deram força para passar por esse período de grandes turbulências.

A RECUSA E A TRANSMISSÃO DO IMPENSÁVEL[1]

Vanessa Chreim
Elisa Maria de Ulhôa Cintra

Introdução

As relações familiares, que constroem a matriz para a edificação do narcisismo, frequentemente carregam mensagens enigmáticas truncadas, incoerentes ou indigestas, imbuídas de elementos tóxicos. No âmbito destas transmissões, emerge um mecanismo de defesa – a Recusa – que busca isolar e neutralizar os aspectos incoerentes que são comunicados inconscientemente nos discursos familiares, mas que não encontram condições de simbolização. Trata-se de uma tentativa de proteção contra o potencial traumático do que parece impensável, inadmissível ou irrepresentável. Histórias de violência muitas vezes são silenciadas para tentar evitar que a próxima geração sofra dos impactos dessa vivência, e é comum que se mantenha um segredo sobre isso. Mas apesar de

---

1 Este texto é derivado da dissertação de mestrado Chreim, V. (2019). *Dimensões da Recusa: crença, trauma e clínica.* Pontifícia Universidade Católica de São Paulo, São Paulo, sob orientação da profa. dra. Elisa Maria Ulhôa Cintra, e do livro *Dimensões da Recusa* (Chreim, 2021).

não serem narradas e admitidas, estas experiências deixam marcas e encontram outras formas de se expressar, frequentemente levando a sofrimento psíquico.

O mal-estar familiar e mesmo as tendências a repetir compulsivamente alguns padrões de relacionamento derivam de elementos que não puderam ser processados emocionalmente. A Recusa está ligada à formação destes fantasmas que parecem nos assombrar, como uma pendência que não foi resolvida, algo que ainda não se pôde nomear, decifrar, compreender e elaborar.

Nossa forma de interpretar o mundo é também construída pelas formas de pensar das figuras parentais e dos discursos culturais, que circulam concepções sobre a morte, o luto, as perdas, os valores, os ideais, a sexualidade etc. Deste modo, a relação de cada pessoa com a realidade é mediada pelas experiências infantis e pelos vínculos estabelecidos com a família a que pertence, envolvendo aspectos simbólicos e imaginários. Entretanto, por vezes, aquilo que nos dizem sobre o mundo e sobre nós mesmos pode não corresponder com o que sentimos e vivemos. Assim, se estabelece um conflito entre duas versões de mundo. É esta oposição de forças que caracteriza a Recusa, podendo produzir um sentimento de estranheza, de exclusão, ou ainda, o sentimento de irrealidade.

A partir da análise do caso Jeanne, publicado por Bernard Penot (1992), ilustraremos estes efeitos psíquicos da Recusa e sua relação com o senso de realidade, que quando vacila, produz um sentimento de inquietante estranheza (*Das Unheimliche*, 1919). O que produz esta sensação são as experiências em que as crenças que pensávamos ter abandonado voltam a se afirmar com toda força, por vezes invalidando nossas próprias percepções, afetos e conclusões sobre aquilo que vivemos. No caso Jeanne, a paciente relatava um sentimento de estranheza com o próprio sexo, e acreditava ter um genital diferente de todas as outras mulheres. Assim, desenvolveu uma tendência *voyeur*, uma compulsão a observar o seu próprio genital e compara-lo com o das outras mulheres. Mesmo observando que não havia nada de anormal em seu corpo, esta crença persistia e a perseguia. Vemos como este sintoma foi formado a partir de uma tentativa de se defender – por meio da Recusa – do conflito entre as versões do pai e da mãe sobre o que significava tornar-se mulher. Tal embate impedia que a própria paciente conseguisse pensar por si mesma sobre suas próprias vivências e identidade.

O propósito defensivo da Recusa é nos distanciar de tudo aquilo que é intolerável, inacreditável ou intenso demais para administrar. Este mecanismo gera uma blindagem dos afetos e interrompe os processos psíquicos, podendo levar a adoecimentos. Entretanto, numa relação analítica, o paciente pode desenvolver mais recursos para lidar com as tensões da vida, sem ter que se desligar do seu mundo interno.

Ao aprofundarmo-nos sobre o tema da Recusa, das crenças e da construção do senso de realidade, procuramos contribuir para ampliar a escuta dos fenômenos do inconsciente. Este mecanismo de defesa ainda não é tão conhecido quanto o conceito de repressão, que já está difundido na cultura. A noção de ato falho, de conflito e sintoma, de neurose e mesmo de Complexo de Édipo fazem parte da linguagem cotidiana. Entretanto, a Recusa e a cisão do Eu são fenômenos inconscientes distintos da repressão. Portanto, será essencial resgatar o conceito de Recusa na obra freudiana para revelar como esta defesa é muito mais presente do que supomos, ligada a questões do cotidiano, mas também a sofrimento psíquico.

O conceito de Recusa em Freud

Na obra freudiana, a noção de Recusa já aparece nos primeiros textos do autor, como *Sobre as teorias sexuais das crianças* (1908) e em *Análise de uma fobia em um menino de cinco anos* (1909), e a questão é retomada nos textos *A organização genital infantil* (1923) e *Algumas consequências psíquicas da diferença anatômica entre os sexos* (1925). Segundo Freud, trata-se de uma reação ante a fantasia de castração, que não é patológica na infância, mas que pode levar a adoecimentos psíquicos na vida adulta.

Nestes textos, Freud descreve uma cena emblemática em que o menino percebe a diferença anatômica entre os sexos ao vislumbrar um genital feminino, e se horroriza com a fantasia de castração. Inicialmente, a criança não concebe que a mulher tenha um órgão sexual diferente, pelo contrário, ele imagina que todos tenham o mesmo tipo de genital e, portanto, presume que a ausência de pênis se refere a uma mutilação. Para o autor, essa visão é traumática e desperta uma tempestade de afetos, pois leva o menino a imaginar uma conclusão terrível: a de que a menina tinha um pênis, mas que este lhe foi tirado, como punição por seu desejo incestuoso. Esta descoberta desperta o medo de que ele também possa perder o seu genital, e por isso recusa as consequências psíquicas da constatação da diferença anatômica entre os sexos. Ou seja, a Recusa defende o psiquismo da angústia despertada pela fantasia de castração.

Assim, se toda experiência de descoberta sobre o mundo deve nos levar a uma revisão de nossas teorias sobre a vida, por sua vez, a Recusa impede este exercício de reflexão. Se a criança questionasse a sua fantasia do primado do falo, ela poderia interpretar de outro modo a visão da vagina, e ressignificar a fantasia de castração. Porém, este movimento psíquico de elaboração e pensamento é interrompido pela ação da Recusa, e a criança continua acreditando que todos tinham um pênis, mas os malcomportados o perderam. Esta conclusão é tão terrível que não pode ser admitida.

Neste contexto, encontramos a origem do conceito de Recusa e sua especificidade: uma defesa que gera a formação de duas correntes psíquicas opostas e simultâneas, em que a criança admite e, ao mesmo tempo, não admite a castração. Mas como se pode admitir e não admitir a castração? Significa que uma corrente psíquica derivou da visão da vagina, se ligou à fantasia do primado do falo, gerou a fantasia de castração, mas sob o impacto traumático recuou horrorizada, e se paralisou. Este movimento de regressão e fixação é ilustrado pelo modelo de construção do fetiche, que Freud considera como uma expressão da Recusa na vida adulta.

Segundo Freud (1927), no fetichismo ocorre uma equação simbólica em que o fetiche equivale ao falo da mãe, e neste sentido, contesta a fantasia de que as mulheres foram castradas. Recordemos a cena descrita por Freud da descoberta traumática da diferença entre os sexos, o autor afirma que o objeto fetiche se constrói a partir daquilo que foi visto logo antes da vagina. Assim, compreendemos que a função do fetiche é paralisar o processo perceptivo para que não se chegue às conclusões psíquicas insuportáveis, que derivaram da visão da falta de pênis.

O propósito defensivo da Recusa é criar a ilusão de que o sujeito não foi impactado pela experiência, *como se nada tivesse acontecido*. Deste modo, a defesa intercede, no intuito de congelar o tempo, recolocando o sujeito na posição subjetiva anterior ao choque da experiência. Mas a própria emergência do processo defensivo testemunha que o psiquismo foi, de alguma forma, afetado pela percepção. Neste sentido, compreendemos que o fetiche condensa tanto o horror quanto a proteção contra a castração.

Entretanto, é importante ressaltar que, em *Compêndio de psicanálise* (1940 [1938]), Freud afirma que o Eu é o campo de batalha das forças psíquicas em questão. A Recusa forma duas correntes psíquicas simultâneas em que cada uma representa uma versão da realidade. Desta oposição deriva a cisão do Eu. Por sua vez, a função do fetiche é tentar remendar esta cisão, como uma formação de compromisso, que articula a admissão e não admissão da fantasia de castração.

Admissão da castração e o narcisismo

Mas o que significa admitir a castração?

Para podermos abordar esta questão de uma forma mais ampla e atual, vamos interpretar a cena descrita por Freud, quanto à descoberta da diferença anatômica entre os sexos como uma metáfora, ultrapassando a concretude da visão de um genital. Laplanche e Pontalis (2001) enfatizam que a castração é uma fantasia, visto que à mulher não falta um genital, portanto, a Recusa não se refere à não admissão da realidade material, e sim da realidade psíquica.

Segundo Clavreul (1990), o que está em jogo na cena descrita por Freud (1925) não é o objeto da descoberta, mas a mudança de posição subjetiva que ela provoca. Ao admitir a fantasia de castração, a criança passa a considerar que falta algo à sua mãe e às mulheres em geral, neste sentido, ele tem que abandonar a crença de que sua mãe era onipotente, que ela desejava apenas o seu filho, de que ela era completa e perfeita, e podia protegê-lo de tudo e de todos. Admitir a castração da mãe implica lidar com a finitude, vulnerabilidade e incompletude. No entanto, estas feridas narcísicas estão presentes desde cedo na vida de uma criança, também mediadas pela percepção, pela fantasia e pela relação com o outro. Assim, compreendemos que a admissão da castração não se refere, necessariamente, à visão dos genitais, mas sim à possibilidade de se impactar e se transformar afetivamente por experiências que nos colocam diante da alteridade e da perda, desde o início da vida, no movimento de presença e ausência da mãe (seio). Neste sentido, podemos concluir que a Recusa se interpõe a qualquer faceta da castração que se apresenta na vida, como na angústia de separação.

Deste modo, a fantasia de castração não se reduz à amaça de perder uma parte do corpo, mas se refere a qualquer possibilidade de perda de amor. As advertências, as proibições e os elogios à criança fazem alusão a este lugar afetivo que ela ocupa no âmbito familiar. Todas as feridas e injúrias ao narcisismo incluem palavras e gestos depreciativos e desaprovações que apontam para a diminuição do valor de si aos olhos do outro. Assim, o significado da admissão da castração é o reconhecimento da falta e da incompletude em si mesmo, o que lança o sujeito ao campo do desejo e dos relacionamentos, procurando recuperar a ilusão de plenitude.

Porém, o campo de ilusão precisa persistir para podermos sonhar, fantasiar e viver. Mesmo sabendo que nada é perfeito, podemos nos enriquecer com vínculos que oferecem prazer suficiente para recriar a sensação de satisfação e de preenchimento das nossas faltas. Portanto, admitir a castração refere-se à possibilidade de se dar conta de que não perdemos nada do nosso corpo, mas que sentimos falta de algo que nos complete.

O narcisismo e os anseios de não castração

A noção de narcisismo em psicanálise envolve diversas dimensões, entre elas, a auto-estima, o senso de identidade, a relação com o próprio corpo, com a imagem que transmitimos e com a forma que nos enxergamos, com nosso lugar no mundo. Todos nós temos aspectos que não gostamos e dos quais nos envergonhamos; não é fácil admitir nossos defeitos, imperfeições e limitações. O que gostaríamos era de poder ter o espelho da madrasta da Branca de Neve, e que quando interrogássemos "espelho, espelho meu, existe alguém mais belo do que eu?", ele nos respondesse que somos incomparáveis. Mas mesmo esta personagem, acaba tendo que encarar que isso se trata de uma miragem. Desde o início da vida, o narcisismo se depara com várias ameaças que se apresentam. Entretanto, o estudo da Recusa revela que sobrevive em nós uma dimensão psíquica que ainda quer reencontrar a plenitude e a ilusão de perfeição, ou seja, um futuro em que não haja mais castração.

Paradoxalmente, para construir o narcisismo, que é a base da edificação do nosso psiquismo, é preciso que os pais tenham admitido a castração e se reconheçam como incompletos e desejantes. Aulagnier (1964), em seu texto *Observações sobre a estrutura psicótica*, aponta que não basta a criança ser cuidada no nível de suas necessidades, ou seja, para o desenvolvimento emocional, não é suficiente que a criança esteja limpa, alimentada e segura. É preciso que alguém sonhe com o nascimento deste bebê e assim lhe dedique amor e crie expectativas e fantasias sobre este futuro sujeito. Tal investimento é movido pelos anseios narcísicos da mãe, ao qual ter um filho responde. As apostas, esperanças e projeções dizem respeito às vivências e frustrações que ela mesma viveu. É necessário, portanto, que a criança esteja amarrada à sua mãe por meio deste vínculo narcísico, pois é ele que inscreve o filho no campo do desejo dela.

Porém, este desejo só se estabelece na medida em que a mãe se reconhece como faltante. Assim, vemos como na relação entre pais e filhos há uma admissão da própria incompletude, mas ao mesmo tempo, a projeção de que este bebê vá torná-los novamente plenos. Segundo a autora, desde o momento em que a mãe se descobre grávida, um conjunto de fantasias a este respeito é produzido, de modo que esta criança imaginada tem um lugar não apenas no discurso e na história de seus pais, mas também dentro de um contexto cultural e social. Mensagens são transmitidas quanto ao desejo inconsciente dos pais, atravessado por uma relação com a falta e com as ameaças ao narcisismo.

A forma como a mãe imagina e olha para seu bebê serve de espelho no qual a criança se vê e se reconhece. O bebê se identifica com essa imagem projetada pela mãe. Segundo Winnicott (1967), a criança que tem a experiência de se ver no rosto da mãe conquista o senso de ser real, como coloca o autor: "quando olho, sou visto; logo, existo". Neste sentido, o termo "narcisismo" está pleno de sentido, e a criança apaixona-se pela imagem de si mesma oferecida pelo outro, reconhecendo-se no olhar de sua mãe.

Deste processo deriva o Eu Ideal, onde ser representado pelo outro é a condição humana inicial – inclusive no que diz respeito ao corpo. Este aspecto do narcisismo é constitutivo e inaugura uma condição auto-referente e onipotente: "*His Majesty the Baby*", como coloca Freud. O Eu Ideal é uma ficção de perfeição, uma ilusão, no momento em que a criança se encontra em seu maior estado de dependência do outro. Neste campo, não existe a falta, não existe castração e não existe a alteridade. Portanto, desde o início da vida, existe uma manifestação da Recusa, em que não se admite a realidade da vulnerabilidade, onde a defesa se interpõe à ameaça de desamparo.

Como nos lembra Freud, há uma dimensão em que a criança ilusoriamente completa os pais, vem como consolo para suas feridas narcísicas:

Quando vemos a atitude terna de muitos pais para com seus filhos, temos de reconhecê-la como revivescência e reprodução do seu próprio narcisismo há muito abandonado. Como todos sabem, a nítida marca da superestimação, que já na escolha de objeto apreciamos como estigma narcísico, domina essa relação afetiva. Os pais são levados a atribuir à criança todas as perfeições – que um observador neutro nelas não encontraria – e a ocultar e esquecer todos os defeitos, algo que se relaciona, aliás, com a negação da sexualidade infantil. Mas também se verifica a tendência a suspender, face à criança, todas as conquistas culturais que o seu próprio narcisismo foi obrigado a reconhecer, e a nela renovar as exigências de privilégios há muito renunciados. As coisas devem ser melhores para a criança do que foram para seus pais, ela não deve estar sujeita às necessidades que reconhecemos como dominantes na vida. Doença, morte, renúncia à fruição, restrição da própria vontade não devem vigorar para a criança, tanto as leis da natureza como as da sociedade são revogadas para ela, que novamente será centro e âmago da Criação. *His Majesty the Baby*, como um dia pensamos de nós mesmos. Ela deve concretizar os sonhos não realizados de seus pais, tornar se um grande homem ou herói no lugar do pai, desposar um príncipe como tardia compensação para a mãe. No ponto mais delicado do sistema narcísico, a imortalidade do Eu, tão duramente acossada pela realidade, a segurança é obtida refugiando-se na criança. O amor dos pais, comovente e no fundo tão infantil, não é outra coisa senão o narcisismo dos pais renascido, que na sua transformação em amor objetal revela inconfundivelmente a sua natureza de outrora. (FREUD, 2010 [1914], p. 36)

Constatamos, portanto, que a aceitação da incompletude só é possível dentro de um campo de ilusão narcísica, que alude a promessas futuras de recuperar a sensação de perfeição, ou seja, da projeção de um anseio de não haver mais sofrimento ou frustração. Pinheiro (1999) colabora para o aprofundamento desta questão ao afirmar que a castração é somente admitida entre aspas, ou seja, desde que haja a ilusão ou a utopia de retornar a um estado de plenitude. Ela afirma:

A inserção no tempo, a dimensão de passado, presente e futuro que nos dá a noção de vida como espaço de tempo que compreende o tempo decorrido desde o dia do nascimento até a data ignorada da morte, essa temporalidade que traz embutida a finitude, a impotência, está no duro pacote da castração, mas é aceita sob a condição de que o passado seja de plenitudes e no futuro haja a segurança da "felicidade". (PINHEIRO, 1999, p. 32)

Neste sentido, compreendemos que a admissão da castração parece sempre solicitar uma sustentação. Bernard Penot (1992) sublinha o quão importante é que a mãe se admita faltante para seu filho, e é assim que ela transmite um registro de sua própria castração: quando admite que não sabe tudo sobre seu bebê e que não pode tudo, interditando-se em relação ao corpo e ao psiquismo de seu filho e marcando a separação e a alteridade. O reconhecimento de um outro genitor da criança como aquele que ocupa o lugar legítimo da paternidade também é fundamental. Segundo Aulagnier-Spairani (2003), isto faz referência ao campo do desejo e ao fato de que a mãe não é onipotente e autossuficiente.

A transmissão do impensável

No entanto, quando falham os alicerces narcísicos e simbólicos que transformam a ausência em diferença, esta transmissão da castração alude apenas à falta, ao horror e à privação, e se torna difícil de aceitar. Por exemplo, quando uma mãe demora muito a voltar, e a criança já está desesperada esperando-a, torna-se difícil aguentar outras experiências de separação. Desta forma, a Recusa protege o psiquismo do transbordamento da angústia, procurando formas de blindar-se do sofrimento, negando as separações.

Green resgata o conceito de ausência de Lacan: "A ausência não comporta nem perda nem morte. A ausência é um estado intermediário, a meio caminho entre a presença e a perda. Um excesso de presença e temos a intrusão, um excesso de ausência e temos a perda" (GREEN, 2017 [1976], p. 134). Esta noção de ausência não remete apenas à sua dimensão negativa no sentido de faltante, mas também à dimensão positiva, no sentido de presente (promessa de vir a estar presente). Neste sentido, quando na relação entre uma criança e sua mãe a ausência equivale apenas à separação, sem a esperança de um reencontro, esta se torna intolerável, e por isso é acionada a Recusa.

O mesmo ocorre em situações de trauma, em que a Recusa intercede como defesa ante o impensável. No caso de uma criança abusada, poderíamos considerar que é impensável para uma criança a ideia de que um adulto, que deveria amá-la e protegê-la, possa violentar seu corpo e mente. Nesta ocasião, a Recusa defende o psiquismo do choque da experiência de violência, e faz parecer que nada aconteceu, evitando admitir os sentimentos turbulentos em relação àqueles em quem confiava.

Aulagnier tece apontamentos sobre a mãe do psicótico que, apesar de não ser nosso objeto de estudo, iluminam aspectos da relação intersubjetiva entre mãe e filho, em que a transmissão da castração encontra entraves. Ela diz:

> O que nelas impressiona não é, como algumas vezes tem se escrito, que sejam "mulheres fálicas", o que faria delas, confessemos, um tipo muito comum, mas sim a existência de uma relação muito particular com a lei: a mãe do psicótico não é alguém que faz a lei, ela é a lei, o que é diferente. (AULAGNIER, 1991 [1964], p. 58)

Assim, a mãe do psicótico não apenas não aceitou as regras do jogo, como ressalta a autora, mas tampouco as entendeu. Este último aspecto é que nos parece ser relevante para a determinação da Recusa, uma vez que vai ao encontro do que propõe Penot (1992), de que é a mensagem indecifrável ou incongruente que favorece a emergência deste mecanismo de defesa. Vemos na clínica como é comum que a palavra da mãe sobre o mundo pareça incontestável para alguns pacientes psicóticos, como se apenas ela é que soubesse das coisas.

Uma transmissão ambígua das expectativas familiares sobre uma criança caracteriza um "duplo-vínculo", que produz uma confusão a partir da transmissão simultânea de dois conteúdos contraditórios. No *Dicionário do Pensamento de Sándor Ferenczi* (KAHTUNI; SANCHES, 2009), encontramos um exemplo claro disso: quando se demanda de uma criança ser espontânea, se formula um mandato contraditório. Ora, como se pode ser espontâneo por ordem de alguém? Produz-se então uma situação sem saída possível que satisfaça a expectativa.

A transmissão de uma lei contraditória, confusa ou sem sentido pode se dar em função de uma mãe psiquicamente comprometida, mas, como aponta Penot, pode se dar também por uma história familiar esburacada, oculta ou indigesta, que compromete a articulação desta criança com esta herança familiar, sendo-lhe designado um lugar ambíguo – nem dentro nem fora da família. São estes aspectos que determinarão a formação de crenças que custam a ceder, pois não podem ser metabolizadas, questionadas ou reinterpretadas, mas persistem no psiquismo como uma verdade familiar inconsciente.

Nossas crenças, nosso senso de realidade e nossa representação de quem somos estão todos alicerçados na relação especular com o outro. Ao longo da vida, podemos transformar estas imagens e enunciados e abandoná-los quando não condizem mais com as experiências que tivemos. No caso da Recusa, entretanto, esta elaboração está comprometida.

Clinicamente, o autor nos incita a convidar o paciente a trazer as narrativas familiares e as fantasias de passado, presente e futuro. Entendemos que Penot (1992) está sugerindo que as dificuldades em torno da admissão da castração podem acontecer por uma tendência a excluir a criança da cultura familiar ao procurar evitar repetir traumas vividos pelos pais naquele contexto. Por exemplo, um pai conta que ele descende de uma família que passou por uma guerra e não gostaria que seus filhos tivessem experiências de violência e privação, mas encontra muita dificuldade de colocar limites a seus filhos, muitas vezes expondo-os a outras situações de violência por falta de proteção parental. Ou ainda, como veremos no caso Jeanne, em que o pai não transmite seu sobrenome à filha devido a sua relação ambivalente com sua própria herança cultural familiar.

Assim, o autor também destaca que um aspecto que favorece a instalação da Recusa é a incapacidade de elaboração simbólica dos próprios pais quanto às experiências que tiveram, afetando a possibilidade de ofertar este recurso à criança. Os traumas transgeracionais, os segredos e os "não-ditos", justamente por não serem explicitados e simbolizados no círculo familiar, produzem efeitos destrutivos que sinalizam que algo não pôde ser digerido e está sendo transmitido cruamente, num nível de representação muito precário. Ante o inconcebível, o psiquismo se defende por meio da Recusa. O autor afirma:

> Deste modo, uma mãe pode dar a perceber, desde o início, a seu filho, que está fora de questão que ele mencione esta "falta" que o aflige, porque ela não suportaria isto. Pode-se perceber, deste modo, na cura de certos pacientes, os indicadores de uma "mãe incastrável", no plano imaginário – sem dúvida, porque demasiado frágil, na maioria das vezes... Os sinais indiretos de uma tal incapacidade nos personagens parentais, a incapacidade duradoura destes de lidar simbolicamente com aquilo que os afeta e os põe à prova, serão frequentemente perceptíveis, através de manifestações de ordem comportamental, de uma maneira incoercível, no próprio paciente, que então dá a impressão de que elas lhe foram ditadas (de encomenda, é se tentado a dizer). (PENOT, 1992, p. 38)

Nos discursos que envolvem a criança, estão presentes referências de como os pais, a família e o grupo social lidam com a mortalidade, com as perdas e separações, com o envelhecimento, a novidade, o estrangeiro, o saber e a ignorância – que são facetas da relação com a castração. O sujeito herda esta bagagem, mas cabe a ele confrontar estas versões da vida com suas próprias experiências, em um movimento criativo que permite a construção de enunciados próprios sobre a realidade.

As crenças e a inquietante estranheza (*Unheimliche*)

Figura 1 – Calvin e Haroldo (*A História do Quati* [*The Raccoon Story*]), de Bill Watterson.

O. Mannoni (1969) considera que a crença na mãe fálica é a matriz de onde advém todas as crenças, as quais preservam o narcisismo de tudo o que o ameaça. Esta crença se interpõe à possibilidade de admitir que falta algo à mãe, que ela não é perfeita, absoluta, onipotente, e que ela não pode consertar tudo. Nas crenças encontra-se a possibilidade de se apoiar numa ilusão de proteção contra todos os males do mundo, desde a morte e o desamparo afetivo até as desilusões amorosas. Diante de situações traumáticas, quando nos vemos expostos a grandes vulnerabilidades e incertezas, as crenças nos oferecem um alívio temporário contra aquilo que a realidade nos impõe, como as frustrações e os medos. Podendo ser transformadas, as crenças podem gerar confiança e esperança, desde que possam ser revistas e reformuladas a partir das experiências. Neste contexto, a Recusa não é patológica e está presente em todos nós, porquanto as crenças nos oferecem certezas reconfortantes em situações em que nos vemos muito ameaçados.

Por sua vez, as crenças culturais compartilhadas dão um senso de pertencimento, segurança e continuidade, em que o ritual transmite uma tradição que tem seus valores. No entanto, é importante ultrapassar a concretude da crença, reinterpretando-a num movimento que dá sentido às vivências individuais. Em seu lugar, deve advir a preocupação em fazer o que é moralmente prescrito dentro de um pacto social cultural. Neste processo, troca-se a proteção narcísica oferecida pela crença, por uma expectativa ou promessa de pertencimento, garantida pelo pacto social, que oferece um lugar de inclusão em um grupo. Entretanto, Mannoni (1969) nos revela que, na vida adulta, há outras experiências que permitem notar a sobrevivência da crença no falo materno: a telepatia, o xamanismo, as superstições, o horóscopo e as coincidências, que despertam a sensação de *Unheimliche*, e até o prazer de cair nos truques de um ilusionista.

Este termo em alemão faz referência ao texto de Freud chamado *Das Unheimliche* (1919), traduzido como inquietante estranheza, entre outras formas.[2] O autor traz ricos exemplos cotidianos e literários nos quais o sentimento de inquietante estranheza se manifesta, devido à reafirmação de crenças outrora superadas, em que o senso de realidade parece vacilar. Por exemplo, quando sonhamos com uma pessoa e no dia seguinte a encontramos, surge a estranha sensação de ter tido um sonho premonitório, o que nos faz indagar "mas será que premonições existem mesmo? ".

> Quando *acontece* algo em nossa vida que parece trazer alguma confirmação às velhas convicções abandonadas, temos a sensação do inquietante, que pode ser complementada pelo seguinte julgamento "Então é verdade que podemos matar uma outra pessoa com um simples desejo, que os mortos continuam a viver e aparecem no local de suas atividades anteriores!", e assim por diante. (FREUD, 2010 [1919], p. 369)

Penot compreende que a *Unheimliche* pode ser o primeiro sinal clínico da Recusa. Segundo Freud, "[...] para que surja o sentimento inquietante é necessário, como sabemos, um conflito de julgamento sobre a possibilidade de aquilo superado e não mais digno de fé ser mesmo real [...]" (FREUD, 2010 [1919], p. 372). Como vimos anteriormente, na Recusa, ocorre a formação de duas realidades psíquicas incongruentes, e que

---

2 Na tradução da editora Companhia das Letras (2010), feita por Paulo César de Souza, foi usada a expressão inquietante estranheza. Por sua vez, a editora Autêntica publicou em 2019 uma edição comemorativa bilíngue de *Das Unheimliche* (1919), em que o termo foi traduzido como (in)familiar.

se excluem mutuamente. Assim, a função de julgamento fica perturbada, de forma que o sujeito é tomado por uma dúvida quanto a sua relação com a realidade, uma vez que não consegue se decidir em qual versão da interpretação dos fatos ele deve acreditar. Deste modo, produz-se a terrível sensação de irrealidade.

Segundo Freud, "[...] o efeito do inquietante é fácil e frequentemente atingido quando a fronteira entre fantasia e realidade é apagada, quando nos vem ao encontro algo real que até então víamos como fantástico, quando um símbolo toma a função e o significado plenos do simbolizado, e assim por diante" (FREUD, 2010 [1919], p. 364). Tendo em vista esta afirmação de Freud, Penot compreende que na vivência de *Unheimliche* o campo simbólico não está funcionando adequadamente. A simbolização permite a conexão e a distinção do real e do imaginário, entretanto, a Recusa não oferece tal possibilidade de articulação, de metaforização, de faz de conta: este mecanismo de defesa leva à concretude. De repente, nossas fantasias assassinas, nossos anseios onipotentes e tudo aquilo que habita nosso imaginário parecem poder se tornar reais a qualquer momento.

Nos adoecimentos psíquicos, a Recusa preserva o caráter intransigente e inquestionável das crenças transmitidas pela família, de modo a desapropriar o paciente de suas próprias experiências emocionais. Tal sensação pode ser fonte de importante sofrimento psíquico, em que parecem pouco confiáveis as bases que edificam nossa identidade. Nosso sentimento de ser quem somos é frágil e pode ser abalado, na medida em que foi construído em uma intersubjetividade de familiares e primeiras pessoas significativas. O olhar dos outros sobre nós pode por vezes ser aprisionador e nos impedir de entrar em contato com aquilo que de fato vivemos, e que reconhecemos como sendo nosso mais íntimo e mais verdadeiro. Deste forte contraste advém a sensação de *Unheimliche*. O caso Jeanne permitirá vislumbrar como a sensação de irrealidade foi produzido por ação da Recusa, em estreita relação com as dimensões intersubjetivas do narcisismo.

O caso Jeanne

O caso foi publicado no livro *Figuras da Recusa – aquém do negativo*, de Bernard Penot (1992). Escolhemos utilizá-lo como forma de explorar alguns aspectos clínicos da Recusa, pois este caso permite vislumbrar com clareza as relações entre este mecanismo de defesa e o narcisismo.

Jeanne é uma moça que procura análise devido a dois principais sintomas que se tornaram excessivamente incômodos. O primeiro diz respeito a uma necessidade compulsiva de observar seu genital e compará-lo com o de outras mulheres. Apesar de que, ao observar seu genital, Jeanne não via nada de diferente, persistia a convicção de que seu genital era diferente do de outras mulheres. Assim poderíamos traduzir a crença que subjaz a este sintoma: "Eu sei que meu genital não é diferente do de outras mulheres, mas mesmo assim acredito que meu clitóris seja maior do que o das outras". O segundo sintoma dizia respeito a orgasmos espontâneos ao ver corpos nus de mulheres em fotos, o que a surpreendia e a constrangia. Notamos que ambos os sintomas envolvem sua vida erótica, seu corpo e sua feminilidade, mas o que a análise revela é que a questão subjacente a estes aspectos é seu senso de identidade e pertencimento à família.

A narrativa do caso Jeanne revela um berço cultural que desembocou na impossibilidade de elaboração de duas heranças e tradições tão diferentes, que se manifestaram na paciente como *Unheimliche*: inquietante estranheza, infamiliaridade e estrangeirismo. Seu pai era descendente de orientais e tinha relações muito ambíguas e contraditórias com sua origem, ora repudiando-a, ora reproduzindo seus valores. A família da mãe de Jeanne era irlandesa, cujo fenótipo de mulheres loiras era identificado pela paciente como característico. Jeanne, porém, não se enquadrava nessa descrição, por ser morena. Não se sentia *"cem por cento irlandesa"*, mas percebia que era vista como exótica e isso ela apreciava. No entanto, ela não se sentia fazendo parte nem de uma família nem de outra.

Quando tinha aproximadamente dez anos de idade, seus pais tiveram outro filho. Mas o que parece mais marcante na história da paciente, para Penot (1992), é o fato de ter sido tão próxima do pai na infância, mas este ter se afastado dela quando alcançou a puberdade. Ao tornar-se mulher, a relação com seu pai se tornou turbulenta e distante. Diferentemente das primas irlandesas, ela tinha um pai que não conversava com ela.

Porém, também foi um tanto excepcional a relação que teve com o pai na infância: ele trabalhava com fotografia, e ambos passavam tempo juntos vendo fotos de mulheres nuas em revistas. Vemos como o sintoma de comparar seu clitóris com o de outras mulheres revela uma tendência *voyeur* que compartilhava com o pai, mas este sintoma também expressava a crença de que era uma mulher diferente das outras: nem oriental, nem irlandesa.

As descrições de Jeanne de suas viagens com a família permitem vislumbrar sua inserção nessas linhagens e de que modo seu berço narcísico foi composto por mensagens ambíguas quanto a seu pertencimento. Com a família oriental, conta ter estado com sua mãe e outras mulheres na maior parte da viagem, ficando separada dos homens e de seu pai. Já na família irlandesa, Jeanne parecia fazer um esforço por encontrar um lugar: ela era morena, mas tingia o cabelo para se parecer com as primas loiras, que ela dizia que eram como carneiros. Jeanne também se recorda da cistite que tinha com frequência, assim como a avó materna, e que a mãe lambuzava seu sexo com vaselina para oferecer algum alívio. A comunhão entre as mulheres parecia ser forte na família da mãe, oferecendo-lhe um berço narcísico.

Quanto ao pai e suas tradições, este não havia comparecido ao funeral de seu próprio pai e tampouco reproduzia seus costumes. Qualquer aproximação de Jeanne com esta cultura não era bem-vinda, como sua tentativa de aprender a língua oriental, mas, ainda assim, o pai censurava a filha por fumar diante dele, pois na sua cultura mulheres não fumavam diante de homens.

É interessante ressaltar que ela tinha o mesmo sobrenome de suas primas irlandesas, pois sua mãe não se casou com seu pai e, assim, apenas o sobrenome materno havia sido transmitido à filha. Ou seja, o sobrenome do pai,[3] que em sua língua original significava "pai", não fora transmitido a Jeanne. Ela conta que sua mãe disse que teria aceitado um casamento conforme o costume oriental se o pai o tivesse proposto, mas ele não o fez. Parece que a Recusa se situa não apenas no campo da filiação e do feminino em relação a Jeanne, mas nos diversos aspectos da relação deste pai com sua própria herança familiar. Não há uma transmissão dialética entre as duas culturas que Jeanne herda, no sentido de que falta a possibilidade de estabelecer uma síntese entre elas, compondo um senso de

---

3 Consideramos que a transmissão do sobrenome do pai é mais um dos aspectos em que o processo de filiação atrapalhou a relação entre Jeanne e seu pai, o que nos remete ao conceito lacaniano de nome-do-pai, como um organizador do psiquismo.

identidade e pertencimento. O que constatamos é que a paciente se sente estrangeira em ambas as linhagens.

Mas em que sentido isto se relaciona com a Recusa? O que caracteriza a Recusa, enquanto mecanismo de defesa, é precisamente a formação de duas correntes psíquicas simultâneas e opostas em que uma delas afirma o contrário da outra, e neste sentido, uma trata a outra como se fosse o mundo externo.

O processo de análise

Se os cuidados maternos e a vaselina acalmavam a irritação no genital de Jeanne quando pequena, por meio da análise, a irritação e a raiva em relação ao pai começam a aflorar. Assim, os afetos que estavam sendo expressos através do corpo passaram a ser simbolizados. Quando ela retorna de sua viagem para a Irlanda, encontra um estrangeiro no trem, de mesma origem e modos que seu pai, e a raiva aflora. Ou seja, no retorno do seio familiar materno, depara-se com este elemento indigesto da herança paterna, e a partir daí pode problematizar sua relação com o pai.

Assim, Penot nos conta que a transferência também foi sendo colorida por estes elementos ambivalentes em relação ao pai. Ele procura lidar com a acusação de ser um analista antiquado, que esconde suas mulheres, como acontece no Oriente. Em outra situação, a paciente faz um lapso, colocando-se no lugar do pai, e conta de mais uma briga com um homem oriental, seu vizinho. Logo, as expressões "horroroso e infecto" vão sendo associadas aos homens orientais, a seu pai e também à sua obsessão com seu genital.

A análise explora as fantasias orais e sádicas de Jeanne que aparecem em seus sonhos e associações. Ela se refere a seu sexo como um sanduíche e relaciona comida com vaginas. Em um sonho, ela roda uma mulher pela unha do pé e ameaça cortar seu clitóris. Essa imagem onírica evoca a relação com a castração, e Jeanne associa isto à forma como a mãe a machucava ao cortar unhas e cabelos quando pequena. Podemos pensar que, para Jeanne, a vagina como emblema da castração e do feminino porta a marca de uma desvalorização de uma dor, e não pôde ser significada como diferença genital que interessa ao outro.

Jeanne interroga durante a análise: "Se meu sexo e o de uma mulher são iguais, seria eu então homossexual? Será que talvez fosse bom fazer amor com uma mulher? " (PENOT, 1992, p. 48). Assim, a paciente parece expressar a estranheza com o feminino e quanto a seu sexo: com ou sem clitóris, fálico ou castrado, feminino ou masculino? Tentamos traduzir essa estranheza de Jeanne por algo similar a "onde me inscrevo? ", pois, se não está no grupo dos homens, tampouco se vê pertencendo ao das mulheres, de modo que qualquer um dos sexos era estranho e estrangeiro para ela. Penot enfatiza que a mensagem transmitida na família de Jeanne não lhe parece ser a de que desejavam que ela fosse um menino, mas a de que esta condição de ser mulher seria a de exilada. Poderíamos esboçar que Jeanne, como uma filha mulher, evocava uma série de elementos não processados psiquicamente por seu pai.

Em outro sonho, a paciente retrata sua prima da Irlanda, que parece representar, de alguma forma, um ideal: ser loira, sem clitóris e sem pelos. Esta imagem sugere um movimento regressivo de Jeanne de se refugiar no campo do Eu ideal da linhagem materna: as loiras que não perderam o afeto do pai. A ausência de clitóris nos faz pensar na Recusa da diferença sexual. Já a ausência de pelos pubianos remete ao retorno ao infantil anterior à puberdade e às marcas das mudanças que enunciam um corpo de mulher, não mais de menina. Ou seja, como se Jeanne expressasse seu desejo de voltar ao tempo da infância, quando se sentia amada pelo pai e pela mãe.

A partir da puberdade, o pai de Jeanne se afasta, de forma que no processo de tornar-se mulher, a relação de filiação de parte de seu pai fica perturbada. No entanto, ela também não se sentia inserida na linhagem materna, pois não se percebia uma mulher como suas primas. Assim, compreendemos porque ela não consegue se ver como uma mulher como as outras, pois, quanto ao feminino e à filiação, ela não cabe nem na versão do pai nem na da mãe.

Sobre seu sonho, Jeanne comenta: "É como se, observa ela, eu desejasse ser aquilo que não quero" (PENOT, 1992, p. 56). Podemos pensar que ela entra em contato com seu conflito: por um lado, expressa seu anseio de voltar a ser amada como na infância, por outro lado, também manifesta seu desejo de poder construir seu próprio referencial quanto ao feminino. Percebemos como Jeanne fica presa numa relação temporal, entre a nostalgia da infância e o desejo de se tornar uma mulher adulta.

O fato de Jeanne ter podido formular esta questão e avançar na elaboração sobre seu sonho revela-nos que a ação defensiva da Recusa começou a ceder, na medida em que foi possível sustentar a tensão gerada pelo conflito psíquico. Segundo Penot, é um momento da análise em que ela está mais apropriada de sua realidade psíquica e tem maior contato com seu mundo interno. Jeanne diz que já não tem mais vergonha de seu sintoma, e esta questão se torna agora algo pensável.

Reflexões sobre o caso

No caso Jeanne, o feminino é lugar de desencontro, uma vez que para esta paciente, tornar-se mulher é deixar de encantar o pai como quando era uma criança. Porém, o discurso familiar não lhe aponta um "vir a ser".

A paciente diz que, na puberdade, não queria tornar-se mulher, e a análise revela que tal passagem poderia acarretar uma quebra de imagem no espelho e a perda de um suporte narcísico. Na linhagem materna, ela também tem dificuldade de se inscrever, pois não corresponde ao ideal, ficando sempre em uma posição de estrangeira em relação àquilo que é familiar. Não havia um desenho possível do que significaria tornar-se uma mulher sem perder o amor do pai. No entanto, também a herança materna, quanto ao feminino, parecia ser complicada aos olhos de Jeanne: ela nunca seria como as primas.

Neste sentido, o sentimento de estranheza em relação ao próprio sexo era derivado desta cisão de dois mundos dos quais se sentia excluída e que produziam esta sensação de solidão desde a infância. A crença era de que era uma estranha, tinha um genital estranho, era diferente de todo mundo. Vemos assim o efeito da Recusa – "nem isso, nem aquilo", "nem irlandesa, nem oriental", "nem fálica, nem castrada", "nem homem, nem mulher". Apesar da prova de realidade mostrar para Jeanne que seu genital não era diferente, a convicção permanecia.

O casal parental falhou em promover o trânsito e a integração entre estes dois mundos (oriental e ocidental), de modo que, em vez de Jeanne se sentir como uma *cidadã do mundo,* ela ficava num lugar de *apátrida.* Se o pai falhou em dar suporte para representar o lugar de Jeanne na família, Penot enfatiza o quanto a mãe de Jeanne também teve dificuldade de mediar a relação de sua filha com o pai e deste com o feminino.

É interessante destacar como no caso Jeanne a questão do olhar parece condensar vários aspectos. Desde o olhar da mãe e da família materna que a percebiam como exótica e estrangeira (por ser diferente do fenótipo irlandês) até a identificação de Jeanne com seu pai quanto à fascinação *voyeur* com o corpo da mulher. É também o olhar do pai durante a infância que Jeanne tenta reaver, aquele que a capturava por meio da lente da câmera fotográfica.

O trabalho de análise é interrompido pela decisão de Jeanne de ir morar no Oriente. Penot entende que, por meio desta decisão, ela procura integrar sua outra metade e apropriar-se da herança de seu pai. Ela busca uma experiência própria como forma de construção da realidade, em contraste com aquela apresentada pelo pai. Penot considera a interrupção favorável após um trabalho de dois anos de atendimento e pondera que, se ele se opusesse à viagem, Jeanne poderia pensar que ele não era capaz de admitir que ela tivesse outros desejos para além do analista; portanto, estaria sendo possessivo como o pai dela.

Considerações finais

As fantasias inconscientes são parte de um processo de representação e de tecitura do senso de realidade, como forma de interpretar o mundo. No entanto, elas devem ser revistas e reeditadas ao longo da vida, revelando-se como verdades temporárias. Se puderem estar abertas à configuração de novos sentidos, as teorias sexuais infantis se transformam e abrem espaço para a construção do conhecimento. Da mesma forma, os enunciados parentais e as palavras proferidas no berço narcísico de cada um de nós também deveriam ser interrogados e reformulados ao contrastar com as experiências que os desmentem.

O movimento psíquico é fundamental para a simbolização e elaboração das experiências, levando-nos a novas descobertas sobre nós mesmos. Entretanto, por vezes, neste caminho, podemos nos deparar com coisas terrivelmente assustadoras, como a violência, o segredo, os votos de morte ou de vingança, o trauma e a loucura, que atravessam nossa história pessoal e familiar. Quando não podem ser simbolizados, operam como crenças resistentes e insistentes, que paralisam o pensamento e o julgamento, e inutilizam qualquer evidência de realidade. O sentimento de irrealidade se expressa, pondo em dúvida os próprios sentimentos e percepções.

Nesta perspectiva, podemos considerar que o texto de Freud *Das Unheimliche* (1919) explora o campo das almas penadas e dos mortos-vivos que habitam o inconsciente, por vezes retornando para nos assediar. Por sua vez, as contribuições de Penot nos ajudam a refletir sobre o trabalho clínico que se delineia nos casos em que a Recusa se manifesta. Na análise, o paciente pode pensar junto com seu analista sobre o que antes parecia impensável em sua história, procurando preencher os buracos de sentido, e criando novas interpretações sobre as narrativas familiares, mobilizando transformações psíquicas.

No entanto, este processo não se dá sem resistências. O questionamento das crenças implica em admitir a castração, a imperfeição e a vulnerabilidade das figuras parentais, dos heróis, dos deuses e dos totens supremos que encarnam a onipotência fálica e criam a ilusão de proteção contra todos os males do mundo. Neste sentido, consideramos que a força das crenças, mesmo aquelas que levam a adoecimentos psíquicos, advém do vínculo narcísico que liga o sujeito à sua família, de modo que o questionamento das ditas verdades indiscutíveis pode ser encarado como grave transgressão ou traição, que levaria a uma expulsão e à orfandade. No manejo clínico com as crenças, não se trata de confrontá-las, mas de indagar junto com o paciente quais são as consequências psíquicas da validade desta crença ou de sua refutação. O que se busca é retomar o movimento psíquico de encadeamento das representações, percepções e fantasias, tentando torná-las admissíveis e pensáveis, e ao mesmo tempo, oferecer sustentação para os afetos despertados por elas. A análise pode reduzir os aspectos tóxicos daquilo que foi alvo da defesa, mas também deve recuperar a capacidade do psiquismo do paciente de conter e processar experiências emocionais.

O caso Jeanne nos permitiu uma aproximação das manifestações da Recusa, mas gostaríamos de enfatizar que se trata de um fenômeno muito mais frequente na clínica do que supomos. Em todas estas situações constata-se o funcionamento psíquico da Recusa, no que se refere à simultaneidade de correntes psíquicas antagônicas como forma de defesa ante uma realidade psíquica insuportável, levando à paralisação dos processos psíquicos.

Cada um de nós tem o peso e a tarefa de se apropriar de sua herança social e familiar, podendo se enriquecer e se responsabilizar pelo que vem neste pacote. As camadas narcísicas podem ser revisitadas e reeditadas nos relacionamentos. As figuras parentais são promotoras da constituição psíquica, mas é necessário que, em algum momento, este sujeito consiga se alforriar.

Como afirma Gabriel García Márquez, em *Amor em tempos do cólera*: "(...) mas se deixou levar por sua convicção de que os seres humanos não nascem para sempre no dia em que suas mães os dão à luz, e sim que a vida os obriga outra vez e muitas vezes a se parirem a si mesmos. " (MÁRQUEZ, 2009 [1986], p. 205).

Bibliografia

DE SALTO ALTO
Silvana Martani

ALBERTI, S. A perversão, o desejo e a pulsão. *Revista Mal-Estar e Subjetividade*,Fortaleza,vol. V, n. 2, p. 341-360, set. 2005. Disponível em:< www.scielo.br>. Acesso em: 22 maio 2010.

ANDRADE, F. G. de. Estrutura e perversão. *Jornada Científica do Círculo Psicanalítico de Pernambuco*. Recife, 1992.

AULAGNIER-SPAIRANI, P. A perversão como estrutura. *Revue de Psychanalyse*, Paris, PUF, ano 1, n. 2, p. 11-43, abr.-jun. 1967. Tradução de Antonio Teixeira e Revisão de Rosa Maria Gouvêa Abras. Disponível em:< www.scielo.br>. Acesso em: 15 jun. 2010.

FERRAZ, F.C. *Perversão*. 5. ed. São Paulo: Casa do Psicólogo, 2010. (Coleção Clínica Psicanalítica).

FREUD, S. *Edição Standard Brasileira das Obras Psicológicas Completas deSigmund Freud*. Rio de Janeiro: Imago, 1996.

_____. (1905) *Três ensaios sobre sexualidade*. Rio de Janeiro: Imago, 1996.

_____. (1927) *Fetichismo*. Rio de Janeiro: Imago, 1996.

_____. (1940 [1938]) *Esboço de psicanálise*. Rio de Janeiro: Imago, 1996.

KAUARK, F.; MANHÃES, F.C.; MEDEIROS, C.H.*Metodologia da pesquisa*: Guia prático. Itabuna: Via Litterarum, 2010.

LACAN, J. A instância da letra no inconsciente ou a razão desde Freud (1957). In: _____. *Escritos*. Tradução de Vera Ribeiro. Rio de Janeiro: Zahar, 1998. p. 496-533. (Campo Freudiano no Brasil).

ROUDINESCO, E.; PLON, M. *Dicionário de psicanálise*. Rio de Janeiro: Zahar, 1998.

SAFATLE, V.*Fetichismo*: Colonizar o Outro. 1. ed. Rio de Janeiro:Civilização Brasileira, 2010. (Para ler Freud).

SANTOS, R.M. *Fetichismo*: Paradigma da Perversão. Psicologia PT. Portal dosPsicólogos, 2007.

ZIMERMAN, D.E. *Fundamentos psicanalíticos*: teoria, técnica e clínica. Porto Alegre: Artmed, 2007.

CASO ALEX – Uma criança abusada
Sérgio Máscoli

FERENCZI, Sándor. Confusão de língua entre os adultos e a criança. *In:Psicanálise*

IV. São Paulo: Martins Fontes, 1992.

FREUD, Sigmund. *O caso Schereber.* Rio de Janeiro: Imago, 1989. (Obras Completas, vol. XII).

_____. *O sonho e a cena primária* (Homem dos Lobos). Rio de Janeiro: Imago, 1989. (Obras Completas, vol. XVII).

_____. *Fantasias histéricas e sua relação com a bissexualidade.* Rio de Janeiro: Imago,1989.p. 167. (Obras Completas, vol. IX).

_____. *Lembranças encobridoras.* Rio de Janeiro: Imago,1989. (Obras Completas, vol. III).

_____. *Projeto de uma psicologia* (Trauma Sexual em duas fases). Rio de Janeiro: Imago,1995.

_____. *Caminhos da terapêutica psicanalítica.* Rio de Janeiro: Editora Delta,1958.p. 303. Obras Completas

SARTRE, Jean-Paul. *O existencialismo é um humanismo.* Tradução Vergílio Ferreira. Lisboa: Editorial Presença, 1970.p. 9.

O REINO RYUKYU
Hercílio Pereira de Oliveira Junior

UM RELATO SOBRE O (UMA) PSICANALISTA
Juliana Valle Vernaschi

BIRMAN, Joel. *Cartografias do feminino.* São Paulo: Editora 34, 1999.

CALLIGARIS, Contardo. *Cartas a um jovem terapeuta*: reflexões para psicoterapeutas, aspirantes e curiosos. São Paulo: Planeta do Brasil, 2019.

FERRANTE, Elena. *Dias de abandono.* São Paulo: Biblioteca Azul, 2016.

FREUD, Sigmund. (1905) *Sobre a psicoterapia.* Rio de Janeiro: Imago, 1996. (Edição Standard Brasileira das Obras Psicológicas Completas, vol. VII).

_____. (1909) *Análise de uma fobia em um menino de cinco anos.* Rio de Janeiro: Imago, 1996. (Edição Standard Brasileira das

Obras Psicológicas Completas, vol. X).

_____. (1912) *A dinâmica da transferência*. Rio de Janeiro: Imago, 1996. (Edição Standard Brasileira das Obras Psicológicas Completas, vol. XII).

_____. (1912) *Recomendações aos médicos que exercem a psicanálise*. Rio de Janeiro: Imago, 1996. (Edição Standard Brasileira das Obras Psicológicas Completas, vol. XII).

_____. (1913) *Sobre o início do tratamento (Novas recomendações sobre a técnica da psicanálise I)*.Rio de Janeiro: Imago, 1996. (Edição Standard Brasileira das Obras Psicológicas Completas, vol. XII).

_____. (1914) *Recordar, repetir e elaborar (Novas recomendações sobre a técnica da psicanálise II)*. Rio de Janeiro: Imago, 1996. (Edição Standard Brasileira das Obras Psicológicas Completas, vol. XII).

_____. (1922) *Dois verbetes de enciclopédia*.Rio de Janeiro: Imago, 1996. (Edição Standard Brasileira das Obras Psicológicas Completas, vol. XVIII).

_____. (1937) *Construções em análise*. Rio de Janeiro: Imago, 1996. (Edição Standard Brasileira das Obras Psicológicas Completas, vol. XXIII).

NASIO, Juan-David. *Como trabalha um psicanalista?*. Rio de Janeiro: Zahar, 1999.

ESCREVENDO A 6 MÃOS
Lisette Weissmann

AGUIAR, E.; NUSIMOVICH, M. Separación Matrimonial y

Segundos Matrimonios. In: PUGET, J. (comp.). *La Pareja: Encuentros, desencuentros, reencuentros*. Buenos Aires: Paidós, 1996.

BERENSTEIN, I. *Del ser al hacer*: Curso sobre vincularidad. Buenos Aires: Paidós, 2007.

_____ *Devenir otro con otros. Ajenidad, presencia, interferencia*. Buenos Aires: Paidós Psicología Profunda, 2004.

_____. *El sujeto y el otro*: De la ausencia a la presencia. Buenos Aires: Paidós, 2001.

BERENSTEIN, I.; PUGET, J. *Lo vincular*: Clínica y técnica psicoanalítica. Buenos Aires: Paidós, 1997.

_____. *Psicoanálisis de la pareja matrimonial*. Buenos Aires: Paidós, 1988.

ROUDINESCO, E. *A família em desordem*. Rio de Janeiro: Jorge Zahar, 2003.

The Fiddler on the roof. "Do you love me?" http://www.youtube.com/watch?v=h_y9F5St4j0

VIÑAR, M. *Mundos adolescentes y Vértigo Civilizatorio*. Montevideo: Trilce, 2009.

WEISSMANN, L. *Famílias monoparentais*. São Paulo: Casa do Psicólogo, 2009.

O AMOR, O ÓDIO E AS RELAÇÕES COM OS OBJETOS PRIMÁRIOS.
Rachele Ferrari

BALINT, M. (1968) *A falha básica*: Aspectos terapêuticos da regressão. São Paulo: Zagodoni, 2014.

_____. (1947)On Genital Love.In: *Primary Love and Psychoanalytic Technique*. London: Karnac, 1994.

_____. (1951) On Love and Hate.In: *Primary Love and Psychoanalytic Technique*.London: Karnac, 1994.

BIRMAN, J.*Estilo e modernidade em psicanálise*. São Paulo: Editora 34, 1997.

FIGUEIREDO, L. C. Apontamentos pessoais a partir do seminário clínico "Modelos Psicopatológicos", ministrado em março de 2015 na PUC-SP.

FIGUEIREDO, L. C.;TAMBURRINO, G.;RIBEIRO, M. *Balint em sete lições*. São Paulo: Escuta, 2012.

GREEN, A. (1975) O analista, a simbolização e a ausência no contexto analítico. *In:Sobre a loucura pessoal*. Rio de Janeiro: Imago, 1988.p. 35-65.

_____. (1972). Notas sobre processos terciários. *In:La metapsicologia revisitada*. Buenos Aires: Eudeba, 1996.p. 185-189.

MENEZES, L. S.*Desamparo*. São Paulo: Casa do Psicólogo, 2008.

Referência filmográfica:

ASSÉDIO. Direção: Bernardo Bertolucci. [*S.l.*]: Europa Filmes, 1998. 92min. Título original: *Besieged*.

site consultado:

http://febrapsi.org.br/biografias/michael-balint/. Acesso em: 15 nov. 2016.

PORQUE A CLÍNICA DO VÍNCULO OU A CLÍNICA VINCULAR?
Lisette Weissmann
Maria Inês Assumpção Fernandes

AULAGNIER, P. *A violência da interpretação*. Rio de Janeiro: Imago Editora, 1979.

FERNANDES, M. I. A. *Negatividade e vínculo*: Mestiçagem como ideologia. São Paulo: Casa do Psicólogo, 2005.

KAËS, R. *Le Groupe et le Sujet du Groupe*. Paris: Dunod, 1993.

_____. *Os espaços psíquicos comuns e partilhados*: Transmissão e negatividade. São Paulo: Casa do Psicólogo, 2005.

LANOUZIÈRE, J. *Histoire secrète de la séduction sous le règne de Freud*. Paris: PUF, 1991. IN: KAËS, R. *Le Groupe et le Sujet du Groupe*. Paris: Dunod, 1993.

PUGET, J.; BERENSTEIN, I. *Psicanálise do casal*. Porto Alegre: Artes Médicas, 1993.

WEISSMANN, L. *Atendimento psicanalítico de família*. São Paulo: Zagodoni, 2014.

O AMOR NÃO QUER SABER
Fatima Flórido

Artigo publicado na *Percurso*:"O amor não quer saber",ano xv- n.28 -primeiro semestre de 2002.

ANALISE ONLINE
Silvana Martani
Gabriel Rosemberg

ESCUTAÇÕES EM UM HOSPITAL NO CONTEXTO DA PANDEMIA COVID
Mariana Resener de Morais

ALMEIDA, Victor Hugo de. *Salas de descanso em empresas de telemarketing e qualidade de vida.*2008. 149f. Dissertação (Mestrado em Psicologia) – Faculdade de Filosofia, Ciências e Letras da USP, Ribeirão Preto, 2008.

ARANTES, Ana Claudia Quintana. *A morte é um dia que vale a pena viver*: E um excelente motivo para se buscar um novo olhar para a vida. Rio de Janeiro: Sextante, 2019.

AZEVEDO, Adriano Valério dos Santos; CREPALDI, Maria Aparecida; MORE, Carmen Leontina Ojeda Ocampo. A família no contexto da hospitalização: revisão sistemática. *Estudos ePesquisas emPsicologia* [online], v.16, n.3, p. 772-799, 2016.

BARROS-DELBEN, Paola *et al.* Saúde mental em situação de emergência: COVID-19. *Revista Debates em Psiquiatria*, v.10, n. 2, p. 2-12, 2020.

BROOKS, Samantha K. *et al.* The Psychological Impact of Quarantine and How to Reduce it: Rapid Review of the Evidence. *The Lancet*, v. 395, n. 10227, p. 912-920, 2020.

CRISPIM, Douglas *et al. Notícias de Óbito durante a Pandemia do COVID-19*: Recomendações práticas para comunicação e acolhimento em diferentes cenários da pandemia. ISBN: 978-65-00-01585-0. São Paulo, 2020.

_____. *Comunicação Difícil e COVID-19*: Recomendações práticas para comunicação e acolhimento em diferentes cenários da pandemia.ISBN: 978-65-00-01585-0. São Paulo, 2020.

_____. . *Visitas Virtuais durante a Pandemia do COVID-19*: Recomendações práticas para comunicação e acolhimento em diferentes cenários da pandemia. ISBN: 978-65-00-01585-0. São Paulo, 2020.

FREUD, Sigmund (1886-1939). *Luto e melancolia*. Rio de Janeiro: Imago, 1996. p. 245-70. (Obras Psicológicas Completas de Sigmund Freud: Edição Standard Brasileira, vol. XIV).

MORETTO, Maria Livia Tourinho. *O que pode um analista no hospital?* 3. ed. Belo Horizonte: Ed Artesã, 2019.

_____. *Abordagem psicanalítica do sofrimento nas instituições de saúde*. 1. ed. São Paulo: Zagodoni, 2019.

OMS. Organização Mundial de Saúde. Organização Pan-Americana da Saúde. *Primeiros cuidados psicológicos*: Guia para trabalhadores de campo. Brasília, DF: OPAS, 2015.

PEREIRA, Mario Eduardo da Costa. *Pânico e desamparo*: Um estudo psicanalítico. São Paulo: Escuta, 2008.

SCHMIDT, Beatriz, *et al*. Saúde mental e intervenções psicológicas diante da pandemia do novo coronavírus (COVID-19). *Estudos de Psicologia*,Campinas, v. 37, p. 1-13,2020.

SOUSA FILHO, Osvaldo Albuquerque; XAVIER, Érika Porto; VIEIRA, Luiza Jane Eyre de Souza. Hospitalização na óptica do acidentado de trânsito e de seu familiar-acompanhante. *Revista. esc. enferm. USP*, São Paulo , v. 42, n. 3, p. 539-546, set. 2008.

SPITZ, René.Hospitalism: an Inquiry into the Genesis of Psychiatric Conditions in Early Childhood.*Psychoanal Study*

Child, n. 1, p.53-75, Imago, Londres, 1945.

_____. *O primeiro ano de vida.* 38.ed. São Paulo: Martins Fontes, 2004.

WINNICOTT, Donald W. *O ambiente e os processos de maturação:* Estudos sobre a teoria do desenvolvimento emocional. Porto Alegre: Artes Médicas, 1983.

_____. (1896-1971)*Holding e interpretação.* 3. ed. São Paulo: Martins Fontes, 2010.

ZHANG, Jun; WU, Weili; ZHAO, Xin; ZHANG, Wei. Recommended Psychological Crisis Intervention Response to the 2019 Novel Coronavirus Pneumonia Outbreak in China: aModel of West China Hospital. *Precision Clinical Medicine*, v. 3, p. 3-8, mar. 2020.

A RECUSA E A TRANSMISSÃO DO IMPENSÁVEL
Vanessa Chreim
Elisa Maria de Ulhôa Cintra

AULAGNIER-SPAIRANI, P. A perversão como estrutura. **Revista latino-americana de psicopatologia fundamental**. São Paulo: 2003, v. 6, n. 3.

AULAGNIER, P. Observações sobre a estrutura psicótica (1964). In: KATZ, Chaim Samuel (org). **Psicose**. São Paulo: Escuta, 1991.

CHREIM, V. **Dimensões da Recusa:** crença, trauma e clínica. 2019. Dissertação (Mestrado) – Pós-graduação em Psicologia Clínica. Pontifícia Universidade Católica de São Paulo – PUC-SP. São Paulo, 2019.

_____. **Dimensões da Recusa**. São Paulo: Blucher, 2021.

CLAVREUL, J. O casal perverso. In: CLAVREUL, J. et al. **O desejo e a perversão**. Campinas: Papirus, 1990.

FREUD, S. (1940 [1938]). A cisão do Eu no processo de defesa. In: FREUD, S. **Obras Completas**. São Paulo: Companhia das Letras, 2018.

_____ (1923). A organização genital infantil. In: FREUD, S. **Obras Completas**. São Paulo: Companhia das Letras, 2011.

_____ (1925). Algumas consequências psíquicas da diferença anatômica entre os sexos. In: FREUD, S. **Obras Completas**. São Paulo: Companhia das Letras, 2011.

_____ (1909). Análise de uma fobia em um menino de cinco anos. In: FREUD, S. **Obras Completas**. São Paulo: Companhia das Letras, 2015.

_____ (1940/1938). Compêndio de psicanálise. In: FREUD, S. **Obras Completas**. São Paulo: Companhia das Letras, 2018.

_____ (1914). Introdução ao narcisismo. In: FREUD, S. **Obras Completas**. São Paulo: Companhia das Letras, 2010.

_____ (1927). O Fetichismo. In: FREUD, S. **Obras Completas**. São Paulo: Companhia das Letras, 2014.

_____ (1919). O Inquietante. In: FREUD, S. **Obras Completas**. São Paulo: Companhia das Letras, 2010.

_____ (1919). O infamiliar [*Das Unheimliche*]: seguido de O homem da areia de E. T. A. Hoffmann. In: FREUD, S. **Obras incompletas de Sigmund Freud**. São Paulo: Autêntica, 2019.

_____ (1908). Sobre as teorias sexuais das crianças. In: FREUD, S. **Obras Completas**. São Paulo: Companhia das Letras, 2015.

GREEN, A. (1976). O conceito de limite. In: GREEN, A. **A Loucura Pessoal:** psicanálise de casos-limite. São Paulo: Escuta, 2017.

KAHTUNI, H. C.; SANCHES, G. P. **Dicionário do pensamento de Sándor Ferenczi:** uma contribuição à clínica psicanalítica contemporânea. São Paulo: Elsevier, 2009.

LAPLANCHE, J.; PONTALIS, J. B. **Vocabulário da psicanálise.** São Paulo: Martins Fontes, 2001.

MANNONI, O. Eu sei, mas mesmo assim (1969). In: KATZ, C.M. (org). **Psicose.** São Paulo: Escuta, 1991.

MÁRQUEZ, G. G. (1986). **O amor nos tempos do cólera.** Rio de Janeiro: Record, 2009.

PENOT, B. **Figuras da recusa**: Aquém do Negativo. Porto Alegre: Artes Médicas, 1992.

PINHEIRO, T. Em busca de uma metapsicologia da melancolia. In: BIRMAN, J. (org.) **Sobre a psicose.** Rio de Janeiro: Contra Capa, 1999.

WINNICOTT, D. W. (1967). O papel de espelho da mãe e da família no desenvolvimento infantil. In: WINNICOTT, D. W. **O brincar e a realidade**. Rio de Janeiro: Imago, 1975.

Imagens

WATTERSON, Bill. **Calvin e Haroldo, A História do Quati** (*The Raccoon Story*), 1987. O Estado de S. Paulo. Disponível em: http://notaterapia.com.br/2015/11/18/30-anos-de-calvin-e-haroldo-a-tirinha-mais-incrivel-de-bill-watterson/. Acesso em: out. 2018.

Autores e autoras

SILVANA MARTANI
Psicologa- Psicanalista - Titulo de Especialista em Psicologia
Clinica, pelo Centro de Estudos Psicanalíticos ,Titulo de
Psicanalista pelo Centro de Estudos Psicanalíticos , Titulo de
Especialista em Psicologia Hospitalar pelo Hospital das Clinicas
de São Paulo FMUSP.

Atende em consultório e hospital desde 1982. Ministra
aulas no Curso de Formação em Psicanálise do Centro de
Estudos Psicanalíticos (CEP), além de cursos e palestras em
psicopatologia psicanalítica.

Livros Publicados:

Uma viagem pela puberdade e adolescência, Editora Aldeia Cultural:
São Paulo, 2007 (ISBN 85-60478-00-0) – Organização e autoria
dos capítulos 1,9 e 15. *Manual Teen*, Wak Editora:Rio de Janeiro,
2008 (ISBN 978-85-7854-001-2) – Organização e autoria
dos capítulos 1, 12 e 17. *Sonhos privados – Psicanálise e escuta
contemporânea*, Editora Humana Letra: São Paulo, 2020 (ISBN
978-85-53065-06-6) – Organização e autoria do capítulo 1.

SÉRGIO MÁSCOLI
Filósofo pela Claretiano Faculdades, Psicólogo pela Faculdade
Paulistana, Psicanalista pelo Centro de Estudos Psicanalíticos
– CEP. Mestre em Psicologia pela Universidade São Marcos,
Sexólogo pela Faculdade de Medicina da USP. Membro do Grupo
de Pesquisa em Filosofia Aplicada (GPFA) do Claretiano - Centro
Universitário. Coordenador e Professor do Curso de Formação
em Psicanálise no CEP. Analista e Supervisor em Clínica Privada".

Hercílio P. Oliveira Junior
Médico psiquiatra, especialista pelo Centre for Addictions and Mental Health, Canada, mestre e doutor em psiquiatria pela Faculdade de Medicinada Universidade de São Paulo.

Juliana Valle Vernaschi
Psicanalista formada pelo CEP – Centro de Estudos Psicanalíticos, especialista em Sociopsicologia pela FESP – Fundação Escola de Sociologia e Política de São Paulo.

Lisette Weissmann
Doutora e mestre em Psicologia. Psicanalista de casais, famílias e individual.Membro do Departamento de Psicanálise do Instituto Sedes Sapientiae e de ABPCF. Professora do CEP, da BSP, professora convidada no Sedes Sapientiae e na USP. Livros: *Famílias monoparentais*, *Atendimento psicanalítico de família* e *Interculturalidade e vínculos familiares*.

Rachele Ferrari
Psicanalista, doutoranda em Psicologia Clínica no IP-USP, docente no CEFAS-Campinas, autora do livro *Voluntariado: uma dimensão ética*, Ed. Escuta, 2010, e coautora do livro *Para além da contratransferência: o analista implicado*, Ed. Zagodoni. Atende em consultório em Vinhedo/SP e em Campinas/SP.

MARIA INÊS ASSUMPÇÃO FERNANDES
Professora titular do Instituto de Psicologia da Universidade de São Paulo – IPUSP. Coordenadora do LAPSO – Laboratório de Estudos em Psicanálise e Psicologia Social / IPUSP. Autora do livro *Negatividade e vínculo: Mestiçagem como ideologia*. Diretora Científica da ABPCF – Associação Brasileira de Psicanálise de Casal e Família.

FÁTIMA FLÓRIDO CESAR
Psicóloga, psicanalista, pós-doutora em Psicologia Clínica pela PUC/SP, pós-doutoranda em Psicologia Clínica pela USP, autora dos livros *Dos que moram em móvel mar: Elasticidade da técnica psicanalítica*, *Asas presas no sótão: Psicanálise dos casos intratáveis* e *Do povo do nevoeiro: Psicanálise dos casos difíceis*.

GABRIEL ROSEMBERG
Psicólogo, psicanalista, pesquisador, idealizador do projeto "Precisamos falar com os homens? Uma jornada pela igualdade de gênero", em parceria com a ONU Mulheres (HeForShe). Leão de Ouro no Festival Cannes Lions – "Mil Casmurros" (LiveAD / TV Globo).

MARIANA RESENER DE MORAIS
Graduada em Psicologia pela Universidade Federal de Santa Maria - RS. Especialista em Saúde da Família (Grupo Hospitalar Conceição). Psicanalista formada no Centro de Estudos Psicanalíticos - SP. Atua no consultório particular e é psicóloga do Exército Brasileiro.

VANESSA CHREIM
Psicóloga e psicanalista, Mestre em Psicologia Clínica pela PUC-SP, Membro efetivo do Departamento Formação em Psicanálise do Instituto Sedes Sapientiae, autora de capítulo do livro *Psicanálise, sexualidade e gênero: um debate em construção* (ed. Zagodoni) e do livro *Dimensões da Recusa* (ed. Blucher, 2021).

Elisa Maria de Ulhôa Cintra
Psicanalista, membro do Grupo Brasileiro de Pesquisas SandorFerenczi, professora da faculdade de Psicologia da PUC-SP e do Programa de Estudos Pós Graduados em Psicologia Clínica da PUC-SP, Coordenadora do Laboratório Interinstitucional de Estudos da Intersubjetividade e da Psicanálise Contemporânea – LIPSIC – IPUSP/PUCSP. Autora de *Melanie Klein: estilo e pensamento,* e *A Folha Explica Melanie Klein* (em coautoria com L.C. Figueiredo). Organizadora (com G. Tamburrino e M. Ribeiro) e autora de capítulo do livro de *Para Além da Contratransferência – o analista implicado* e do livro *Por que Klein?* (em coautoria com Marina Ribeiro). Autora e Organizadora do livro *Melanie Klein na Psicanálise Contemporânea. Teoria, Clínica e Cultura.*

© Humanaletra, 2021.
© Silvana Martani, organizadora 2021.

Edição: José Carlos Honório
Revisão de textos: Eliana Rocha
Capa e paginação: A2

Nesta edição respeitou-se o novo Acordo
Ortográfico da Língua Portuguesa.

Dados Internacionais de Catalogação na Publicação (CIP)
(Câmara Brasileira do Livro, SP, Brasil)

Dentro dos teus olhos-- : psicanálise e escuta
contemporânea / Silvana Martani (org.). -- 1. ed. -- São Paulo :
Humana Letra, 2021.

Bibliografia
ISBN 978-85-53065-08-0

1. Contos brasileiros I. Martani, Silvana.

21-87310 CDD-B869.3

Índices para catálogo sistemático:
1. Contos : Literatura brasileira B869.3
Aline Graziele Benitez - Bibliotecária - CRB-1/3129

2021
Todos os direitos desta edição reservados
à Humanaletra.
Rua Ingaí,156, sala 2011 – Vila Prudente
São Paulo – SP Cep: 03132-080
TEl: (11) 2924-0825